古龍

上官鼎與武俠小說

在武俠小說發展過程中，家人同心，戮力於武俠創作的拍檔，頗不乏其人，父子後先創作的，有柳殘陽及其父親單于紅；兄弟檔的有蕭逸、古如風及上官鼎，可以說都是武壇佳話。相較於柳氏父子、蕭家兄弟的各別創作，上官鼎兄弟三人合力共創同部作品，而又能水乳交融、難以釐劃的例子，則是迄今武壇上相當罕見的。

三兄弟協力，鼎取三足之意

上官鼎之名，為兆藜、兆玄、兆凱三兄弟協力共創小說的筆名，鼎取三足之意，大凡故事劇情、人物設定、重要情節，皆三兄弟於課餘閒暇商量討論而定，然後各負責其中章節，大抵兆玄擅於思想、結構，兆藜長於寫男女情感交流，兆凱則優於武打橋段，各有所長。

從少年英豪到調和鼎鼐

上官鼎之名，「上官」複姓源自於武俠說部無論是作者或書中角色刻意「摹古」的傳統；「鼎」字則取「三足鼎立」之意，暗示作品實由劉家三兄弟協力完成的。劉家三兄弟，主其事者為排行第五的劉兆玄。

劉兆玄和大多數的武俠作家一樣，
他喜愛武俠文學，
也投入武俠創作的行列，
或者，他只是將武俠視為他的「少年英雄夢」，
而成長之後，還有更重要的夢想該去達成。
上官鼎的「鼎」，尚有「調和鼎鼐」的功能，
與他之後所擔任的職務，或可密合無間了。

林保淳

上官鼎
武俠經典復刻版1

七步干戈

(一)

上官鼎——著

【導讀推薦】

上官鼎與武俠小說

——七步干戈所映現的情懷

武俠評論家、國立台灣師範大學中文系教授
林保淳

在台灣武俠小說發展史上，「上官鼎」是一個很特殊的名字。「上官」複姓，在百家姓中居於「司馬」和「歐陽」之間，並不是常見的姓氏；但卻是武俠小說世界中顯赫的世家，饒具古典、俠義的氣息。寫武俠而以上官為姓，是非常符合武俠小說情味的。

「鼎」是古代用以調和五味的器具，因而有「調和鼎鼐」之說；它也是象徵國家的重寶，相傳大禹聚九州貢金鑄了九個鼎，夏、商、周代代相傳，春秋時期，還引起楚莊王的覬覦，欲問「鼎之輕重大小」。三代的鼎，一般是圓腹、兩耳而三足的，因此我們常說「三足鼎立」——而這顯然是「鼎」的命意所在，劉兆藜、劉兆玄、劉兆凱三兄弟，共用這一筆名，合力撐開了自己一片武俠的天空。空軍將軍劉國運一門六博士，都是學理工出身的，而這隻鼎卻跨越到文學界，兆藜寫男女之情，兆凱寫英雄演武，而文學根柢深厚、文字清新暢達，富於想像、巧於結構的劉兆玄，無疑是最關鍵的一隻腳。

上官鼎的「鼎」，或許在取名時也隱含著對自己未來武俠創作分量的期待。試看那個武俠小說正風起雲湧的時代，一九六〇年，是台灣武俠小說在經歷「暴雨專案」無情的掃蕩後重新轉型出發的重要的一年，前輩作家臥龍生的《玉釵盟》正開始展現膾炙人口的魅力、司馬翎的《劍神傳》逐漸模塑著一代大俠石軒中、諸葛青雲的《一劍光寒十四州》持續著白馬青衫江湖行；而一代奇才古龍，則從《蒼穹神劍》到《孤星傳》，聲譽鵲起，英風俠影，縱橫於武林之中。此時，上官鼎的《蘆野俠蹤》，也不甘寂寞的以新秀姿態，在江湖中留下了身影與蹤跡。面對著前輩、頡頏著同儕，這時的劉兆玄，年方十八，還是師大附中高三的學生，少年英銳如斯，如果說沒有武林雄心，沒有自我期許，純粹是「著書只爲稻粱謀」，恐怕也是不可思議的。儘管這隻鼎的輕重大小，尚沒有明確的定論，而且他自己也未必充分意識到，但三劍齊揮，啼聲初試，上官鼎就已經締建了未來武林重鎮的初期架構。

但真正讓上官鼎樹立旗號，打響知名度的，是他的第二部作品《劍毒梅香》。

《劍毒梅香》（一九六〇）原本是古龍與清華出版社簽約所寫的武俠小說，但不知何故，古龍中途輟筆，只寫了前面三集，是劉兆玄自告奮勇，承接而續寫的。據說古龍後來十分懊悔，因爲他對書中以劍術、輕功、掌力、詩、書、畫、色七項絕技傲視天下的「七妙神君」梅山民，太過喜愛了，而此一原是他精心撰造的故事，卻爲上官鼎無心中承繼過去，失去了主導權，不免覺得萬分可惜。古龍在一九六一年的《遊俠錄》中仍念念不忘「七妙神君」，刻意延續梅山民→辛捷→丁伶→石慧的譜系；而後來更索性重寫一部《神君別傳》，以續前緣。

《劍毒梅香》由古龍肇始，卻由上官鼎續完。此書也是上官鼎成名之作，書中敘寫父母慘遭仇人所害的少年辛捷，巧遇武功盡失的七妙神君，學成七藝後，以七妙神君的身分行走江湖，一面尋訪仇蹤，一面代師雪恨，中間經歷了與方少堃、金梅齡及張菁三位少女的情感糾葛，最後奮起抗衡天竺番僧，終成一代大俠的故事。

全書故事線索明快清晰，易讀易懂，很合乎通俗的三昧，而其中對情感的描摹較為出色，上一代梅山民因「色藝」而生的糾葛、新一代辛捷因多情導生的波瀾，乃至辛捷與吳凌風友情與感情的衝突，寫來多格外著力。

上官鼎從一九六〇年開始創作，到一九六六年寫完前半部《金刀亭》（後半為偽作），其後遠赴加拿大留學，在這六、七年間，除了前述諸作外，大約完成了《沉沙谷》（一九六一）、《鐵騎令》（一九六一）、《烽原豪俠傳》（一九六二）、《七步干戈》（一九六三）、《俠骨關》（一九六四）等，共九部作品，其他皆屬坊間冒名頂替、魚目混珠的偽濫之作。其中，《七步干戈》是最為人稱道的代表作之一。

《七步干戈》，顧名思義，寫的是兄弟間的衝突與仇怨，這頗讓人立刻聯想到上官鼎也是家有六兄弟。上官鼎家中六兄弟，在大哥劉兆寧領軍下，步調齊一、感情融洽，早已傳為昆玉美談。劉兆玄對兄弟情誼的眷念，早在《鐵騎令》中就有所展現。《鐵騎令》這部作品，雖向來未受足夠的矚目，但是他唯一一部企圖將武俠與史事結合的作品，在點到為止的敘事與穿插中，即已具有相當不凡的史識，對秦檜之所以必欲置岳飛於死地，能直指出高宗與徽、欽二帝之間的矛盾。

書中以青蝠劍客挑戰「武林十三奇」為骨幹，而著力描摹十三奇中最富聲望的鐵旗岳家父子五人的事跡，父慈母愛、兄弟同心，各有奇遇；而於岳家芷青、君青、一方、卓方四兄弟的相互扶持友愛，顯然特別眷顧，甚至還以秦檜、秦允兄弟的一場箕荳相煎作了對比。

《七步干戈》則更進一步，從誤會、衝突到渙然冰釋、醒悟的過程中，凸顯兄弟情誼之難能與可貴。此書表面上以天劍董無奇、地煞董無公及董其心、齊天心兩代的兄弟反目為主線，但矛頭所指，卻是針對其中挑撥離間、設計陷害他們的禍首「天禽雙座」，強調的反而是血濃於水的家庭父子、兄弟之情。本書更感人的是丐幫諸豪傑的英風浩氣，以及董其心與這些草莽英俠間生死不渝的真摯友情。就在故事的最後，當董家上一代的誤解冰釋時，董其心、齊天心這兩位堂兄弟，眼看著又要為莊玲這位可愛的女子拔劍相向時，董其心想起了三國曹家兄弟煮豆燃萁的故事，想到了董家兩位老人一世的仇怨，「七步干戈歷史豈能重演」？他毅然決然的就做了退讓。儘管這樣的退讓說服力明顯不足，且不免令人質疑，但卻深刻透顯了這部小說的主題。

在現實社會上，劉兆玄是外和內剛，有為有守，且非常堅持原則、定見不疑的人，這讓他在歷任大學校長或政務官的時候，擁有相當高的聲望，但也得罪過不少的人。化名為上官鼎，寫起小說，他有時候也難免會因刻意強調某些特定主題意識而犧牲、扭曲了書中人物的性格，且兄弟同心，未必才力亦相同，三人輪番上陣的寫法，不免也有不少顧此失彼的窘狀。這或許正是上官鼎雖成武俠重鎮，卻未能蔚然成宗師的原因。

劉兆玄大抵志也不在成為一個作家，和大多數的武俠作家一樣，他喜愛武俠文學，也投入武俠創作的行列，但武俠創作可不是他安身立命之所在，更未必會因此而高抬武俠文學的價值——或者，他只是將武俠視為他的「少年英雄夢」，而成長之後，還有更重要的夢想該去達成。上官鼎的「鼎」，尚有「調和鼎鼐」的功能，與他之後所擔任的職務，或可密合無間了。

七步干戈(一)

目錄

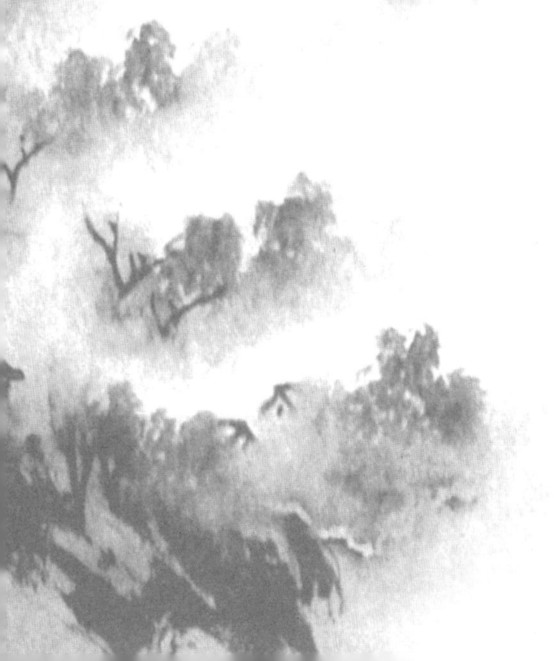

一　箕豆相煎

日正當中。

那座奇特的高峰孤獨地睥睨著四周的山巒，說也奇怪，那座山峰與四周都脫了節，周圍的山巒就沒有一座與它相連，就更不可能從四周的山尋到一條路走到這孤峰上來了。

只是在左面，一座長滿松樹的山頭與它相距僅僅只有十餘丈之隔，雖說只有十幾丈，但是這一道深溝相隔上下數千仞，絕無相連之處，溝谷下一片淡淡濛濛的青霧。

就在那孤峰的尖兒上，相對立著兩個人。

左面的一個白髮蒼蒼的老道士，紅潤的臉色襯著雪白的鬍子，像圖畫書上的呂祖一般。右面的卻是一個又高又胖的大和尚，年齡怕不也有七十上下了。

老和尚揮舞著單薄的僧袍大袖，說話的聲音宛如古鐘一般，在空氣中凝聚不散：「周道長，也虧你尋的好地方，只是這地方雖絕，這一道天溝隔絕通路，倒也沒有難倒我老和尚。」

白髮道士稽首道：「大師言重了，貧道又怎敢拿這區區十來丈的山溝考較大師，飛天如來的輕身功夫獨步天下，想想貧道怎會班門弄斧？」

老和尚嘿然笑了一聲道：「只是周道長這地方選得妙，天下武林豪傑欲知貧僧與道長之約結果如何的人何止千萬，這一下恐怕都只得在四周的矮山上乾等了，想當初，武當崑崙掌門之戰每次都轟動武林，咱們這次只得邀清風日月為證了，道長不覺太寂寞了麼？」

老道士捋髯長笑道：「自三十年前大師在北崑崙怒擲武林怪傑曹子孟後，飛天如來之名如日中天，依貧道愚見看來，只怕縱使令師崑崙大俠復生，怕也難及得大師今日功力，試想貧道怎敢當著天下英雄面前敗在大師手下？是以只好選擇這地方啦。」

老和尚長眉一掀道：「周道長何必過謙，武當一脈自從你周道長接掌以來，蒸蒸日上，威霸武林，莫說天下英雄，只怕便是道長自己本人也暗自以天下第一高手自許了吧！」

老道長笑道：「大師的話還真說到貧道心眼兒裡去了，只怪天老爺生了我周石靈，又生了你飛天如來，有你飛天如來在，貧道敢妄稱天下第一這四個字麼？」

老和尚辭鋒如箭，他緊接著道：「如此說來，周道長若是今日勝了我老僧，便以『天下第一』自許了？」

老道長沒有想到他如此一說，但是他立刻朗聲道：「大師不必在唇舌上爭勝，不說你崑崙飛天如來，少林的不死和尚，天山的冰雪老人，個個都是愈活愈健朗，憑我周石靈夠得上麼？再說還有那……」

說到這裡，忽然住口，臉上顯出凜然之色。

老和尚道：「貧僧知你心中所欲說的是誰——」

老道士點了點頭，低聲道：「那人近來似乎已經達到御劍飛身的地步了……」

老和尚再也忍不住，瞬目喝道：「你是說董無公？」

老道士道：「不錯，正是董無公！」

說到這裡，他長歎了一聲接著道：「董無公在三個月之內連斃十餘武林成名高手，劍下不留半個活口，其手段之狠之毒，令人不寒而慄，看來此人功力之高，已是驚世駭俗了……今日……今日之戰，若是貧道敗了，日後尚望大師為武林正義，多多注意地煞董無公的行蹤……」

老道士原是在與和尚唇槍舌劍，但說到這裡，觸動了他滿腔悲天憫人之情，聲音竟自有些顫抖起來。

老和尚拱手一揖，也收斂了滿臉譏嘲之色，誠懇地道：「道長武當之尊，武林泰斗，便是今日老衲僥倖勝了，扶持武林正義之舉，仍是非道長之力難竟全功，道長何必過謙？」

老道士道：「貧道自五十歲接掌武當掌門以來，至今整整二十年，二十年來貧道未出武當紫陽觀門半步，朝夕所苦苦等待準備者，唯在此一約，貧道雖有自知之明，崇敬大師之誠，然此乃武當崑崙之爭，而貧道忝為武當掌門，豈敢妄自菲薄？」

老和尚道：「自從百年前我崑崙心印祖師與貴派青岩道長秦嶺一戰，兩敗俱傷以後，每隔三十年兩派掌門印證一次，奇的是屢次較技總是不分勝敗，我歷代祖師苦心潛研，卻始終難以解破貴派的三神劍——」

老道士道：「彼此，便是崑崙大般若卅六式貧道亦覺無懈可擊——」

老和尚聽到這裡，忽然雙眉一掀，一字一字地道：「至於貴派的無敵三神劍，老衲要說一句實話，其中斷然仍有破綻！」

老道士長袖一拂，哈哈大笑道：「天下哪有全無破綻的武學？武當的三神劍縱有破綻，只怕也不是大師所能指出！」

老和尙高大的身軀左右一晃，截釘斷鐵地道：「若是老衲能指出一招呢？」

老道士一聽這話，登時怔住了，若是私人的爭強鬥狠，他便分毫不考慮，立刻賭上一顆頭顱也不在乎，但是這究竟是關係著整個武當派的聲譽，他不禁猶疑起來，難道我武當歷代傳下來的無敵神劍真能讓這老和尙瞧出破綻來？

但是當他抬頭望見飛天如來那仰首觀天的豪態，一股熱血立刻湧將上來。他一揚掌，轟然一聲，十步之外一棵大樹應聲而折，那樹身帶著一樹枝葉卻直向老道士這邊倒過來，他大袖一卷，那樹又倒了回去，兩股力道一合，那大樹仍然立在半截根幹上，宛如未斷一般！

他一字一字地道：「若是承大師真能指出無敵三神劍的破綻，武當山百年的基業在大師的一句話中！」

這句話等於拿整個武林至尊的武當派和他賭上了，老和尙心中雖然猛震，但是卻也不能絲毫示弱，他大聲道：「若是貧僧不能道出三神劍的破綻，崑崙山兩百和尙的生死便交在周道長你的手中！」

武當掌門周石靈聽完了這一句話，心中立刻緊張起來，他盯著對面的老和尙——

老和尙雙目精光暴射，略一思索道：「貧僧若以大般若卅六式中的十八式『金弓鐵羽』攻你胸前三穴——」

武當掌門周石靈不假思索地道：「鬼箭飛燐！」

老和尙道：「不錯，我若立刻換爲『羅漢封印』，記著，不是攻你『公孫穴』，而是直取背宮——」

周道長臉色爲之大變，他萬萬想不到老和尚說出來的竟是這麼一招普通的招式，但是若依三大神劍的劍理，倒真無法可救，雖然那劍理比這一招複雜精深萬倍，但是，事實上是無著可救！

周道長的臉色由白而灰，老和尚掀眉道：「這——就是三神劍的破綻所在！」

周道長腦中靈光一閃而過，他大聲喝道：「不錯，你夠快的話，若直取我背宮，貧道的確是無藥可救，但是大師你可忽略了一點——」

老和尚道：「什麼？」

老道士一字一字地道：「在武當三神劍下，大師你能辨得到這『快』字麼？」

老和尚臉上的笑容略略收斂了一些，正色道：「貧僧自信辨得到才說這話！」

周道長雙眉一軒，他現在可是孤注一擲了，於是他吸了一口真氣，微笑一下說道：「那麼——大師就試試瞧！」

飛天如來僧袍一揚，雙掌合十道：「貧僧但求一試。」

周道長稽首回禮道：「大師請了，貧道候教。」

飛天如來面色一沉，只見他身形陡然平掠，左掌當胸豎立如刀，右手食中兩指併伸如戟。

他身在半空，上半身突地一拱，整件寬大的僧袍有若灌滿了空氣，飽滿的鼓漲起來。

說時遲，那時快，飛天如來身形一直，借這一彈之力，右手急伸而出，勁風嘶嘶然，已施出大般若卅六式中的「金弓鐵羽」！

周道長雙掌一錯，只覺自己胸前要穴悉數在對方掌握之中。

他一生對崑崙的劍式精研幾乎不在任何崑崙門人之下，這招自然知道妙處，只見他右掌如劍，自肩窩平劃一個半圓，內家真力悉吐而出。

飛天如來只覺對方內力奇重，自己攻勢不由一挫，他不料這個道人的內力精純如斯，微微一怔。

周道長右臂一劃而止，猛地一挫身形，右臂急刺而出，勁風嗚的一聲，正是武當三神劍的「鬼箭飛燐」！

飛天如來大叱一聲，雙掌一合，向內一扳，整個身形已到周道長的背後，雙掌驀地一分，對準道人背宮一印而上，同時口中大吼道：「道長留神！」

剎時周道長面色灰白，他萬萬不料飛天如來真能在武當三神劍中變招迅速如斯！

整個武當的名望，數十年來武當崑崙的不解樑子，在這一剎時，立見分曉！

周道長處此困境，不由萬念俱灰，驀然腦中一動，再也無暇多想，右腳向後一跨，左掌一式「倒打金鐘」平拍而出，同時借右足一旋之力，整個身子一個旋轉。

飛天如來只覺眼前一花，周道長手上的「倒打金鐘」並不稀奇，可貴的是足下那一封之力，老和尚「羅漢封印」再也收不回勢，周道長身形才一轉過，右掌手腕一封，「啪」的一聲，兩掌相交！

就在這剎時，周道長滿面已是汗珠，可見他是何等心焦！眼看一掌之危度過，心中不由暗呼僥倖。

兩人手掌才碰，各自已生出無限悔意，敢情他們深知這一僵上，要能分離，委實不易。

雖說集數高手之力，也足可分開兩人，但此時絕嶺無人，兩人雖有收掌之意，可惜力不從心！不到半盞茶時刻，兩人面色已由紅而白，飛天如來雙目微赤，周道長吸氣鼓立，不敢放鬆半分。

山風似刀，這絕峰上有誰上得來？看來武林頂柱的武當崑崙掌教就得一死一傷了——

就在這時候，一個青衣人如同鬼魅般飄上了絕峰，他一絲聲息也沒有的走了過來，一直走到周道長和飛天如來拚掌之處前十步，才停下身來。

也就在這時候，周道長和飛天如來才發現有人來了，這使他們心中猛震，能上得這絕峰的人，普天之下可說寥寥無幾，他們四隻手掌雖然拚在一處，但是他們的心中同時閃過幾個名字：「……會是冰雪老人？還是不死和尚？……還是點蒼掌門？」

但是當他們的眼角瞥到青衣人的面孔時，兩人心中都升起一片失望來，因為那青衣人是個陌生者！

青衣人看上去只有四十歲左右，面目清癯，負手默默站在十步之外，腰間的劍穗隨風而曳。

青衣人斜睨著兩人，喃喃自語道：「再鬥半個時辰，就是一死一傷的局面，我何不把他們分開？」

老道士和老和尚四目中同時現出禁止他如此做的神色，在兩人的心中同時都想道：「要憑一人之力能把我們分開的，似乎天下還找不出這麼一個人哩……除非……除非那傳言中的『天座三星』，但是三星究竟有沒有也是問題，即使有，也都該百歲之上了，還在人間麼？再說，

『天座三星』的神功只是個傳聞，究竟有多高誰也不知道，即使他們親臨，能憑一人雙掌之力將拚鬥中的武當崑崙神功化爲烏有?那也是個未知之謎啊……」

然而兩人的思想被「咔嚓」一聲清脆的響聲驚斷了，那青衣人拔出了長劍。

兩人要想阻止，但是哪裡辦得到。那青衣人平持長劍，猛吸一口真氣，忽然之間，他的臉色變成乳汁一般的渾白和美玉一般的瑩然閃光，那劍尖上發出嘶嘶的怪響——

只見他縱身而起，身子在三丈上空盤旋了一個圈兒，那劍光也在空中劃了一個圈兒，陡然之間，異聲大作，他的身形和劍光合而爲一，如閃電一般衝了下來——

只聽得轟然一聲，周道長和飛天如來只覺一股涼冰冰的東西從手掌心流過，而兩人已安全地被分了開來。

十步之外，青衣人橫著長劍，額上滿是汗珠。

兩人回想到方才掌心流過的冰涼感覺，再看了青衣人一眼，心中恍然，那分明是劍身從兩人緊貼在一起的四隻手掌之間分了過去，而兩人手上一絲也沒有損傷!

「御劍飛行!」

兩人同時低喝出來，青衣人把長劍插入鞘中，伸袖揩去了額上的汗珠。

三個人都沒有說話，周道長打破這出奇的寂靜:「貧道周石靈!」

於是飛天如來也合十道:「貧僧崑崙不塵和尚——」

那青衣人雖然力持著平靜，但是心中仍然猛震了一下，他沒有想到這兩人一個是崑崙山名滿天下的飛天如來，另一個卻是武當教的當今掌門。

周石靈萬分激動地道：「承蒙施主相救……」

他才說到這裡，那青衣人插口道：「兩位道長大師何必言謝，在下這就告辭了。」

說完他轉身就走，飛天如來大聲叫道：「施主大名何妨見告？」

其實，他們心中已知道這人是誰了，只是他們有點不敢相信這人的功夫真到了這種地步。

那青衣人聽了這句話，停下身來，過了片刻方才道：「武當崑崙皆乃武林領袖，然而百年來你爭我鬥，都是方外之人，又沒有殺父……殺父之仇……何必……」

說到「殺父」兩字，他的聲音不知怎的忽然一抖，但是他立刻接下去道：「……何必一定要分個勝負，難道『名』之一字對出家人這般重要麼？」

說到這裡，他頓了一頓，然後淡淡道：「在下姓董。」

「啊！地煞董無公！」

雖然他們原來心中所猜的也是他，但是仍然忍不住叫了出來，而那青衣人已在這一剎那間遠去了。

董無公的身形像彈丸一般從空中掠過，但是他的思想卻近乎麻木了，他痛苦地呼出胸中的悶氣。

「不錯，我解決了他們的困難，但是我的困難又有誰能替我解決？我立刻將和我的親哥哥拚個你死我活，又有誰能替我解決？」

他飛身一躍，足足飄出八九丈，那崎嶇的山路如履平地一般。天空白雲朵朵，或聚或散，董無公仰首望了一眼，他喃喃地道：「難道我們的結局，最後仍免不了箕豆相煎？」

想到箕豆相煎四個字，他不禁呆然站住了，白髮蒼蒼的慈祥幻影飄過他的眼前，那慈愛的面孔上，每道皺紋都代表著無比的慈愛和辛酸。董無公緊皺著眉，他在心底裡狂呼：「箕豆相煎，這難道就是爹娘養大咱們兄弟的下場麼？」

於是他的腦海中又浮現了他那兄弟的形貌，他默默想著：「他曾經是我唯一的大哥，可是現在已經不是了，我的大哥早已在我心中死去了，董無奇，你還配做我的大哥嗎？」

董無公默默感歎著，他勒腕浩歎，一掌拍在身邊的大石上，大石立成粉屑，但是當他回想到現實，他不禁微微抖顫了一下。

縱然地煞董無公的大名已經震撼了整個武林，被譽爲近百年來的武林奇葩，但是面對著他的親哥哥董無奇，他是一絲把握也沒有的。

天劍董無奇，雖然武林中人見過的少之又少，無人知他究竟有多少功夫，但是董無公是明白的，他們是一起長大，像影子和形體一般片刻不離，兩人分享了雙親同等的慈愛和關切，甚至他們的面孔也長得差不多，那太熟悉了。

董無公仰目望了望前程，然而前程的終點將是兄弟決死的戰場！

日已有些偏西，董無公略略計算了一下路程，他喃喃地道：「當月亮上來的時候，我差不多可以趕到了……也許，他早已在那裡等著我哩！」

明月靜靜吐放著清輝，婆娑的樹影，映在乾硬的泥土上，青灰色有些慘淡的味道，微風不時使那幢幢樹影在土地上搖擺，整個廣地都好似在月光下起舞。

這片廣地背山面水，對外通路，簡直可說一無所有，背面的山是一座高拔入雲的峭壁，陡直平滑，那面前的一條激流少說也有十來丈，水流好不湍急，水花激得到處都是，月色下一片水濛濛的。

一人負手在明月之下，不時吁然而歎，似乎有無限心事，月光下看得分明，只見他年約四旬，面目清癯，正是那地煞董無公。

他一襲青袍，在方圓百多丈的廣場中來回踱了一回，仰頭看了看天色，喃喃自語道：「月已西偏，時候差不多啦——」

話聲中似乎隱隱透露出一種珍惜此刻時光的意思，他微微吁了一口氣，驀然像下了莫大的決心，頓足喃語道：「董無公啊，今夜是你一生中最後的一戰了，就算是勝了他，也——」

話尚未說完，陡然語音一收，登時有如弦裂琴斷，身形簡直比風還快，刷地一個反身。月光下，只見身後不足十丈之處，端端立了一個人影，夜風拂過那人的衣袂，飄然瀟灑已極，正是他等候著的董無奇。

董無公心中大震，冷冷道：「你……你竟練就了那——」

十丈外，人影靜立，董無公話聲陡然一住，剎時一片寂默。

董無奇舉手掠過額際，發出一聲驚心動魄的冷笑，緩緩說道：「無公，你想不到吧，『暗影掠香』，嘿嘿，失傳武林整整二百年哪！」

董無公的臉上如同罩了一層寒霜，他萬萬料想不到對方在月光下涉水而來，竟能近身十丈之處，方為自己所覺，看來這「暗影掠香」的功夫，確是駭人已極。

董無奇沉默半刻，突道：「這一路來，處處傳聞——嘿，無公，你也聽說了麼？」

董無公雙眉軒飛，冷冷道：「大哥——呸！」

敢情他稱呼董無奇已成習慣，一時改不過來，是以才一開口，登時整句話都頓了下來。

董無奇陡然渾身一震，似乎在這短短兩個字中，找到了一些重大的感慨！

董無公再也克制不住自己激動的心情，顫聲道：「你——你還有臉問我聽說沒有？」

董無奇哈哈一聲長笑，笑聲中竟隱隱含有淒涼的味道。董無公長吸一口氣，勉力壓著激動的心情，一字一語說道：「江北三俠，金槍，神鞭……華山七劍他們和你有什麼過不去？你竟然趕盡殺絕，不留一畜一人？」

董無奇仰天又是一聲長笑，好似董無公此言觸中他心中隱痛，笑聲中氣充沛，直可裂石。

董無奇忽地一抑笑聲，異常平淡地說道：「不論你用什麼罪禍移嫁我身，我也不會忘記你那威風的一掌！」

董無公臉上好像失去了血色，他顫聲呼道：「什麼？你說——嫁禍——」

董無奇「呸」了一聲，厲吼道：「畜生，你這卑劣無恥的畜生！」

董無公陡然一驚，登時恢復了平靜，不屑地笑笑微微搖首道：「千夫所指，無疾而死，妄圖以口舌之辯，嘿！」

董無奇呆了一呆，緩緩道：「無公，這三十年裡，你我內心有數，咱們儘量避而不見，但這許多年來，並不能將我心靈的創傷沖淡一分一毫！」

董無公嗤笑一聲：「我亦有同感！」

董無奇並不理會，繼續道：「我不只千百次告訴自己，我還有一個卑鄙的弟弟，仗著那以天底下最下賤的一掌所求得的武學，在武林中稱雄稱霸！」

董無公的臉色又是一變，冷然接口道：「就從那一天晚上起，我就有一個感覺，今生今世，天下絕不能同容你我！我也曾千百次捫心自問，有一個毒害親父的人和我同胞並立，我竟能容忍整整三十個年頭！」

董無奇靜靜聽著，不時發出一兩聲尖銳的冷笑，但是董無公毫不理會，嚴厲地又繼續說道：「我立過一個誓言，今生永不見你！但是——若是窄路相逢不能避免——那麼不是你死，就是我亡！」

董無奇仰天長嘯一聲道：「無公，你好生準備著，今日之會，你我之中，必有一死，咱們不必再說廢話！」

董無公默然不語，雙手陡然一分，十丈外那人右拳陡起，封住董無公這一分之勢。地煞武學果真深不可測，十丈外一揚手，內力竟爾急襲而至，雙方內力一觸而開，兩人屏立不動分毫。董無公左手才一揚，忽地又收住拳勢，冷然道：「且住！」

董無奇嘿了一聲，吐出吸滿的真氣，靜待地煞董無公說話——

董無公冷然道：「咱們分別三十年來，各人武學造詣，憑空難忖，從你方才所施『暗影掠香』，我大致可推知你的功力，而你卻不得自知我的，咱們這一戰，豈不有失公平？」

董無奇似乎呆了一呆，哈哈道：「這個——我董無奇倒不在乎！」

董無公並不理會他的笑聲，冷冷道：「董無奇聽著，區區不才，已練就震天三式！」

董無奇笑聲嘎然而止，再也忍不住大吼一聲：「震天三式？」

地煞沉重地點了點頭！

董無奇驀地大笑一聲道：「好！好！不愧你三十年來的苦心——接招！」

他說打便打，話聲未完，身形一掠竟爾八丈，有若一道灰線，在那麼明亮的月光下，竟令人生出一種模糊的感覺！

霎眼間，兩人身形有如行雲流水，廿丈方圓的空地，也被踏了個遍。

董無公臉上漸漸滲出汗珠，他連有片刻的思索都不可能，只是雙足凌空虛點，身形不斷沿著廣地四處暴退。

董無奇也是緊張已極，雙目中神光電射，他深知董無公足下倒踏的是「八仙遊蹤」步法，雖退不敗，而且下盤浮浮實實，隨時有反攻的可能，是以他不敢絲毫放鬆，內力悉注雙掌，輕功也施到十成。

呼呼又是兩個圈兒，地煞董無公陡然大吼一聲，身形有若鐵釘一住，左右雙掌翻飛而出。

電光石火間，董無奇「小天星」內家真力一吐盡出，「呼」的一聲暴響，但見人影交錯一掠，董無公端立十丈以外，雙拳當胸而立！

董無奇呆立當地，他不能相信無公竟能逃出自己這絕對優勢的「天羅逃刑」！

地煞董無公暗吸真氣，壓住翻騰的血氣，狠狠說道：「小天星內力……不過如此！」

董無奇默不作聲，心中不斷思索方才無公如何逃出自己的內力，茫然半晌才道：「真有你的。」

地煞董無公哈哈一笑道：「三十年來，你仍未能改掉你偷襲的習慣，董某人甚爲你感到慚愧！」

董無奇冷哼一聲道：「好說！好說！」

董無公忽地上身一弓，大吼道：「來而不往非禮也，接招！」

董無奇心中一驚，十丈外地煞神掌斗飛，但聞嗚嗚一聲怪響，內家真力竟挾了一股怪嘯，飛過整整十丈，當胸打向董無奇！

這當兒再也容不得董無奇多加思索了，本能的一吐內力，硬對了一掌！

董無公雙足釘立地上，右掌一揚，左掌連劃半圓，在十丈外，一剎那竟一連劈出七掌之多。

董無奇臉色大是緊張，雙掌交拂而出，隱隱悶雷之聲大作，每接一掌，他便後退半步，到第七掌上，他和董無公已足足相隔十五六丈！

這種虛空對掌武林中不是沒有，只是像他們相距十五六丈，竟交互遙擊，這種功夫，不但絕跡武林，而且絕沒有人會相信內家功力竟能遙擊如此距離！

董無公釘立原地，震聲連連，「百步神拳」虛空連擊，董無奇退到十五六丈，也不再退，只見他左出右收，神拳絕不在地煞董無公之下，霎時間兩人已對劈三十餘拳。

董無奇知道地煞的神拳是他武功中一絕，當年曾在黃山絕頂，神拳獨戰黃山七怪，十招不到，連斃四怪，其餘三怪見風扯呼，被地煞神拳遙擊在十丈以外，這一下先機被他悉占而去，非得打起精神，硬拚他七七四十九路神拳不可！

地煞董無公愈打氣勢愈盛，董無奇心中不由暗暗著急，掌上拳勢雖毫不放鬆，但心中卻不斷琢磨打破僵局之策！

驀然他大吼一聲拳勢如風，一連反攻三拳。

這三拳可說是他畢生功力集聚，強勁內力劃過長空，隱隱有急雷之聲。

每發一拳，他上跨一步，霎時兩人之間距離不過十丈而已！

倏地，董無奇面上泛出一抹紫氣，清嘯一聲，身形比閃電還快，竟迎面掠向地煞董無公。

董無公大吃一驚，左右掌齊揚，在身前五六丈處，猛烈吐出內力。

但董無奇的身形有如破竹之刃，一竄而入。

只見他身形平平在空，足不點地，姿勢簡直美妙已極，雖然在此急迫之際，仍隱隱露出一股清越之氣。

董無公內心狂呼道：「暗影掠香！」

但是，這失傳百年的功夫何等奇妙，董無公來不及再轉第二個念頭，董無奇的右手五指，已接觸到地煞董無公的「紫宮」大穴！

董無奇仰天厲呼一聲，內力立吐，說時遲，那時快，董無公面上陡然一片酡紅，剎時砰然巨震，地上灰草一捲而起，灰塵飛揚處，兩人一觸而分！

董無奇一連倒退十餘步，面上慘白無比，一口真氣再也提不起來，口角邊血漬斑斑，身形一個搖晃，一跤跌在地上！

董無公靜立當地，面上平靜無比，冷冷瞪著董無奇，雙目中一片茫然光輝。

董無奇慢慢撐起身來，嘴巴微張，像是有話要說，但卻一字也說不出來。

周遭登時沉靜極了，微風拂過，帶來陣陣寒氣。

董無公移動釘立的雙足，才跨前半步，陡然哇地噴出一口鮮血，翻身便倒！

董無奇的嘴角露出一絲淒涼的笑意，喃喃地說出幾個字來：「震天三式……威震天下！」

不知過了多久，月兒已隱入雲層中，董無公蠕蠕移動身軀，右手托在胸前「紫宮」要穴，不斷揉動，口中不斷噴出血水，他深知董無奇的天星內力已震斷了自己體內八脈中三大主脈。

而他在最後一下，用「震天三式」將董無奇全身真氣震散。

若以天劍董無奇的功力，靜息半年，必可復原，而自己一身功力，卻是萬萬不能保留了。

他喃喃低歎，勉強爬了起來，走到昏迷的董無奇身前，呆立了片刻，心中不斷思索：「我若勉力集氣在他胸前補上一掌，雖則我將『血江崩散』，但他立刻死於非命……」

地煞天劍三十年死仇，到頭來兩敗俱傷，董無公權衡一番，默默吸了一口真氣，強忍渾身痛楚，運起神功於雙掌。

他體內八脈已斷其三，這一運氣，登時汗如雨下，雙目模糊不清，勉強俯下身來，伸手拍下。驀地長空刷地一聲，一道電光急閃而下，整個廣場猶如白晝，轟然一個悶雷，大地為之驚動！

董無公心神為之一震，這電光一閃之間，他忽然瞥見一塊綠瑩瑩的玉牌，端端掛在董無奇的頸間，並且他也看見董無奇那白紙似的面孔！

霎時他有如觸電般呆了下來，他伸手摸了摸頸下，他自己也掛著一塊相同的綠玦。

長空電閃連連，無公在斷斷續續的電光中，似乎從那塊綠玉玦中，看到了一個白髮盈盈，笑口常滿的婦人，是那麼的親切、慈愛！

他情不自禁的叫道：「媽，媽——無奇大……大哥！」

傾盆的大雨有若瀑布般灑在廣地上，董無公絲毫沒有感覺，他臉上露出快樂的微笑，像是他這一刻間，心中充滿的全是些愉快感覺。

清涼的雨水沖在董無奇的臉上，逐漸使他清醒過來，他緩緩睜開雙目，眼前是一張無比熟悉的面孔，面孔上充滿著歡愉的表情，他心中一怔，衝口嘶聲道：「無公！」

董無公面孔陡然一沉，右手顫抖地放在董無奇的胸口上。

董無奇勉強在面孔上擠出一個不散的笑容，啞聲說道：「打啊！打啊！」

董無公右手一顫，他的目光又回到那碧綠的玉牌上，登時他滿腔戾氣，化成一片祥和！

大雨淋在兩兄弟的頭上、身上，兩人的血水、汗水，和雨水交流成一片，好慘然的景象。

董無公吐出一口真氣，搖擺著站了起來，跨開兩步，忽而一停身形，轉過身來。

董無奇雙目中露出一種驚奇的眼光，但立刻變為一種釋然於懷的表情。董無公冷冷道：「咱們……咱們還是一生不要相見吧！」

董無奇艱難地哈哈低笑一聲，笑聲簡直比哭還要難聽，喃喃地道：「不是你死……就是我……我亡！」

董無公深深望了他一眼，堅定地轉過身來，一步一步走了開去，慢慢的，愈走愈遠，消失在茫茫雨夜中！

雨點打在董無奇的臉上，臉上的汗水污痕隨著雨水沖刷乾淨，但是他心中的創傷是無法洗去了，他深深吸了一口氣，掙扎著站了起來。

地上，董無公的腳印仍未被雨水沖失，那踉蹌的足印一直延伸到無垠的遙遠處——

「我們永不相見……」

他喃喃念著這句話，轉過身來，對準著與無公去向相反的方向，一步一步地前行，他想：

「這樣，我們是愈距愈遠，……愈走愈遠了……」

但是，又有誰知道，他們畢竟是愈走愈近了啊！

二　青青河畔

河水洶湧著，白色的浪花捲得水面上三尺以外尚是一片水氣迷濛，時值盛夏，炎日掛空，河邊的柳樹都無力地垂著頭。

孩子們的嬉戲聲在郊野中傳得老遠，像這等暑氣逼人的夏天中午，大夥兒都躲在家裡睡覺了，也只有孩子們才有興趣在紅日頭下鬼打架。

十幾個孩子在河邊嬉戲，互相拿河水澆淋對方，分作兩邊作水仗遊戲，幾個女孩子則在岸邊上跑來跑去，大聲叫著鬧著。

只有一個男孩子靜靜坐在一邊一棵大柳樹下，他用一雙小手托著下顎，默默注視著遠方的藍天和白雲。

這孩子長得又乖又漂亮，眉目之中卻流露出一種不像是稚齡孩子應有的深沉。

微風偶而拂過，在這炎熱中特別令人感到清涼，這孩子瞇著眼深深吸了一口清風，望著那群嬉戲的孩子，嘴角微微掛著一絲笑意。

忽然，他覺得自己的眼睛讓一雙細嫩的小手給矇住了，他驚叫了一聲：「是誰？呵——」

他立刻就知道是誰了，他低聲道：「小萍，放開我呀！」

一個如黃鶯般好聽的聲音：「董哥哥，你一個人坐在這裡幹什麼呀？」

那男孩伸手把矇在他眼上的一雙小手扳了下來，他背後站著一個大眼睛的小女孩，女孩身上穿著一件白色的薄衫，在陽光下反射出刺目的光耀，她推了推男孩子的肩膀，笑著道：「問你，你怎麼不說話呀？」

男孩子微笑著搖了搖頭：「坐在這裡看他們玩不是很好麼？」

那女孩道：「你幹麼不也到水裡去玩玩？那水清涼喲，要是……要是我是個男孩，我也要下去玩水哩……」

男孩子道：「我不會游水。」

女孩推了推他的身子，他知道是什麼意思，就向左邊挪了一挪，讓出一半位置來，那女娃娃笑瞇瞇地挨著他坐了下來。

河裡白浪一個接著一個，又像是在追逐著，又像是只在原處上下起伏不曾前進，那些孩子們愈玩愈野，直把水潑得滿天都是。

女孩理了理裙子，笑著道：「昨天我們都在小山上玩，後來你跑到哪裡去了？我找了好半天都沒有找到你。」

男孩子道：「我就在山上呀，我跑到後面去了，那裡有一塊草坪，草坪邊上全是漂亮的野花，什麼顏色都有，真好看極了。」

小萍笑道：「瞧你這樣子一個男孩，真比我們女孩子還安靜，成天花呀草呀，也不害羞。」她連比帶說，聲音偏又清脆悅耳，那小男孩望著她嬌媚的小模樣，默默地一言不發。

河畔柳枝深垂，不時點點水面，一陣清風吹起了小萍的短裙，小萍覺得舒適已極，癡癡地道：「董哥哥，咱們回去吧！媽媽說太陽曬多了，會發疹子的。」

那姓董的小男孩柔聲道：「小萍，你先回去吧！我還要看看他們游水哩。」

小萍仰著頭白了他一眼道：「你不走，我也不走，待會我生出疹子來，可是你害我的。」

小男孩奇道：「怎麼是我害你了？」

小萍道：「都是你不肯走啊！董哥哥，你可知道臉上長滿疹子的痛苦吧，又癢又痛，弄不好還要留下個大疤，真難看死了。」

小男孩不由自主地伸手摸摸眉角那塊小疤，那是去年夏天疹子留下的痕跡。一時之間，他突然想起去年小萍細心地替自己擠著疹子，用白帛慢慢地拭著膿。他知道小萍愛潔成癖，可是她一點也不嫌髒，一邊擠，一邊還溫柔關切地問他痛不痛。

小萍見他手撫小疤，柔聲道：「董哥哥，那被眉毛蓋上了，一點也看不出哩！」

小男孩瞧著她那白玉般的小臉，想到如果上面長滿了又紅又腫的疹子，真是不寒而慄，他連忙站起身來，拍拍灰道：「好，小萍咱們這就回家去。」

這時那些玩水的孩子，打水仗打得膩了，便比賽游泳，由一個孩子裁判，一聲令下，那些孩子一個個如魚一般向前衝。小萍和姓董的男孩不自禁的停下腳步觀看，姓董的男孩滿眼羡慕的望著那群身手矯健，和他年齡相若的孩子。

小萍靠著他悄悄道：「你猜誰會得勝？」

小男孩道：「一定是吳胖了，去年他就是第一，你瞧今年他又長高不少，結實得不得了。」

他侃侃而談，完全是心悅誠服的樣子，沒有一點妒忌之心，小萍哼了一聲不再作聲，小男孩見她神色忽變，忍不住問道：「小萍，你在想什麼？」

小萍道：「你猜我希望誰贏？」

那小男孩道：「你一定希望小寶勝了，啊不會，你前天才說過最討厭他，那麼就是李弟了，也不對，你昨天還和他吵嘴哩，啊，我知道啦，一定是你表哥。」

小萍聽他對自己的心事弄得很清楚，心中很是歡喜，掩不住笑生雙靨，露出兩個深深的酒渦，她不住搖著頭，因爲和小男孩站得近，長髮拂過小男孩的臉上，小男孩覺得癢癢的也分不出心裡到底是何滋味，他忍不住問道：「那麼是誰啊？」

小萍故作神秘地道：「你一定知道的，這個人是和你很親近很親近的人。」

小男孩想了又想，這時河裡的游泳比賽已至決勝階段，那吳胖果然氣力長久，身手不凡，一馬當先，小萍的表哥遠遠跟在後面，還有差不多五六丈就是終點。

小萍忍不住拍手叫道：「阿雄哥，加油啊！加油啊！」

阿雄抬起頭來，見他那漂亮的小表妹滿面祈望地注視自己，不由精神大振，用力划水向前，已經接近吳胖，小萍回過臉來，笑瞇瞇地對小男孩道：「表哥得第一當然好，可是……可是我真的是希望……希望你能得第一名。」她愈說愈低，似乎很是羞澀。

小男孩道：「我怎麼成，小萍，你瞧我不是連下水都不敢麼？」

小萍道：「董哥哥，我知道你成，你比他們聰明多啦，你……你只是不願意學而已。」

那小男孩心頭一震，這幾句話似乎說到他心坎上，他不由大起知己之感，握著小萍的手，癡癡地說不出話來。

小萍又道：「董哥哥，你答應我，從明天起，你就學游水去，我敢打賭，不要一個月，一定能超過他們的。」

她不住灌迷湯，那小男孩畢竟年幼，看著那清澈的河水，洶湧向東流著，不覺怦然心動。忽然一陣孩子的歡呼，打斷他倆人談話，原來小萍的表哥，鼓起最後力量，到達終點時竟超過吳胖數尺，眾孩紛紛游到岸邊，向他歡呼，只因吳胖平日仗著長得高大，孔武有力，常常蠻不講理，欺侮眾孩童，是以大夥見小萍表哥得勝、吳胖沮喪的表情，都不禁樂了起來。

那被選為裁判的孩子，鄭重宣佈小萍表哥阿雄得了第一。他裝模作樣像個大人一般，很是得意，忽然想起自己是裁判應當發些獎品，豈不是更加體面，搜遍全身，只找出一個泥娃娃，那泥娃娃原是他姑母從無錫回來送給他的，無錫泥人天下聞名，製作得維妙維肖，十分生動。

他依依不捨摸著小泥人，半晌揮手止住眾童喧嘩，正色宣佈道：「本裁判判定阿雄得了第一，獎賞泥人一個，吳胖第二，獎賞……獎賞……」他支支吾吾半天，也想不起賞些什麼，忽然見河邊一株野花生得很美麗，便接口道：「獎賞花一朵。」

眾童紛紛失笑，忽然有一個小孩道：「小李，那泥人你不是連別人多摸一會都不肯麼，怎麼忽然大方起來送人了？」

那叫小李的裁判硬著頭皮道：「為了鼓勵大家興趣，本裁判應當頒獎。」

他表面上很是大方，其實心痛不已，就差沒流眼淚了。

阿雄得意洋洋，眼睛只是轉來轉去望著他的表妹小萍，小萍見小李那模樣，她是何等聰明的人，立刻看透小李心思，見他還在一本正經地說著，真是又可憐又可笑。

小萍忽道：「阿雄哥，我編個花圈送給你，還有吳胖，我也送你一個比較小的。」

阿雄和吳胖喜出望外，眾孩子都是嫉妒萬分，不約而同朝著小萍，希望也能得到她的贈送，那吳胖雖則平日蠻橫粗魯，可是對小萍卻是不敢使性，聞言也雀躍不已，叫道：「小萍，你快去採花喲，我幫你去編花圈。」

小萍笑道：「你粗手粗腳能成麼?好了好了，別吵得人家煩死了，還有阿雄哥，你把泥娃娃還給小李好嗎?」

小李見自己最心愛之物拿去送人，倒不及她隨手採些野花野草引人注意，冷落了好半天，真是氣憤不已，這時阿雄把泥人遞還給他，他摸著泥人的小臉，這心愛之物失而復得，再也捨不得送人，口中猶說道：「這怎麼可以，我……我……已拿去……拿去作獎品啦!」

小萍牽起姓董的男孩道：「董哥哥，你說山上有很多好看的野花，你就帶我去採，你採我編好不好?」

那小男孩尚未答應，阿雄首先叫道：「我可不要這小子採的花。」

吳胖也跟著嚷了起來，眾孩平日就和姓董的男孩玩不來，又妒忌他和小萍親熱，這時如何不湊趣，都七口八舌地反對。

小萍氣得滿臉通紅，尖聲叫道：「好好好，你們再去吵吧!我要回家了。」

眾孩童果然住口。那幾個女孩子見小萍威服群童，心中很是妒忌，暗暗罵道：「小妖精，迷人精。」

小萍又邀姓董的男孩子一齊上山，忽見群人怒目而視，都瞪著自己身旁的男孩，她心念一動，暗忖這些頑童雖然服自己，可是如果自己不在，董哥哥一定會被欺侮，她知董哥哥又不願和別人相爭計較，只怕要吃許多苦頭，她想了想便道：「我一個人去採花去，大夥兒再玩吧，明兒咱們這時候再在這裡發花圈。」

眾童歡呼而散，小萍走了幾步，回眸對姓董的男孩笑道：「董哥哥，你等我喲，我一會就回來的。」

姓董的小男孩茫然點點頭，心中卻在想另一件事……

「小李的叔叔回來只有半個多月，怎麼小李就會變得跟大人一樣，講話很是有理，聽說他叔叔有一身武功，一個人可以和兩隻猛虎打鬥，本事真不小。」

想著想著，太陽漸漸西移，山上一片青草，他又想：「爹爹一定有個極大的秘密，這個秘密只有他一個人知道，我……我也不想知道，那……那一定是痛苦而嚇人的，還有媽媽呢？爹爹怎麼從來不講？」

在山腳下，一個五旬的儒生，背著手望著遙遠的天際，像一尊石像一樣。天際是遙遠的，那裡什麼也沒有，只飄浮著幾朵白雲，老人的心也在遙遠的地方，沉醉在不遠的舊事中。

「那時候和現在，對我而言是相差得多麼遙遠啊！」他想著，小徑裡發出踏葉的步子聲，老人習慣地閃在一棵大樹後，山道上跑出一個美麗的小姑娘，手上捧著一大堆各色各樣的花朵，頭上都插滿了，夕陽餘輝映在她圓臉上，真分不出人嬌還是花嬌，待這小女孩走遠了，老人歎口氣道：「這女孩如此可愛，他年必是個絕色美人，但願她能幸福，但願他們能幸福的過一生。」

他想到自己的乖兒子，不由情懷大開，心中暗忖道：「畢竟我還是富有的，我還有可愛的小兒子。」

天色漸暗，小萍跑到河旁，四處見不著那姓董的小男孩，她放開喉嚨叫道：「董哥哥快來，快來幫我提花籃——啊！毛毛蟲，毛毛蟲！」

她尖叫著，忽然從一塊河旁大石邊站起一個孩子，他揉揉眼，見小萍那種驚惶失色的樣子，連忙跑了過來，小萍拋下野花，投到那男孩懷中，用近乎哭泣的聲音道：「董哥哥，嚇死我了，一條大毛蟲。」

那姓董的男孩道：「在……在哪裡？我踏死牠。」

小萍指著地下，姓董的男孩想用腳去踏，又有些不敢，俯身揀起一塊尖石，把那毛蟲打扁了，他抬頭一看，突然臉色大變，盯著小萍看，小萍正感奇怪，姓董的男孩一咬牙，似乎面臨生死關頭，鼓足了勇氣，飛快伸手往小萍肩下抓去，小萍驚叫一聲，只見小男孩摔下一條五色斑爛的大毛蟲。

那毛蟲原已爬近小萍的脖子，小男孩抬頭忽然看見，他本對毛蟲也甚是害怕，又聽別人說過毒毛蟲爬過皮膚，便會潰爛流血膿不止，但見毛蟲愈爬愈近小萍的頸子，那如玉一般細嫩的皮膚，上面掛著一串白色小珠，他心中不斷地想，「如果這毛蟲再爬上去，這麼可愛的頸子便完了。」他一次次鼓起勇氣，最後總算鼓足了，拚著命去抓開那條毛蟲。

在那一刻間，他似乎覺得自己不重要了，小萍的安危，小萍的生死，比自己的安危，自己的生死更重要，但立刻地，他又恢復了冷靜，連忙把手浸在水中。

小萍驚恐之後，立即明白是怎麼回事，她緊緊挽著那男孩的頸子哭道：「董哥哥，董哥哥，你真勇敢，我早就知道你很能幹，你……你什麼也不怕，連毛蟲也不怕……」

那姓董的小男孩叫董其心，聽小萍不斷稱讚感謝他，很感不好意思，羞慚地道：「小萍，我沒有你說的那樣勇敢，我……我是很怕毛蟲的。」

小萍搖了搖頭，忍不住說出來：「董哥哥，你瞞不過我，上次，有一天晚上，我親眼看到你一跳便跳上大槐樹，好厲害喲！」

董其心臉色微變，滿不在乎道：「小萍，別胡說啦，我連爬樹都不會，怎能一跳上樹，你怕是看錯了，也許是一隻猴子。」

小萍那晚其實並沒看得真切，聽他說得認真，倒也有八分相信是自己看錯了，她一直抱著其心的脖子，親近其心說話，其心只覺一陣陣香噴噴的氣息拂過鼻子，他不覺有些羞慚，輕輕推推小萍道：「你媽一定想著你哩，咱們該回去了。」

小萍嗯了一聲，喜孜孜道：「董哥哥，我想通啦！」

其心問道：「你想什麼？」

小萍含笑道：「你是很怕毛蟲的，可是剛才你怕毛蟲傷害我，所以顧不得自己害怕了，董哥哥，我說得對麼？」

她神色甚是凝重，雙目炯炯注視其心，其心點點頭道：「小萍，你真聰明。」

小萍眼圈一紅，柔聲道：「董哥哥，你待我真好，我……我永遠記著你。」

董其心想了半天才答道：「小萍，這……這不算什麼，見人危急，理應上前相救，何況我們是好朋友。」

小萍頭靠著其心的肩，他倆人長得高低大小差不多，就如一對金童玉女，小萍道：「我們是好朋友麼，董哥哥，我說你……你是一個好孩子。」

其心不再言語，小萍忽然道：「董哥哥，你心跳得好急啦！」

其心淡然道：「是剛剛被你嚇著了。」

小萍道：「哼，你別騙我，董哥哥，爲什麼每次你抱我，我也是……也是心跳得很快，又是害怕，又是喜歡。」

其心見她低聲說著，臉上紅雲密佈，心想我幾時抱過你了，口中卻支吾道：「我……我也不知道是什麼原因。」

小萍閉上眼幽幽道：「每次媽媽和姐姐抱我，我都不覺得怎樣，只有你抱我，我緊張得很，而且……而且……很是舒服，你……董哥哥，你不喜歡抱我麼？」

她天真地傾訴著，其心和小萍兩人年齡均幼，對於男女間的愛慕之事，並不了解，其心只覺心內甚是受用，可也說不出一句對答的話來。

忽然背後一個冷冷的聲音道：「表妹，姑媽等你吃飯哩，你原來是跟這呆小子談情說愛來著。」

小萍臉色大紅，她雖心中無邪，只覺與董其心在一起便感甚是愉快，是以也不顧別個孩子妒忌，成天只在其心身旁，此時見表哥竟然在背後偷瞧自己，她雖不知自己倒底有何不對，但隱隱約約感到非常羞恥，她是嬌縱慣了，三房就只這麼一個寶貝女兒，如何能忍下這口氣來，反身怒道：「阿雄表哥，你鬼鬼祟祟躲在人家身後幹麼？」

阿雄冷笑道：「是啊！我鬼鬼祟祟和人家談情說愛。」

小萍氣得眼淚流下，頓足道：「表哥，我媽不來管我，要你管，要你管麼？」

阿雄見她流淚，心中很是懊悔，他原是來找小萍回家，早在背後聽了半天，他見表妹對那傻小子一往情深，心中又嫉又痛，真說不出是什麼滋味，終於忍耐不住，惡言冒了出來。

小萍見阿雄慚色漸現，不由更是氣盛，反來覆去叫道：「不要你管，我不用你管。」

阿雄神色沮喪，轉身便走，口中喃喃道：「我怎敢管你，那傻小子一身娘娘腔，又有什麼了不起，只有你才把他當寶貝。」

小萍氣勢洶洶地道：「你說誰是傻小子？」

阿雄想是在她積威之下已久，果然不敢再說，匆匆離去，小萍轉身嫣然一笑道：「董哥哥，阿雄表哥平常很聽話，怎麼近來變成這樣子，你瞧他剛才好凶，簡直要吃了我似的。」

其心道：「小萍，剛才我瞧倒是你比阿雄凶過十倍不止。」

小萍得意道：「對他不凶還成麼？不然天也會被他給揭翻了，董哥哥，明天我不送他花圈，誰教他這樣大膽。」

其心道：「大夥兒見我和你在一起，都是氣憤怨恨，小萍，我……我想還是……還是……」他本想說「還是不要常在一起。」小萍已接口打斷他的話頭道：「董哥哥，我才不理他們，他們不和我們玩，最好不過，我們天天在一起，上山採果子，到洞裡去餵小白兔，哼，誰希罕他們了。」

其心道：「你爲我得罪這許多好朋友，我真過意不去。」

小萍正色道：「董哥哥，誰是他們的好朋友了，告訴你，我只有一個好朋友……」

其心只覺胸中熱哄哄的，似乎鮮血都要流出來似的，他幾乎要去抱住小萍，但他畢竟害怕害羞，只凝神聽著。

小萍又道：「董哥哥，明兒我看你學游泳去，你一定要來啊！」

其心點點頭，小萍又道：「明天早上老師要繳上次教我們對的對子了，你作了嗎？」

其心搖搖頭，小萍道：「董哥哥，我晚上幫你作啦，不過這是最後一次，以後總得自己好好作。」

其心愁眉苦臉道：「對對子真是無聊，一點意思也沒有。」

小萍道：「董哥哥，你又不愛唸書，又不愛玩，你倒底愛些什麼啊！」

其心沉吟不語，小萍以爲自己話說重了，便道：「我也覺得對對子太沒意思，可是讀書人一定得會啊，爹爹說書讀好了，才可以做大官。」

其心道：「我不要做大官。」

小萍道：「好好，不做大官也沒關係，明早上學前你先到我家，我把對好的句子給你。」

其心點點頭，兩人攜手回去，到了小橋旁，這才分手，各自回家。

其心一進屋，看見爹爹在後室打坐，他揭開鍋子，裡面是一大鍋蔬菜，其心嗅了嗅，自覺倒胃，心想爹爹什麼都行，就只有這烹調技術實在太差，偏他又喜歡自己動手，每次不等自己回家，便搶著生火燒飯煮菜，好好的一大盤新折的青菜，竟被他煮成一團糊一般。

其心看看籃裡沒有肉，他知爹爹這一靜坐就是半個時辰，自己實在沒有勇氣吃這色香味俱差的東西，他靈機一動，飛快跑到河邊，脫下外衣，赤著膊一躍入水，像箭一樣潛入水中，不一會一手捉住一條尺餘大魚，他把魚放在地上，用柳枝串起，穿上衣服，看看四下無人，這才小心翼翼走向歸途。天上第一顆小星在西方出現，新月如鉤，其心踏著月光一步步走回家去，心中暢快無比。

這時候，如果那可愛的小萍在旁，她不知會有多高興，她所敬愛的董哥哥，絕不是沒用的人，絕不是，可是她在哪裡呢？從這條路筆直走個幾十步，那裡有一座大園，至少在這鄉下算是最體面的房子，小萍正在和親愛的父母及小弟弟一塊兒吃晚飯，她心中還在想明天怎樣逼董哥哥學游水哩！

其心望望那條路，他有一種莫名的感觸，像他這樣小小年齡，自然想不明白到底是爲什麼，他走進廚房，用小刀剖開魚肚，塗上油鹽，就在柴火上烤了起來，他雖是個小男孩，可是烹飪技術卻高，只烤得那魚甜香四溢，他正聚精會神的烤著，忽然背後一個淒清溫和的聲音道：「心兒，真好本事，誰家小閨女有你這高手段。」

其心回頭叫道：「爹爹，你打坐好了麼，咱們趁熱趕快吃。」

其心爹爹是個中年儒生，面容清癯，秀氣，臉上卻是慘白無比，他伸手接過烤好的魚，便和其心對面大嚼起來。其心道：「爹爹，有個姓李的小朋友，他叔叔回來了，聽說那人能夠力敵雙虎，是個蓋世霸王哩！」

中年儒生淡淡笑道：「那也算不了什麼，那人今日下午我見過，唉！像他這般年齡時，唉……不說也罷。」

其心追問道：「什麼不說也罷？」

中年儒生沉聲道：「像姓李的這種人，就是十個、八個只算得三流人物。」

他吃了一口自己燒的菜，自己也覺難以下嚥，滿臉愧色，乾笑道：「這菜不新鮮了，咱們別吃。」

其心微笑道：「是啊！是啊！這樣說來，爹爹可算幾流人物？」

中年儒生呵呵笑道：「爹爹麼，爹爹這幾根老骨頭，還不知能活到哪一天！」

其心道：「爹爹，您別這樣說，心兒雖則不知高深，但我知道你絕不是平凡的人……」

中年儒生眼睛一亮，隨即釋然笑道：「心兒，你別胡思亂想，明天上學可不是又要交課業了？趕快去作啊！來，爹爹洗碗去。」

其心臉一紅，結結巴巴道：「我，我已作好了。」

中年儒生道：「那老冬烘雖則古板，學問上倒有些見地，偏偏時運不濟，每考必敗，看他滿頭白髮，聽說今年還要趕考哩！」

其心忍俊不住笑道：「爹爹，他讀了一輩子書，從早到晚統是四書五經，夫子長夫子短，難道這幾十年努力只爲了考考官麼？」

中年儒生暗忖：「這孩子倒是開朗，不爲世俗之見所束，唉，和他伯伯的性兒是一模一樣，唉……」

他自哀自怨，不由書空咄咄，甚是漠落。其心見爹爹神色突變，不由吃了一驚，忙問道：「爹爹你不舒服嗎？」

中年儒生別過話頭道：「心兒，別騙爹爹啦，明兒交不出作業，又要挨那老頑固的板子了，可不准叫苦。」

其心道：「那老頑固打我板子，簡直像是替我搔癢啦！」

中年儒生道：「骨頭硬麼，如果震斷了板子，那老頑固可要剝你的皮啦！」

他父子兩人這一說一答，實在大悖常理。要知中國自古以來，尊師猶若敬父，只聽說父親叫兒子厲行師訓，珍重師恩，倒未曾聽過父親在兒子面前譏嘲老師的，這中年儒生，也是斯文一脈，不知怎的惡劣若斯？

其心道：「爹爹，我明日自有辦法，不會挨上板子，對了，那姓李的叔叔還說什麼天下英雄都出自峨嵋，而他的祖師爺爺，什麼峨嵋三老，是天下最厲害的人物。」

中年儒生淡淡道：「峨嵋三老……呵……」

其心又問道：「爹爹以爲峨嵋三老又是江湖幾流人物？」

中年儒生淡淡一笑，搖頭道：「這個，爹爹不知。」

忽地木門呀然一開，一個怯生生的小臉露了出來，正是小萍姑娘。

中年儒生道：「好啊，你的小朋友來了，爹爹到後面去。」

他爲人甚是知趣，和其心與其說是父子，倒不如說是好友比較適當。小萍看了看中年儒生道：「董伯伯您好。」

中年儒生道：「是啊，小姑娘你也好。」

小萍轉眼對其心道：「董哥哥，對聯替你對好了，你趁夜趕緊念幾遍，免得明天老師一問，你又露出馬腳來了。」

其心滿不在乎接過，說道：「小萍，謝謝你了。」

中年儒生笑瞇瞇注視兩人，小萍被他瞧得害羞了，便嚷著要回家，她嘟嘟嘴道：「路上好黑喲！又有野狗子，真怕死人了。」

她示意要其心陪她回去，其心尙未理會得到，中年儒生連忙催促道：「心兒，快送小萍乖孩子回去。」

小萍向他投以感激一瞥，其心拉著小萍的手奔了出去。中年儒生等他回來了取笑道：「這女娃子真是好生厲害。」

其心道：「怎麼？」

中年儒生道：「上次你不是幫她去山上採栗子，她便說不能讓你白辛苦著，要來服侍我老人家，你道她怎樣？」

其心道：「怎樣？」

中年儒生道：「她一進屋，那張小嘴便灌迷湯，吱吱呱呱說個不停，偏又句句動聽，只聽得我老人家心喜難搔，她原是來燒飯送我吃的，結果呢？她只是指揮東指揮西，一切都還是我自己動手。」

其心笑道：「是啊，小萍刁鑽得緊。」

次日，其心在課堂中對答如流，那老頑固只奇得連抉煙桿，再也不相信這笨童一夜之間，竟然變得如此聰慧，可是那對聯不但對法工整，而且字字珠璣，就是自己也未必作得出。吳胖和阿雄甚是嫉忌，他們哪知這是小小才女小萍花了一夜工夫嘔心而作。小萍見其心光彩十分，心中暗喜不禁。

下了課，小萍只道其心必然又高興又感激，哪知其心仍是平常那滿不在乎的樣子，她心中一酸，想起昨夜為他苦思佳句的情形，兩串淚珠在眼睛中轉來轉去，她想道：「董哥哥壓根兒沒把這等對文弄句之事放在心上當一回事兒，老師只當他笨，其實他是世上最聰明的人啊……」

想到這裡，她不由又高興起來，衝著其心道：「今天下課早，等會到河邊來玩啊！」

其心點頭應好，別了同學，逕自回到家中。但是當他一進入家門，不禁呆住了。

桌上壓著一張紙條，上面是父親的親筆：

「心兒知之：

汝猶記得為父常言：『大丈夫當砥礪磨練，吃得人間之至苦，方得為人中之超人。』為父有難言之隱秘，至此不得不與汝暫別，其間原委，複雜曲折，他日當汝應知之時，為父自會對汝明言。

為父此去一年必歸，汝切不可興尋找之念，遺下銀錢一包，汝年雖幼，然為父深信汝必能堅強自立也。

餘不多告，無限言語當年後來歸之時，自當詳告吾兒，筆走匆匆，心兒汝其好自慎之。

父字。」

其心呆住了，這是一個晴天霹靂，雖然他早覺父親有著一個隱秘，但是他不知是什麼，更想不通這和父親突然出走有什麼關連？

從小他和父親相依爲命，父親是他心中的天神，他望著那張紙箋，父親的字如龍蛇飛舞，屋中一片空蕩，他忽然感到失去依靠的感覺，有一句話悄悄飄上他的心頭，「無父何怙——」

他立刻暗罵自己一聲：「父親又沒有……又沒有死，你怎麼這麼想呢？一年後他就會回來的呀……」

年齡相仿的孩子們又到河邊來玩了，像剛從籠裡放出來的一群猴子似的，呼哨一聲，有的已經衝到河中，有的已經爬上柳樹，蟬鳴的聲音此起彼落。

「咦，瞧啊！」

小李指著不遠處，大家看過去，只見一個身穿華麗綢衣的小孩騎著一匹小馬跑了過來，那匹小馬雖然不高，但是長得十分神駿，馬背上的小孩更是長得又高貴又俊秀，直挺著胸膛坐在馬背上，就像觀音菩薩背後站的哪吒太子一般。

「得得得」，那小馬從河邊路接近，馬上的孩子對一邊眾童瞧都沒有瞧一看，直馳而來。

小李道：「正是雲合莊那大房子裡住的姓齊的闊小子。」

吳胖道：「這小子也夠神氣的了，從來便不跟咱們說一句話。」

小李道：「這姓齊的也真古怪，自從去年秋天搬到咱們這兒來住，我就從來沒有看見過齊家主人是什麼樣子。」

吳胖拍手道：「一點也不錯，只是有時這闊小子出來騎騎馬，便是他家那個僕人也從來不與人說話。」

小李抓了抓頭道：「不過我猜他家裡一定很有錢的。」

吳胖道：「那還用說，你瞧他們也不種田，也不開鋪，卻買了那麼大的一棟房子，還不有錢麼？」

這時候，一個如花似玉的小姑娘跑了出來，她似乎沒有看見馬兒奔過，竟然橫跑過來。

小李第一個瞧見，他不住叫了起來：「呀，小萍——小心呀——」

小萍猛一停身，那馬收不住腳，已經衝了上來，馬上的孩子飛快地一提韁繩，那駿馬一聲長嘶，飛身躍了起來，直從小萍頭上跨過，小萍卻被驚得跌倒地上。

那漂亮的孩子勒住了馬，轉回來對小萍道：「可受了傷？」

小萍其實沒有傷著，只是她惱怒這男孩魯莽，白了他一眼不加理睬，在她以為那孩子必然害怕，誰知那孩子喃喃道：「幸好沒有傷著，真是謝天謝地。」

說完便騎馬兒跑了。

小萍心中十分氣苦，爬起身來，那群孩子也都跑了過來，見到小萍沒有受傷，方才放心。

吳胖道：「那闊小子好生無禮，不屑跟我們交往倒也罷了，騎馬撞著了人，連抱歉的話也不說一句。」

阿雄擠在小萍身邊問長問短，聽到這句話，便大聲道：「吳胖，哪天咱們找個機會把這闊小子拖到水裡來好好整治一番。」

吳胖第一個拍手贊成。阿雄圍在小萍身邊討好了大半天，小萍卻只心不在焉地問道：「咦，董哥哥今天怎麼還不來？」

阿雄氣了起來，忿忿地道：「若說那小孩不理人可惡，咱們這兒姓董的人才更可惡哩。」

眾孩童想起平日董其心看著他們愛理不理的樣子，都合道：「正是，正是。」

小萍噘著嘴走開，吳胖叫道：「董其心有什麼了不起，老師說他是全村最……最不好的孩子，又笨又不用功。」

小萍氣道：「這樣說來，你吳胖是挺聰明挺用功的了？」

吳小胖從樹上跳下來，吹牛道：「前天老師還私下說我吳小胖人很……很不錯，文章也……也有見地……」

小萍哈哈笑道：「文章有見地麼？上一次作的文章我親眼看見的，老師在文章的最後批的是什麼？哈哈。」

吳小胖滿面赤紅，不再言語，偏是小李不識相，追問道：「批的是什麼？」

「哈哈，老師批了四個大字：胡言亂語！哈哈……」

小萍說完笑彎了腰，吳胖自覺恨不得有個洞鑽進去，只噗通一聲跳到河裡游水去了。

這時候，董其心正呆呆地站在他家門口。

「爸爸為什麼要這樣離去？」

這個問題仍在他腦海中盤旋，他癡然站在那裡，已經有幾個時辰不曾移動過了。

忽然，在寂靜的空氣中，傳來一個沙啞的聲音：「小孩子，有水給我喝喝麼？」

其心吃了一驚，他向左邊一望，只見一個老叫化子正對著他微笑。

他雖覺這老叫化子來得古怪，但仍連忙答道：「有，有，我就拿給你。」

他轉身進房，拿了一隻大碗和一壺開水走出來，卻見那老叫化早已大模大樣坐在他家堂屋裡，他一身衣衫雖然破舊已極，補丁累累，但是穿紮得卻整整齊齊，每一個扣子都扣得好好的，更奇的是旁的叫化子都是拿著一根打狗棍，這個老叫化卻是沒有，只是背上揹著一張金黃色的小弓。

老叫化見其心提水出來，笑嘻嘻地道：「多謝你啦，小娃兒。」

其心見他銀髮根根飄動，目光卻是炯炯有神，背上那個金色的小弓看來耀眼異常，其心不禁暗暗奇怪。他替老叫化倒了一碗水，老叫化一口飲盡，似乎乾渴得緊，從其心手上接過水壺，一口氣喝了七碗，才稱心快意地道：「痛快，痛快。」

其心是個面嫩的孩子，也不知該如何與陌生人交談，便胡亂道：「老人家可是一路風塵僕僕，許久沒有喝水了？」

老叫化拍了拍手道：「其實這一路來是沿著這條河水而下的，哪會沒有水喝？只是趕路趕得急，沒有時間生火燒水罷了，生水是喝不得的，喝壞了肚子可不是好玩的……」

他自言自語，嚕嚕嗦嗦，其心暗暗驚奇，心想倒看不出這個叫化子吃東西挺講究衛生，他不好意思說出來，卻見那老叫化從腰間解下一根軟皮帶來，那皮帶是夾層的，老化子打開一個口兒，提起水壺足足灌滿了「皮帶」，又繫在腰上。

其心望著他的舉動，心中大是不解。老叫化繫好皮帶，又跑到牆邊銅鏡前仔仔細細把一身又髒又舊的衣裳整理得整整齊齊，這才對其心道：「小娃兒，真謝謝你了。」

他一面說著，一面伸手往衣袋裡掏，掏了半天也沒有掏出什麼東西來，其心不知他在搞什麼鬼，信口問道：「老人家你丟了什麼東西麼？」

老叫化搖了搖頭，索性把衣袋裡的東西全都掏了出來，叮叮咚咚撒了一地，有煙管，有火石，還有一把尺長的短箭，還有另外幾顆竹製的象棋子兒，汗巾等等，最後他從袋裡掏出一顆鵝蛋般大小的明珠出來，遞到其心眼前歎道：「消受了你幾碗開水，我老叫化身上一點值錢的東西也沒有，這珠兒是俺在皇宮裡偷出來的，想來總還值得幾個錢吧，小娃兒，就送與你玩耍，千萬多多包涵。」

其心見那明珠又大又圓，隱隱泛出青光，分明是價值連城的寶物，他見這老叫化身上竟有這等寶物，而且隨隨便便，就要送給自己「玩耍」，心中不由大奇，連忙道：「你老人家說哪兒的話，幾碗水算得什麼？」
豈料那老叫化子歎道：「是我老叫化不是，但是俺身上委實別無長物，小娃兒你便將就拿去玩玩罷，其實呀，無論什麼金銀財寶，管他再是貴重，總是多值幾個錢罷了，世上還有許多無價之物呢！」
這句話卻深深說到其心的心深處，其心常為這個問題空想終日得不著答案，放眼望去。世上之人惘惘惶惶，終日只為了幾個臭銅錢，難道幾個銀子便能驅使人奔波不停麼？其心年紀雖小，但是思想卻是大異常人，但他究竟年幼，每當他想到這些事，總是不得其解，這時驟聞此語，不禁呆了半晌，再放眼一看那光亮耀目的大明珠，霎時之間，在他心目中便不再覺得絲毫可貴，與一顆普通石子毫無分別，當下他坦然一把接過明珠，隨手放在衣袋中，淡淡地道：「你老人家說得有理。」
老叫化雙目凝視其心，喃喃道：「難道世上真有這等慧根？」但他也不問其心的姓名，起身大步走出門去，才一走出門，老叫化忽然臉色大變，木然立住身形。
只見他凝視著五丈之外的一棵大樹，樹幹上深深刻著三柄劍，連成一個三角形。
老叫化子冷笑了一聲，忽然唱道：「殘羹敗饈腹無怍，百結敝履體不污！」遠處，有一個驚人的聲音傳來：「丐幫哪一位高人到啦？」
老叫化昂然道：「天下第一箭！」

三　丐幫十俠

遠處，那個聲音驚道：「啊——原來是金弓神丐蕭五爺到了！」

那老丐冷冷地道：「閣下是哪一位？」

那個聲音道：「不敢，小可溫榮。」

老化子哈哈大笑，那笑聲又是清楚又是宏亮，宛如龍吟一般：「鐵劍秀才來了，大約金笛書生也就在附近吧。」

那個聲音沉寂了，像是已離去。

老化子仰首觀天，滿面忽露落寞之色，喃喃地道：「歲月不饒人，乳臭未乾的娃兒全成了當今武林中流砥柱啦，我……我是老了……」

他轉頭向其心打個招呼，大踏步向西行去了。

其心怔怔然望著那古怪的老化子，直到那老化子背影消失，他喃喃道：「金弓神丐……金弓神丐……」

他心中忽然有一種奇怪的感覺，覺得自己彷彿在大海茫茫之中失了依賴之物，手足無措起來，他一轉身，幾乎叫出一聲：「爹——」

但是立刻他想起父親已經不在了，不禁一呆。

這時一個嬌憨的聲音在背後叫道：「喲，董哥哥，你在發什麼呆？」

其心一轉身，只見小萍俏生生地在他身後，手中拿著一條柳枝，晃呀晃地。

他茫然道：「小萍……我爸爸走了……」

小萍吃了一驚，連忙問道：「什麼？你說什麼……」

其心指了指桌上父親的留書，小萍搶上去匆匆讀完，睜著一雙大眼睛望著其心，悄聲道：「董哥哥，究竟是怎麼回事呀？」

其心搖了搖頭，待要說給小萍聽，又覺不知從何說起，於是他又搖了搖頭。

小萍像是忽然想起了一件事，緊張地問道：「哎呀，不好，那你豈不是晚上要一個人睡在這屋裡？喲，好怕人呀！」

其心見她抱著兩條胳臂害怕的樣子，不禁微笑道：「那有什麼害怕呀？」

小萍一雙大眼珠上下一翻，忽然喜上眉梢，拍手道：「有了，有了，董哥哥，你住到我家去——」

其心吃了一驚，連忙道：「不行不行，小萍你別胡來。」

小萍好像沒聽見一般，拍手叫道：「怎麼不行，怎麼不行，我就去告訴媽去，你——你等我——」

嬌嫩的嗓聲，「你等我」三個字還在其心耳中蕩漾，小萍已撒開兩條小腿，一溜煙跑出老遠。

其心驀地一驚，暗道：「我怎能到她家裡去？」

他推開門追上去，想要把小萍叫回來，小萍已跑得不見人影了。

他沿著土路走出來，轉過彎，遠遠望見那河水如帶，那些孩童們還在野著。

他走下堤堵，河岸是好大的草坪，忽然得得的蹄聲響起，一個衣著華麗的孩子騎馬奔過來，正是那雲合莊齊家的孩子，敢情他騎著馬兒蹓躂，在這草坪上奔來奔去。

站在河邊的吳胖子忽然叫了聲：「嗨，闊小子，小心呀！」

他一揚手，一團濕泥直飛過去，還帶著點點滴滴的污水。

那孩子騎在馬上，身上穿著潔白繡花的綢衣，猛一回頭，只見那團濕泥已飛到眼前，他忽然一低身子，整個人伏在馬背上，那團濕泥從他頭上飛過去了。

他一勒馬，掉過頭來。吳小胖大叫一聲：「嗨，咱們把他拖到水裡來！」

眾童一聲呼嘯，一湧而上，吳胖與阿雄跑得最前。那孩子一提馬韁，那馬兒前腿站立起來，他一抖手，手中的鞭兒盤空一抖，呼呼兩聲直抽下來——

吳胖和阿雄被那馬兒舉蹄虛空一踢，嚇得驚叫起來，那根馬鞭嗚地一響，兩個傢伙都嚇得抱頭滾在地上，那齊家的孩子一帶馬頭，向左橫走了三步，眾孩童早就不敢再動，呆呆站在那裡。

馬上的孩子輕笑了一聲，一夾馬，得得地跑遠了。

眾頑童呆了一會，方才七嘴八舌地罵起來，阿雄和吳胖一肚子悶氣，一回頭，正看見其心站在河邊。

阿雄叫道：「姓齊的闊小子雖可惡，這姓董的窮小子更是可惡，咱們拖他下水呀。」

他這一叫，眾孩童都向其心這邊嘻嘻哈哈地湧過來。其心想要轉身逃走，但是他終究不曾逃避，反而轉過身來，面對著眾頑童。

那吳胖子一把抱上來，眾童擁將上來，一陣推拉拖扯，其心的衣衫也被撕破了幾處，那阿雄尤其可惡，一拳打在其心的鼻樑上，鮮血立刻流出來，一群頑童如同瘋狂了一般，嚷著撕打。其心手臂臉上都被抓破，鮮血淋漓。

他暗中吸了一口氣，雙腿用力一撐站起身來，但是忽然之間想起一事，他又悄悄吐出了那一口氣，拳一鬆，毫不抵抗，任由那群頑童欺侮。

漸漸地，他臉上手上血流得多了，那些頑童看了都怕起來，一聲呼嘯，齊向後跑，霎時溜得精光。

其心從地上爬起來，傷口一點也不感到痛，只是熱烘烘地像火燒一樣，頭腦昏昏的，在這一刹那中他有好多事要想，卻是一件事也不能想，只是悄悄地站在那裡。

陽光曬在傷口上，鮮紅的創傷顯得更是鮮艷奪目，漸漸地他開始感到傷處疼痛，這時，得得蹄聲響起，那華服駿駒的漂亮孩子又騎了回來。

蹄聲漸緩，馬兒終於停在他的身旁，其心抬起頭來，只見馬上的孩子正也望著他，陽光照在他的頭髮上，泛出一片金黃色的光芒，那雙又黑又大的眸子靜靜地注視著自己，女孩子長得也沒有那麼漂亮，只是小嘴角微微地下彎，一絲笑意也找不到。

其心也靜靜地望著他，他忽然覺得這孩子對於他有一種特殊的感覺，那沉寂的氣質中，帶著一種親近的味道，他期待那孩子先開口——

那孩子終於開口了，他只說了一句：「被人欺侮了麼？報復呀！」

他說完這句話，拍馬掉頭而去了，其心聽了這句話，心中猛然一震，如雷轟頂，似乎有一股熱流在洶湧著、澎湃著。

他走到河邊，緩緩躺下身去，俯睡在岸邊，把頭伸到激盪的水面，讓那清涼的河水濺在他的臉上，臉上的血沖到河水中，化成一縷縷淡紅的血花。

他站起身來，攏了攏被河水沖濕的頭髮，四周靜悄悄的，一個人影兒也沒有，董其心再堅強，終究還是個稚齡孩子，眼淚在他眼眶中轉了兩轉，只差沒有落下來，他喃喃地想道：「這裡，我是無法待下去了。」

他飛快地跑回家去，家裡空蕩蕩的。小萍想是還在家裡和她媽七纏八纏。他把父親留下來的銀子放在布包裡，拿了幾本書一併包紮起來。他提著布包走到門口，向屋裡望了一望，默默道：「爹爹一年之後回來，我也一年後回來吧——」

他輕輕關上了門，快步向西走，頭也不回。

天快黑的時候，他已走到望不見這村莊的地方，四周都是野花，前面那條路彎彎曲曲的不知道通往哪裡。

前面路邊上，一個小鋪，其心買了些饅頭包子放在懷中，一面走一面吃著，太陽整個兒落下去了，只是西天有一抹紅霞，其心看看四面無人，便靠在路邊一棵大樹下休息。

昏昏沉沉的，他自己也不知道是睡著了還是未睡著，反正一陣人聲驚動了他，他微一翻身，發出嗦嗦之聲，他連忙不再翻動，側耳傾聽。

只聽見一個沙啞的嗓子低聲道：「我就不明白爲什麼白三哥和古四哥還沒有到，離開開封的時候，他們分明比我先動身的呀……」

另一個宏亮的嗓音道：「莫非是路上出了事？」

那沙啞的嗓子道：「金八弟你好會說笑話，白三哥和古四哥在一起，還出得了什麼事兒？」

宏亮的嗓聲道：「方才我和羅九弟碰了頭，他說鐵劍秀才和金笛書生已經到了附近，而且好像華山的劍手也讓他們給說動了，全來與咱們作對啦。」

那沙啞的聲音道：「華山？自從那年華山七劍讓地煞董無公一口氣毀了六劍，就只剩下了灰鶴銀劍哈文泰孤零零的一個人，華山還能派什麼高手？」

金八弟道：「方七哥說得不錯，聽九弟說，來的正是哈文泰哩！」

方七哥驚呼了一聲道：「他媽的老賊好毒的手段，他把咱們姜六哥擒去生死未卜，只這一段仇就叫咱們必報不休了，他還要投石下井，想把咱們一口氣全毀了哩！」

那金八弟道：「七哥說得不錯，瓢把子和雷二哥帶了十弟赴那居庸關之約，他卻在這裡和咱們決戰，分明是分散咱們的力量，看來華山點蒼峨嵋全讓老賊給撥動了，白三哥和古四哥若是再不到的話，可就麻煩了。」

方七哥道：「蕭五哥的人呢？」

金八弟道：「下午就到了，他命咱們不可焦急，亂了陣腳。」

其心愈聽愈覺奇怪，他忍不住爬過去，伸出頭來偷看過去，黑暗之中，依稀可見兩個黑影相對坐在草坪上，月光照耀下，可以勉強看出這兩人都穿著破爛褸襤的灰衫，好像背上還打著兩個大補釘。

忽然之間，一個沉沉的聲音傳了過來：「丐幫十俠請了——」

那坐著的兩人一齊站了起來，左面的一個向著黑暗中道：「是莊老賊麼？」

那人哈哈大笑，朗聲道：「聽閣下出言無禮，大約便是『石獅』方七俠吧，哈哈，老夫正是莊人儀。」

緊接著走出一個氣度威猛的五旬老者，他的身後跟著十多個漢子。

這時，月光明亮起來，只見那「方七俠」身旁的那人又瘦又長，臉上似乎洗不乾淨似的，只有一雙眼睛卻是亮得嚇人，而且雙眸中似乎閃出點點金光，那老者莊人儀拱手笑道：「這位——啊，想來必是『金眼雕』金景了！」

金景手中持著一根長及耳邊的棍兒，他頓了頓棍兒道：「莊人儀，你把咱們姜六哥究竟怎麼了？」

莊人儀臉色一沉道：「你問老夫嗎？」

金景道：「當然是問你了——」

莊人儀道：「那老夫倒要問問你，你們丐幫憑了哪一點理由斷定老夫綁架了你們的姜六哥？」

金景怒吼道：「莊人儀，你要當面混賴麼？」

莊人儀不再言語，卻笑嘻嘻地道：「咱們先不談這個，到貴幫講道理的人來了咱們再談不遲，待老夫先替二俠引見幾位朋友——」

他說著向後一伸手，指著最左邊的兩個胖子道：「這兩位是點蒼的名家洪氏兄弟——」

金景吃了一驚，點蒼洪氏兄弟不出江湖已有多年，想不到這莊人儀好生厲害，竟把他倆也拖出來了。

莊人儀冷哼一聲，指著另一個白面書生道：「這位鐵兄想來二位英雄不曾見過，鐵兄乃是方從天山到中原來的——」

他話未說完，忽然一個粗獷的聲音打斷了他：「冰雪老人鐵公謹是他的老子麼？」

只見一個背著一張金弓的老化子踏步走了進來。

莊人儀微微一驚，隨即呵呵笑道：「好呀，蕭五爺請了。」

其心吃了一驚，這蕭五爺正是那問自己討水喝的老化子，他忘了疲勞，目不轉睛地注視著場中變化。

金弓老化子指著莊人儀罵道：「姓莊的，你一生僞善，唯恐天下不亂，你把我姜六弟藏到哪裡去了？」

莊人儀道：「老朽一來就碰著人有的問我要姜六哥，有的問我要姜六弟，這就奇了，誰見了你的姜六弟呀？」

金弓化子道：「莊人儀，你用心險惡，一面挑撥蒙古『大漠金沙』九音神尼帶著她的徒子徒孫與咱們丐幫定下居庸關之約，一面又煽動各派好手要在這裡與咱們論理，只怕你計較雖好，各派高手未必就肯聽你這糟老頭兒派遣吧？」

他這句話說得具有挑撥意味，果然莊人儀背後有人面露不悅之色。莊人儀不慌不忙地道：「蕭昆，我且問你，鄭州道上點蒼的弟子是不是貴幫人打傷的？黃河水面上譚家的糧船是不是讓貴幫的人燒了？山西臨汾……」

金弓神丐蕭昆捧腹大笑，聲震林木，大聲道：「我以爲莊人儀一代梟雄，當真能夠把天下各派高手都說動了，原來用的是這等伎倆——」

他退了一步，再向前時，已用腳尖在地上寫了一個「拖」字，方七俠和金八俠看了都知他意，此時雙方力量懸殊，除了拖，別無他法。

正在此時，一縷亮紅色的煙花沖天而起，緊接著紅色的旁邊又衝起一縷黃色的煙花，在漆黑的天空裡煞是好看。

金景喜道：「三哥四哥到了！」

眾人一聞此語，不由都是肅然，只見兩個人大踏步走了過來。

那兩人左面的一個頭上纏著一圈白布，右面的一個左手上也纏著白布，丐幫的人大驚失色，暗暗道：「三哥四哥掛了彩？」

然而那莊人儀卻更是驚駭萬分了，他望著這兩人出現，真有點不敢相信自己的眼睛，怎麼這兩人還沒有死？

那兩人一言不語，只是大踏步走將過來，眾人也肅靜著，直到兩人走到五步之外，金弓神丐才道：「三哥四哥，皖北道上出了岔兒麼？」

那兩人沉重地點了點頭，左面的指著莊人儀大罵道：「好個莊老賊，你既約咱們到這裡，爲什麼路上又派人偷襲咱們？」

蕭昆驚道：「是什麼人偷襲？」

他不敢相信莊人儀還有能耐搬動什麼人，竟能把威名滿天下的「開碑神手」白翎及「鐵膽判官」古箏鋒一齊打傷！

鐵膽判官古箏鋒冷笑道：「不曉得是從哪裡搬來的人物，兩個黑布蒙面人，一身賊功夫高得出奇，莊人儀，我問你，你行事還講不講江湖道義？」

莊人儀譏笑道：「既然你連蒙面人是誰都弄不清楚，爲什麼要說是我莊人儀找的人？」

鐵膽判官仰天大笑道：「你莊人儀千算萬算，只道是萬無一失的了，可惜老天偏不讓惡賊從願，在你莊人儀以爲今日我古箏鋒和我白三哥一定到不了此兒來吧？不錯，那兩個蒙面人武功高得出奇，便是他倆個也自以爲我古某人和白三哥是死定了，是以打了一半，那蒙面賊子露出口風來啦——哈哈哈——」

蕭昆見事態離奇，忙問道：「蒙面賊子露出了什麼口風？」

鐵膽判官道：「那蒙面人好生狂妄，他得意忘形之餘，哈哈大笑道：『今日你們兩人是死定了的，到閻羅王門上可莫愣頭愣腦，告訴你也不妨，咱們是莊人儀的朋友！』嘿——咱們聽了這句話，說怎麼也不能讓這兩個蒙面人給毀了，所以，莊人儀，對不住，咱們還是趕來啦——」

莊人儀面色鐵青，冷哼了一聲道：「這倒奇了，我莊人儀平生最敬服的便是白兄古兄這等英雄人物，如果今日之會沒有了白兄古兄，豈不寂寞得緊？倒是那蒙面人說的話好生叫我不解，幸好白兄古兄功力深厚，若是遭了那蒙面人的毒手，豈不是叫我莊某無處解釋得清？」

一直沒有發話的「開碑神手」白翎冰冷地道：「那兩個蒙面人麼？讓咱哥倆廢了他一條胳膊！」

他說著從背包裡一掏，隨手往地上一擲，只見地上駭然一條被劈下來的胳膊，血跡都成了紫色！

莊人儀到了此時，反而神色自若起來，他微笑道：「不管那蒙面人安的是什麼心，現在白兄古兄既已到了，就請劃下道兒來吧。」

開碑神手白翎一字一字地道：「沒有什麼可多說的，窮家幫的生死存亡就在今日一戰，咱們瓢把子和雷二哥不在，天大的事都衝著白翎來吧！」

莊人儀道：「丐幫十俠個個威重武林，也許正因為十俠英雄過人，貴幫所做的英雄事跡也太過分了一些吧——」

他話說到這裡頓住，身後閃出了那點蒼洪氏兄弟中的老二，他一挺胖肚子，大咧咧道：「丐幫的行事規矩怎樣，我洪家銘可不管，我只問鄭州道上敝門弟子因何被貴幫給打傷了？」

鐵膽判官冷笑道：「呵，鄭州道上那樁事麼？貴派的弟子真好德性！」

洪家銘又挺了挺肚皮，傲然道：「敝派弟子德行不好，還有點蒼的門規在，也犯不著你們拿臭叫化的規矩來整治他呀？」

那方七俠勃然上前道：「鄭州道上的事是我方橫幹的，貴派的好弟子，他媽的白嫖姑娘還打傷人，老子討碗剩飯，他叫老子爬著吃屎去，老子不打他打誰？」

那洪家銘是點蒼派有數的劍術名手，據說在劍術上的造詣比他兄長洪家勤猶高一籌，這時他的右手漸漸移到了劍柄上，冷冰冰地道：「你叫方橫，倒真橫得可以了——」

其心躲在草叢中一動也不動，他暗道：「什麼叫做白嫖姑娘呀？」

不過他感覺到場中是愈來愈緊張了。

方七俠方橫道：「姓洪的，你要動手麼？」

「嚓」地一聲，洪家銘抽出了長劍，一道寒光盤空一匝。

石獅方橫伸手一拔，一把金環大刀已握在手中。

洪家銘輕藐地冷笑了一聲，只因「劍是兵器之祖」，一般說來練劍所須時間總在練刀的五倍以上，是以洪家銘這等上乘劍家一見方橫拔出大刀來便冷笑了一聲。

只見金光一閃，環兒叮噹一聲互撞，刷刷刷一片刀風如巨浪洶湧而至，洪家銘劍出如風，立刻以快打快，但是十招一過，洪家銘不禁倒抽一口冷氣，只見方橫一刀快似一刀，一刀緊似一刀，刀背上的三個尖角挾著陣陣疾風竟然兼攻穴道！

洪氏兄弟的老大洪家勤大喝一聲道：「二弟，這廝是八卦金刀——」

洪家銘心中猛然一凜，收斂了滿腹輕敵之意，劍走中鋒，震時劍風大震，虎虎生威。

上乘劍術講究的是心劍合一，洪家銘此時心神一斂，他浸淫劍術數十年，立刻劍上威力大是不同，劍鋒揮動之間，光芒一吞一吐。

他原來小看了石獅方橫，八卦金刀乃是南宋末年河朔金刀萬老爺子所創，萬老爺子自幼隨在少林寺中帶髮修行，三十歲離開少林，三十歲後浪跡江湖，遍訪了天下施刀名家，到了五十歲那年便創了七十二路八卦金刀，其中奧妙無窮，完全是內家的上乘刀法，這才使刀在武林中重被重視。

洪家銘多年不現武林，劍上造詣令人驚駭，點蒼劍法本就以輕靈狠辣著稱，看他身材肥胖，然而劍走偏鋒，輕靈之處，好比蝴蝶翩翩。石獅方橫刀路又快又重，金光閃耀之下，凜凜生威。

丐幫自從「七指竹」藍文侯繼承了幫主之位以來，丐幫十俠名震天下，成了武林中勢力最大的幫會，這除了藍文侯統領有方以外，主要還是十俠個個武功驚人，一連幾次重大戰事，轟轟烈烈地表現了一番，使武林中人提起丐幫十俠來，人人都是又敬又畏。

眼看數十招過去，忽然洪家銘大喝一聲，手起劍落，石獅方橫的一條左臂竟被砍了下來，方橫大吼一聲，右手金刀出手，嗚地一聲怪響，一直飛向洪家銘門面——

洪家銘長劍一封，只聽得喀折一聲，劍身成了兩截，金刀也噹的一聲落在地上。

石獅方橫面上神色駭人，他大踏步走上前，走了五步，終於一跤跌在地上！

那金眼雕一把將方橫抱起，一雙金眼中射出怒火，他抬起頭來，望著五步之外如一座鐵塔般的開碑神手白翎，咬牙切齒地道：「三哥，咱們怎麼說？」

白翎冷靜地道：「七弟毀了麼？」

金眼雕道：「胳膊完了！」

白翎仰起目光來，狠狠地瞪著洪家銘，冷然道：「洪氏兄弟好厲害的劍法，我白翎要領教一兩招。」

洪家銘握著半柄斷劍，正要答話，只見另一個胖子走上來輕狂地道：「兄弟慢來，待我先行打發了這臭化子，咱們再上路吧。」

正是那洪家勤。

開碑神手拂然不悅，他一抖衣袖，沉聲道：「我找誰打便是誰，要你多事麼？」

他一抖開袖子，只見他那百結褸衣在胸腹之間縫著一塊大紅色的補釘，眾人都知這是丐幫中三當家的標記。

洪家勤卻是理也不理，嚓地一聲拔出了長劍。

一個宏亮的嗓子響起，「三哥，他們既換了人，你何必同他打交道，待我來試試點蒼三腳貓的劍術到底有多少斤兩？」

只見鐵膽判官大踏步走了上來，胸前一塊黃色的補釘。

他指著洪家勤道：「來啊！」

洪家勤一抖手中長劍，舉手便刺，其速如風，鐵膽判官古箏鋒冷冷一笑，欺身搶入，雙掌翻飛，好比一對鋼爪一般。

眾人只聽得呼呼聲響，十招過後，洪家勤招出如電，鐵膽判官連退了三步，接著「卡」的一聲，洪家勤退了一丈，手中空空如也，劍子已到了古箏鋒的手中！

鐵膽判官伸手一折，「啪」地一聲，那劍子已成了兩截，他一字一字地道：「洪家勤，你不是對手的！」

「洪家銘，現在該你了。」

洪氏兄弟在武林劍家中是極有盛名的高手，丐幫的鐵膽判官古四爺雖然鐵掌動天下，但是眾人也沒有料到在那麼短的時間內就叫洪家勤長劍出了手，一時都噤聲不語，心中暗暗駭然。

莊人儀一手握住洪家勤，一面以目示意華山派僅存的高手「灰鶴銀劍」哈文泰，想叫他以華山神劍鬼哭神號般的威勢，挫一挫鐵膽判官那不可一世的銳氣。

但是灰鶴銀劍卻是動也不動，莊人儀一連暗示了三次，灰鶴銀劍只是不動，莊人儀忍不住道：「哈兄——」

灰鶴銀劍哈文泰打斷道：「莊兄曾說丐幫英雄齊聚於此，哈某人來此爲的只是要與藍大幫主會一會，領教領教他那獨步武林的『七指竹』功夫，既然藍大幫主不在此地，小弟可要告辭了。」

莊人儀知道灰鶴銀劍是暗怪自己騙他，但此時不能解釋，一時不知說什麼好，只見哈文泰起身來就走，然而就在這時，一個寬闊的聲音：「喂，看完好戲再走不遲呀！」

只見一人伸手一把便抓住了哈文泰的衣袖，眾人看時，只見正是那天山來的鐵凌官。

哈文泰反首道：「鐵兄要阻止小弟麼？」

鐵凌官狂笑道：「哈兄既已來之，何必去得太匆？」

哈文泰一反手，掙脫了鐵凌官的扯拿，鐵凌官全身不動，只是左手小拇指一伸，忽然襲向哈文泰脅下——

哈文泰一側身，身形如行雲流水般一瀉而出，離地不過半尺，落地已在兩丈以外，那份輕靈真是美妙已極！

哈文泰走出了十餘丈，眾人才感到這個華山僅存的高手委實具有一身驚世神功，那鐵凌官哼了一聲，不再說話。

鐵膽判官仰天長笑，指著鐵凌官道：「這位兄台尊姓？」

莊人儀道：「這是鐵兄，方由天山來的。」

古箏鋒大笑道：「丐幫什麼時候和冰雪老人結了樑子啊？」

鐵凌官臉色一沉，厲聲道：「冰雪老人怎能與叫化子扯在一起？」

古箏鋒道：「久聞冰雪老人摘葉飛花的絕技天下無對，但從閣下言行看來，那只怕是言過其實了。」

鐵凌官一言不發，上前對著古箏鋒一揖道：「老兄罵得好，多承指教！」

古箏鋒提了一口真氣，恭恭敬敬還了一揖，只聽得登登登三聲，古箏鋒一連退了三步，臉上神色大異，那鐵凌官卻是牢定原地一動也不動。

所有的人都驚出了聲，古箏鋒十招之外就空手奪了洪家勤的長劍，鐵膽判官那迅雷不及掩耳般的身手，眾人都是目睹的，不料鐵凌官一揖之力竟然深厚如此——

奇的是古箏鋒和鐵凌官雖然對了一掌，但是兩人依然相對而立，過了一會，古箏鋒的臉色恢復了常色，他吐氣道：「鐵兄好掌力！」

鐵凌官張口欲言，卻哇地一聲吐出一口鮮血來，臉色慘白。

眾人嘩然之聲大起，古箏鋒退了幾步，經過白翎的身旁時，白翎低聲道：「吃了虧麼？」

古箏鋒道：「那小子不會比我好。」

開碑神手白翎環視一周，眼見對方高手如雲，莊人儀分三批先後發動了數十人，把丐幫人手分開，看來只要自己這邊一敗，一個轟轟烈烈的丐幫就得煙消雲散。

他沉吟了一下，上前道：「莊人儀，你我幹一場吧！」

這等面對面的挑戰倒使莊人儀愣了一下，但隨即他已明白開碑神手的意思，他冷笑一聲，轉身道：「莊人儀若是敗在開碑神手掌下，莊某個人與丐幫的事自然了結，那時各位與丐幫的樑子，莊某人就心有餘而力不足了，尚希各位包涵則個。」

他這番話等於說明即使白翎勝了他，今日之事也不能了。

白翎冷笑一聲，一抖大袖就要動手。

眾人只知開碑神手白三爺掌上神力舉世無雙，而莊人儀則是一個高深莫測的神秘人物，他的來歷無人知曉，平日和靄可親，但又似功力深不可測，這時見兩人將要一拚，都不禁睜大了眼睛，拭目以待。

白翎轉身對金弓神丐低聲道：「四弟內傷，若是我敗落了，五弟你可要爲丐幫保留一個高手，萬萬不可感情用事——」

他的意思就是叫蕭昆準備突圍逃走，蕭昆瞿然一凜，不知該如何回答是好。

莊人儀也走上前來，然而就在此時，一條人影氣急敗壞地衝了進來，面上慘無人色，蕭昆大吼一聲：「羅九弟，什麼事？」

那人顫抖著聲音喝道：「居……居庸關……」

蕭昆全身一震，大叫道：「居庸關怎麼？」

那人道：「居庸關上……瓢把子……瓢把子讓九音神尼給毀了，雷二哥血戰重傷，十弟失了蹤跡——」

蕭昆叫聲「啊」，險些一跤摔倒地上，白翎猛一頓足，仰天一聲長歎。

古箏峰一聞此語，如雷轟頂，再也忍不住，也是張口噴出一口血來，他一把抓住白翎的衣袖，顫聲道：「三哥，咱們聽你的——你說怎麼辦？」

開碑神手咬牙切齒，狠聲道：「好，好，莊人儀，丐幫算完了，白某人說一句算一句，從今以後武林道上再不會出現丐幫的弟子，只是——有一樁你要記牢了，白某人在半年之內必來找你！」

白翎一揮手，帶著丐幫眾人大步而去，就沒有一個人敢伸手阻攔。

待那批人走得遠了，莊人儀才仰天大笑起來，他朗聲道：「丐幫自藍文侯當了頭兒以來，橫行武林十餘載，總算今日垮了……」

他轉身對眾人道：「列位，咱們去痛飲一杯，老夫備有上乘佳釀！」

十多個人大步退出那草坪，十多個影子長長地拖在地上，有一些雜亂的感覺，對襯著遠處丐幫幾個孤零零的身形，就使他們顯得更孤零了。

董其心揉了揉眼睛，方才的情景一幕幕仍在眼前，他心中有些害怕，也有些失望，草叢中有一大堆螞蟻在合力拖著一隻螳螂，那螳螂看上去刀甲俱全，威風凜凜，但是落在那群又黑又大的螞蟻手中，眼看就要成了螞蟻的口糧，其心托著腮兒，喃喃地道：「原來，寡是難以敵眾啊！」

他站起身來，身子曲蜷著久了，骨節都痠疼了，他伸了個懶腰，忽然覺得有些不舒服，頭腦似乎有些昏沉沉的，他摸了摸額角，覺得有點熱，但是他自己也不知倒底有沒有發燒，他四面望了望，又坐了下來。

忽然他想到了爸爸，也想到了小萍，如果他們在的話，一定會急急忙忙地照顧自己了，他想著：「我們要分別一年，一年後再見吧——」

隨即，小萍最後對他說的一句話飄上他的心田，那是：「——你要等我呀！」

其心想到這裡不禁癡然怔住了，心中恍恍惚惚，自己也不知道在想些什麼，涼風吹過，他竟打了一個寒噤，這使他猛一驚覺，他低頭看見臂上的傷痕，胸前被撕破的衣襟，另一個意念如熊火般燃了起來，他撐著站起身來，拍了拍身上的塵埃，沿著那條小路走了下去。

這時，天邊的星兒漸漸隱退。

眼看著，又是一天開始了……

四　赤子之心

森林中一片陰沉沉地，只有幾處露在光亮中。

一個矮小的身軀，姍姍地穿插在光暗之間，他走到了一個三岔口，小臉上流露出幾分猶疑。

突然，樹枝上傳出吱吱喳喳的鳥叫聲，他彎下身去，拾起一塊小石子，信手往鳥聲起處一拋，突然刷地一聲，一隻大喜雀尖叫著朝西北急飛而去。

他看了看喜雀道：「你往那邊飛，我就朝那邊走。」

於是，他放開了步子，也往西北方向走去。

也不知走了多久，眼前忽然一亮，原來已走出了林子，前面是一個小小的山坳子，裡面長滿著各色鮮花，他喜悅地叫了一聲，三步兩腳地撲入了山坳子，往花叢中一倒，躺在地上。

他坐起來，採一朵黃色的大花，擺在眼前晃了晃道：「這朵給爸爸，那朵給媽媽。」

他指著一朵紅色的花兒。

他遲疑了一下，又重複說道：「給媽媽，但是，媽媽又是什麼樣子的呢？」

他睏頓地打了個呵欠，把黃花放在嘴前，頑皮地吹了口氣，那黃花忽地一聲，竟釘入了三尺多遠的一棵樹幹上。

他開心地笑了笑，揉揉眼，便躺在花叢中睡著了。

過了不久，樹林中走出了三個人，二男一女，卻是道者打扮。

其中年輕的道士嘴裡嚷道：「曲師兄，咱們總算走出這短命的樹林哪！」

那個姓曲的道士眉色之間甚爲沉重地道：「張師弟且莫高興，咱們誤了期，白跑一趟不算，回去怎麼向師父交代呢？」

那個道姑道：「咱們頭一次下山，師父也不會多責怪的。」

曲道士道：「話不是這麼說，咦……」

他突然止口，指著數尺遠的一棵樹，張道士順眼一瞧，見到一朵大黃花竟整整齊齊地嵌在那樹幹上，也驚噫了一聲。

那道姑低聲道：「莫非是丐幫的高手？」

曲道士沉吟了一下，道：「只怕丐幫還出不了這等角色。」

張道士一拉曲道士的衣袖，道：「這花成色還新鮮，咱們搜。」

曲道士一擺手，止住了張道士，道：「且慢，待我瞧瞧。」

他湊上去看了又看，用手一拍，那花兒跳了出來，他拿著對二人道：「師弟師妹，你們瞧，這手功夫，咱們也不見得不會，只是難在這花朵絲毫不損，我想，恐怕是崑崙派的。」

二人臉色一齊大變，道姑說：「他們到咱們武當山附近幹啥？」

原來此三人仍是武當周石靈道長座下的三大弟子，女的道號天淨，俗名伊芙，曲道士道號天璣，俗名萬流，張道主俗名千崗，道號天清。

天璣子曲萬流年齡最大，人也比較沉著，他想了想道：「又不像是飛天如來老前輩的行跡，不過，咱們還是快回山去報告。」

說著順手將黃花一丟，天淨子伊芙忽然輕聲道：「那邊有人。」

張千崗一瞧，只見黃花落處，隱隱見到一隻布鞋底。

曲萬流把花叢撥開，呸了一口道：「原來是個野小鬼。」

伊芙道：「曲師兄！人家怪可憐的。」

張千崗見他衣著破爛，身上傷痕纍纍，冷笑了一聲道：「哪裡來的孤魂野鬼，咱們走！」

伊芙彎下身去，輕輕摸弄著孩子的頭髮說：「我不走！」

曲萬流沉聲道：「師妹！」

伊芙抬起頭道：「他在發高燒。」

張千崗頓了頓足道：「這種野孩子到處都有，咱們辦正事要緊。」

伊芙抗聲道：「我只見到過他一個，救人更要緊。」

曲萬流臉色一板道：「師妹，咱們武當三子是何等人物，不要惹天下武林笑話。」

伊芙一邊從懷中取出一顆丹藥，撬開孩子的牙齒，塞進孩子的口中，一邊反駁她師兄說：「這有什麼笑話，咱們張祖師爺當年還不是孤兒一個。」

曲萬流氣上心頭，正待出口斥責，這時孩子悠然地醒來了，對著三人淡然一笑。

不知怎的，兩個道士的無名之火，竟被他這一笑，輕輕化去。

伊芙見機道：「人家病得那麼厲害，丟他一人在這林子裡，十成餵了豺狼，咱們帶他走，由我去求師父，反正山上也不會多他一個人。」

曲萬流知道師父向來疼這個小師妹，所以才寵得她這樣任性，這次沒有達成任務，還要靠她的寵愛，庶幾可以免了責罰。

他無可奈何地道：「好吧！由你了。」

伊芙感激地笑了笑，她站起身來，拍拍衣袖道：「二師兄，誰來揹他呀？」

張千崗怔了怔，推辭不得，他對這小師妹一向是又愛又怕，只得蹲下身去。伊芙得意地笑了，她笑抿著嘴，輕輕抱起董其心，放在他背上，這時，袍角掃及了張千崗的右手，張千崗只覺得一股香風，另有一番意思在心頭，他想：「便是看在這一拂上，姑且背這小鬼一程。」

夜深了。

兩個道士坐在燈下，正在對奕著，曲萬流舉起一子，正要打一劫，忽然，房門口伸進一個小孩子的頭道：「姑姑呢？」

他一分神，竟下錯了一格，眼看便是滿盤皆輸，他不怪自己不能收斂心神，反而把棋盤一推，回過頭來喝斥道：「快滾上床去！少囉嗦！」

張千崗哈哈一笑道：「這局師兄輸了。」

曲萬流瞪眼道：「知道啦！」

這時伊芙笑孜孜地從室外走進來，手裡捧著一些衣服，她見到董其心，驚呼了一聲道：「其心，快上床去，把被子蓋起來，要受涼哪！」

接著，兩個人走進了隔室。
曲萬流聽著董其心那咚咚的腳步聲，心中便有三分氣。張千崗故意打趣他道：「我看這傻小子資質還不差，師兄也上三十五了，該收個徒弟啦！你說怎樣？如果有意嘛……」
曲萬流道：「去他的！這小鬼真會磨死人！」
這時伊芙的聲音道：「兩位師兄別回頭，我叫一二三，好了。」
二人忍不住，回頭一瞧，只見董其心打扮得乾乾淨淨，全身上下換了一身道僮裝扮，真是惹人喜歡，但不知怎地，二人就是看他不順眼。曲萬流沒好氣地哼了一聲，張千崗看在伊芙的面上，冷冷地讚了一聲道：「好俊！」
伊芙嘴一扁，牽著董其心轉身便走，道：「來，其心，別理他們。」
董其心仍是一副毫不在乎的傻相。
曲萬流歎了口氣，一拍桌子，道：「天下武林，除了崑崙的飛天如來之外，無人能敵我武當，師妹，她……」
哪知窗外一聲冷哼，有一人道：「不見得吧！」
張千崗喝道：「什麼人？」
他大袖輕揮，紙窗應聲而啓，只見庭中月華如練，白金灑地，甚是幽靜，哪有一絲人影？
曲萬流冷笑道：「大丈夫敢作敢當。」
只聽得瓦面上有人冷笑了一聲。張千崗呼地一聲，穿出窗外，曲萬流忙道：「師弟，回來，此處是客寓。」

張千崗躍回房中道：「瓦上也沒人，那人是神仙麼？」

兩人被這怪人一鬧，卻又尋不出人來，意氣索然，也就休息了。

第二天，三人帶著董其心上路，只因伊芙不便抱著他，而兩個道士又討厭他，所以四人慢慢走著。

走到一處山坡，只見坡上有一塊大石頭，石頭上坐著一個書生，正在彈著古琴，那琴聲抑揚頓挫，正是陽春白雪，小橋流水。

待得四人走近，那書生忽然唱道：「以管窺天，以蠡測海，未列夫子之門牆，孰登學問之堂奧？」

曲萬流一瞪眼道：「你在說誰？」

那書生哈哈一笑，琴聲頓止，他揖了揖道：「曲道長貴姓？」

張千崗見他明知姓曲，又問貴姓，不禁怒道：「豈有此理！」

那書生笑道：「天下無雙，不成模樣，大丈夫敢作敢當。」

他最後那句話，完全學得昨晚曲道士的口氣。

曲萬流一拉張千崗，兩人會意，天璣子身為師兄，便哈哈一笑道：「昨夜柴店之中，未能接晤大駕，不意今日相逢。」

那書生緩步走下坡來，只見他沒擺什麼架勢，已到了眼前。

董其心扯扯伊芙道：「兩位叔叔在幹嗎？」

伊芙道：「大約要和人家上手了。」

董其心摸摸腦袋，一副莫名其妙的樣子。

伊芙心中歎了口氣，暗暗道：「唉！這孩子真傻，恐怕終生不能學功夫了。」

曲萬流雙目盯住對方，沉聲道：「貴姓？」

那書生抬頭悠然望著青天道：「一生萍跡天下，深然已忘名姓。」

曲萬流傲然一笑：「原來也是無名之輩。」

書生漠然道：「只因素喜度曲，曾孫行年卅五，所以人稱曲卅五。」

董其心嗤然一笑，伊芙翠眉微顰。

曲萬流先是一怔，再一想自己正是姓曲，又行年三十五。心中不由大怒，但他強忍著，口中漫聲道：「老而不死是為——」

那書生戟指往他一指道：「賊！」

曲萬流何曾受過這等羞辱，勃然大怒，但他是名家之後，又是未來的武當掌門，自然不能偷襲於人，他怒道：「狂夫出口傷人，劃下道兒來。」

那書生夷然一指十丈外的樹林道：「咱們在此比劃，自是驚世動俗，萬一咱家手下有個閃失，周老道面上不好看，且去那邊如何？」

武當三子聽他口氣，竟要比自己高上一輩，但見他年紀又不像，真是將信將疑。那書生飄然往林中走去，張千崗和曲萬流緊跟在後，伊芙怕師兄有所失閃，正要趕上前去，不料董其心一拉她袍角，兩隻小眼直望著她，她心想：這傻小子倒不傻。

嘴裡甜甜一笑道：「唷！看我把你忘了。」

說著，長袖一卷，把他抱在懷裡，也快步追去。

董其心伏在伊芙身上，一股少女的香澤飄入鼻息，其心覺得很是好聞，便索性把頭理在伊芙懷中，他心中想道：「這道姑是好心腸。」

伊芙趕到林中，只見兩位師兄前後坐在一棵樹下，曲萬流在前，千崗在後；曲萬流的雙手抵住樹幹，張千崗的雙手抵住曲萬流的背，顯然兩人都在用勁，而那書生卻不見了。

她放下董其心，正在猶疑，突聽得樹頂上一陣輕笑，她抬頭一瞧，只見那書生斜靠在樹枝上，嘴中笑道：「你便搖動了一分，我就認輸。」

伊芙大驚，原來集兩個道士之力，何止千斤，但饒是如此，那棵大樹竟是紋風不動。那文士內力之強，真已到驚世駭俗的地步，曲師兄只怕要抵擋不住。

其實那文士佔了些便宜，因爲樹本來就牢生在土中，他不過接勢加下，自是要輕便得多。

伊芙爲人比較仔細，她輕啓朱唇道：「我把樹弄倒了又怎樣？」

那文士笑道：「那我便承認你們武當是中原第一。」

伊芙笑道：「上者鬥智，下者鬥力，看我用智取你。」

那文士道：「我有辟穀之術，可以十日不食，百日不渴。」

伊芙一想，這豈不是神仙了？她雙目一轉，又想起一招道：「你終須睡吧！」

那文士摸摸頭道：「就是把你那兩個寶貝師兄累死了，我也不睡。」

伊芙一想，對呀！咱們也得休息呀。

她無計可施，趺坐在地，背朝著那文士，低頭沉思。

董其心抬頭望著那書生，兩個眼睛滴溜溜地打轉，忽然，他爬在地上，收集了一堆樹葉，用小手搧來搧去。

伊芙大喜道：「我用火熏你。」

董其心被她嚇了一跳，茫然地望了望她。

那文士哈哈一笑，道：「你耍賴，是那小鬼想出來的，我只承認小鬼是中原第一，與你武當無關。」

刷地一聲，他已躍下地來。

幾乎是同時，蹦地一聲，那棵大樹齊根而折。

原來曲萬流和張千崗兩人只覺對方力道一收，這時他們用上了十成功力，要立刻收回是談何容易，那樹幹雖粗，哪經得起這兩股內家罡氣，自然齊根而折了。

那文士飄然走到伊芙面前，笑道：「這孩子資質甚好，留在你武當也是白白浪費了，跟我去吧！」

董其心一瞪眼道：「我不跟你！」

文士輕笑道：「由不得你！」

伊芙雙袖一揮，左攻文士，右護董其心，她出招快極，這是武當絕技之一的流雲飛袖功，只因性質陰柔，故此只傳女弟子。

不知怎地，那文士的身形竟然比飛袖還快，只聽得董其心尖叫一聲：「哎呀——」

兩條人影疾撲過來，嘴中齊喝道：「放下人來！」

那文士冷笑一聲，竟在兩力將合之前的一刹那，從兩力之間穿過。

伊芙頓覺勁風撲面，大喝一聲，雙掌齊出，力求自保。

只聽得轟然一聲巨響，三人各自驚呼。

林中群樹，皆成禿枝，滿地落葉，花殘枝離。武當三子合擊之力，自是不同凡響之極。

伊芙一人力抵師兄二人，胸中有如波濤，血氣翻滾不已。

曲萬流與張千崗只覺眼前一閃，那文士已不見了，曲張二人在武當門下十年苦練，出道便栽了個跟斗，而兩股拳風竟誤擊了師妹，自知失手，一時反而怔住了，吶吶地說不出話來。

林子中靜極了，偶而有兩隻飛鳥，因樹倒了，覓不出巢穴而急啼著。

楊柳岸，夾著一道小溪，柳樹外，是一道桃花堤。

桃樹下，柳樹邊，有一條碎石子砌成的小路。

小路上，一個文士正背著一個道僮打扮的孩子在走著。

那孩子伏在文士的肩上睡著了，睡得多麼香甜，那文士騰出一隻手，輕輕地撫摸著他那可愛的小臉。

那文士自言自語道：「周石靈那老道，我偏要氣氣他，當年他和飛天如來鬥劍，竟連區區都不通知一聲，我倒要看他是怎麼個三頭六臂。」

說著又洋洋自得地道：「你的門下，我偏搶來作我的徒弟，看你周老道氣不氣死。」

其實，他可不知道，董其心根本與武當無關，和周石靈道長也扯不上關係。

他著實自得其樂了一番，順手摘了兩個果子。邊走邊吃。

董其心聞到一股果子香氣，悠然地張開了眼，他推推文士的肩膀，那文士笑了笑，把他放下來，又給了他一個果子。

他倆找了一個石凳坐下，文士看他狼吞虎嚥地吃得有勁，也不禁想起了自己的童年，臉上不自覺地浮起一股笑意。

董其心吃完了果子，用衣袖抹了抹嘴，然後問道：「姑姑呢？」

那文士笑道：「傻孩子，你姑姑給我打跑啦。」

董其心道：「好像是你跑了，姑姑可沒走。」

那文士被他說得目瞪口呆，隔了半晌才道：「孩子，當今武林頂尖高手有幾個？」

他等了半晌，董其心方才反問道：「什麼叫武林頂尖高手？」

那文士耐住性子道：「就是武功最好的。」

董其心點了點頭，道：「呀！就是最會打架的？」

文士好氣又好笑地答道：「對，你知道有幾個？」

董其心很有把握地道：「一個。」

那文士暗喜道：「是誰？」

董其心大拇指一伸，道：「是我！」

那文士大失所望，道：「爲什麼？」

董其心道：「你算不算高手？」

那文士傲然道：「當然是。」

董其心拍手道：「你已被姑姑打跑了，還說什麼。」

那文士悶悶不樂，暗思，難道是我看錯了麼？他骨相很好的，怎麼這樣傻乎乎的，連勝負之分都弄不清楚。

那文士又道：「你猜我是誰？」

董其心不假思索地道：「土匪！」

那文士臉色一寒，道：「誰說的？」

董其心仍是傻相十足地道：「我爸爸說的。」

那文士一想，只見董其心兩眼一翻，一臉背書的口氣道：「他說攔路搶別人東西的人便是土匪，你不是麼？」

那文士吃了一記啞虧，心想還是和他直談也罷。

他慢聲道：「我搶你來，是要你跟我學武藝。」

董其心小臉一仰道：「你是哪一派的？」

這話口氣雖然不大客氣，但卻是董其心一大堆話中唯一文章對題的話，所以那文士倒也聽得進耳。

他笑道：「當世武林高手，除了武當的周石靈，崑崙的飛天如來，少林的不死禪師，剩下一個便是我啦。」

他滿以爲董其心有大名如雷貫耳之感，不料他小手一指，道：「是你？」

一副不相信的口氣。

那文士不怒反笑道：「便是我——天山的冰雪老人。」

他看看董其心的反應，仍是十成中倒有九成不信，便道：「咱們天山雪蓮是駐顏之寶，你若跟了我，也永遠不會變老啦！」

董其心心中暗暗盤算，此去天山，一往一返，至少一年以上，自己父命在身，一年之約豈可忘了。他心中有了打算，暗思脫身之法。他眉頭一皺，計上心來，故意問道：「你還有沒有徒弟？」

冰雪老人道：「有一個。」

董其心道：「你說你和武當師祖齊名，如果你收了我，豈不是變成和曲道士他們同輩了？」

冰雪老人極是高傲，心想，對呀，我豈不是比周石靈矮了一輩。這真使他爲難了，不覺大爲尷尬。

董其心笑道：「如果您想要徒弟的話，武當山上有許多年輕的，爲什麼不去挑一個？」

冰雪老人一想：有理，反正只是想拆周石靈的台，自己何苦降低輩份？但眼前這小傢伙可真麻煩，如何安頓才好呢？

董其心存心裝傻，故意愁眉苦臉地道：「但是，我怎麼辦呢？」

冰雪老人心中也著急，只因他與少林不死禪師有約，本想把董其心帶上少林，乘機折羞周石靈一番，讓天下武林都知道天山鐵家厲害，但現在卻拿不出去了，又不能把他丟在荒山。

他左想右想，只有一個辦法。

他拉住董其心道：「我雖不能收你作弟子，但咱們倆總算有緣，我教你幾套功夫，你一來可以防身，二來也不枉相識一場。我有要事，你自己回武當去吧。」

冰雪老人心想他傻乎乎的，一套也學不全，自是放心，不怕武當的人知曉自己的門路。

果然一直等他教了八套功夫，才馬馬虎虎學成了一套全會的，其餘七套卻支離破碎，慘不忍睹。

冰雪老人臨走，仍不放心，自腰上解下一支鋼母鑄成的軟劍，交給他道：「罷！罷！這也給了你，算作防身利器，只是少露出來，小心別人貪圖你的劍反而害了你。」

說著飄然而去。

董其心怔怔地拿著軟劍。那支劍通體晶黑，耀人眼目。

桃林中，有三個人輕快地走著。

那是武當三子——天璣子曲萬流，天清子張千崗及天淨子伊芙。

張千崗嘴裡咕噥著：「師妹，那小鬼和你非親非故，咱們尋他幹嗎？」

曲萬流也道：「那狂生只怕已走得遠了，唉，那狂生不知是誰，好一身功力……咱們還是先回山去才說。」

伊芙仍是東張西望地道：「我找不到其心便不回去了。」

兩個道士相對地看了一眼，一副無可奈何的神情。

忽然，曲萬流輕吼一聲：「什麼人？」

便往一叢低矮的灌木中撲去。

伊芙和張千崗都吃了一驚。

樹叢撲簌簌地晃了幾下，沒等曲萬流撲近，竟從其中鑽出了一個十二、三歲的孩子。他奔向伊芙，嘴中嚷道：「姑姑！是我！」

曲萬流忙一扭腰，才堪堪避過，沒有撞上他。

張千崗一怔，伊芙也張開雙手，快步上前道：「其心，我在這裡。」

他們兩個相見，自有歡樂之情。曲萬流看見董其心竟安然自那狂生手中走脫，心中十分驚疑，但他城府較深，自是沉吟不語。

張千崗道：「傻小子，那書生呢？」

伊芙聽他出口傷人，自是不大高興，她道：「其心，別理他。」

說著又拍拍他的衣服，道：「哪！怎麼又弄髒啦！來！讓我帶你去洗手。」

說著自顧自地牽著董其心走了。

曲萬流和張千崗空有一身武藝，千斤蠻力，但就是拿那師妹無可奈何，何況張千崗心中另有一番想法呢，兩人只得默默地跟在後面。

原來曲萬流不但爲人高傲，而且又素喜潔淨，那身道服上真是一塵不染，偏偏初遇董其心時，董其心當時流浪野外，衣飾自不整潔，所以老道心中便有三分嫌棄，而張千崗一心想接近師妹，這次下山自是大好機會，不料中間插入了個董其心，伊芙的關懷全灌注到孩子身上去了，又何況他也素以名門宗派自居，又怎會把董其心這流浪的孩子看在眼裡？

不數日，他們已到武當山上。

董其心心中念念不忘父親的一年之約，所以並不願入武當門牆，以免受了約束，而武當新收弟子的事務，第三代的全由曲萬流挑選，當然也看他不上眼，伊芙男女有別，不能常帶他在身邊，便由曲萬流做主，分派他一個打雜職務，每天在廚房中挑幾桶水，做生火道人的助手。

他默默工作了數日，環境也混熟了，伊芙也不時來探望他。

原來武當山有一個規矩，只因慕名來投師學藝的人實在太多，所以除了帶藝投師的之外，其他不論長幼，先要在觀中服務，一方面鍛練筋骨，另方面也授些基本紮實的功夫，所以董其心做個打雜的，伊芙也沒話說。

每逢春秋之分，夏冬之至，便會舉行一次競賽，由大弟子如武當三子來主考，以挑選新人。這些打雜的道僮，平時就很羨慕那些已列門牆的弟子，再加上可免去勞役，哪個不想在競賽會中出人頭地？

這一天，伊芙做了一盒點心，興高彩烈地往大廚房走來。

她在山路上才拐得兩彎，只聽得遠處有孩童鼓噪之言，武當山素是清淨之處，何來這等噪音？

她只聽得有一人大聲道：「好小子，你才來了幾日，便想爬到咱們頭上來啦！」

又有許多人叫道：「揍他！揍他！」

伊芙心中一動，暗叫不好，忙向人聲處奔去。

又有人嘲笑道：「你以為伊師姑偏心你，本季一定可以入選啦，咱們打斷你的狗腿，看你到時候怎般稱心如意去！」

伊芙撲到大石後，只見有二三十個道僮，有大有小，圍著董其心便打，董其心閉著眼睛，雙拳亂揮，一時眾人也近不了身。

伊芙見他沒吃虧，心中如落大石。她暗想，我何不利用此機會，看看他應變的能力如何？有一個道僮，約莫十七八歲，個子長得最粗壯，他嘴裡嚷道：「大爺等了五年，還沒輪著，你小子今生休想取上。」

董其心開口罵道：「大道僮，你也休想，再等五十年吧！」

眾道僮聽了也有笑的，也有罵的，那大孩子哪吃得住這一激，虎吼一聲，一個黑虎掏心，董其心好似故意不肯回手，又吃他一拳打著，骨蹬蹬地退了兩步，後面一個孩子，順勢一推，他又跌倒地往前衝，旁邊閃出一人，一個泰山壓頂，董其心頭一偏，一拳打在右肩，他身子一斜，另外一人衝上來便是一腳，他哪躲得開，便直撲出去，跌了一個重重的。

眾道僮見他那副狼狽相，莫不哈哈大笑。

伊芙於心不忍，本想上前阻止，後來一想這僅是皮肉之傷，再觀察一下也好。其中有些人，在山上已久，伊芙也曾主持過選拔會，自是眼熟，她知道那些人多少會一些拳腳，董其心哪是他們的對手，但她就希望董其心能獨撐危局，轉敗為勝。

那些孩子這時紛紛上前，你一拳，我一腳的，嘴中還不乾不淨。

董其心大叫一聲，抓住那十八歲道僮的腿便咬，那人痛得尖叫一聲，眼淚都擠出來了，只見他拳如雨下，雙腳亂踢，但董其心死命咬住，硬是不放。

眾道僮打也打了，氣也消了，這時董其心拚起命來，大家又都害怕了，倒散了一半，其餘的人三手兩腳地把董其心拉開，也就一哄而散了。

伊芙平時在觀中清修，哪見過這等事，心想：現在我如出面，其心心中一定很難過，覺得沒有顏面。

於是，她輕輕地退去了。

第二天，她又帶了些東西，往大廚房走去，走到廚房門口，只聽得總管炊事的燒火老道，正在大聲吼叫。

她貼著窗戶一瞧，只見有幾個道僮都肅立在壁角，董其心也在內。

那老道指著董其心大罵道：「我早知道你這小子最不安分，曲道長早就吩咐下來了，要多看管你，你無緣無故把王大咬成這個樣子，你知不知道規矩？」

伊芙聽那老道顛倒是非，黑白不分，心中便有三分氣，她按捺下來，心想董其心一定要又哭又鬧了，哪知道他只是冷冷哼了一聲。

那老道火氣更旺了，他拿一根板子，趕上前去道：「好小子，你自以爲了不得啦！你臭美！你該打！」

說著板子如雨下，劈劈啪啪不停地響，真是沒頭沒腦地一頓亂打。

伊芙固然看得火氣上衝，其餘的道僮，連支著腳的王大在內，都看得過意不去，臉上流露出尷尬的神情。

伊芙正要進去，忽聽得有個人走過來，邊走邊道：「大廚房裡今天怎麼鬧哄哄的？」

伊芙一聽，竟是張千崗的聲音，她心想看看他是不是偏心，便往牆角一躲。張千崗走到屋內，只見那老道道冠也掉了，雙目通紅，董其心屹立不動，一副傲然不屈的樣子，他忙喝一聲道：「通玄還不住手！」

那老道嚇了一跳，見是張千崗，忙把板子一丟，氣呼呼地道：「這小畜牲把我氣死了。」

張千崗夷然一笑道：「管教也有個分寸，人家年紀小小的，打死了怎麼辦？」

通玄老道忙垂手而立道：「是！下次不敢了。」

張千崗見董其心遍體鱗傷，往時雖然嫌他討厭，此時心中也覺憐然，但既不是他份內的事，自然不便多言。他道：「再過十日，觀中便要選取新弟子，大師兄要大家勤習功夫，到時候各顯本領，切勿自誤。」

通玄老道與眾道僮忙應聲答是，其中也有欣喜的，也有發愁的，只有董其心一個呆呆地立著，一無反應。

張千崗走過去，撫著他肩膀道：「伊師姑特別喜歡你，到時候不要使她失望才好。」說著從懷中取出一顆九轉還魂丹，默默地遞給他，董其心接了，低聲道了個謝，臉上仍是茫然的神情。

張千崗不多逗留，便飄然而去。

伊芙在旁看了，知道張千崗竟有極重的人情味，心中倒也有幾分驚喜。

她偷偷離了大廚房，隔了半晌才去，只見董其心挑了兩個大水桶，搖搖晃晃地從廚房中走來，後面跟著幾個道僮，一臉欲言又止的樣子，十分尷尬。伊芙情知眾道僮對董其心自是感激，因爲他在通玄道人及張千崗身前，兩次沒有吐實，免得眾人受責，不過她也對董其心的落落淡泊，心中覺得奇怪。

伊芙攜著盒子走上前去，那幾個僮子便溜開了去。

董其心放下水桶，喜道：「伊師姑！」

伊芙假裝不知情道：「其心，又跟人家打架啦！」

董其心猶疑了一下道：「不是，是自己滑跌了。」

伊芙把盒子交給他，代他挑起兩隻水桶，帶著他緩步順著山徑走去。她也考慮了一會兒道：「其心，我都見到了。」

董其心一聲不響，只扯住了她的衣角。伊芙放下水桶，輕輕撫著他的頭髮道：「乖，好男孩不哭。」

董其心強忍著淚水——他不是爲挨打而哭，而是爲了在待他最好的人的面前受辱而哭的。

伊芙牽著他坐在山石上，她輕輕地道：「其心，姑姑吹笛子給你聽。」

這時，夕陽留戀地回視著大地，遠遠的山林已隱在灰黑之中，不時有兩三隻歸巢的鳥雀尖叫著從林中掠過。

於是，深徹的笛聲在樹叢中穿行，好像在訴說著人間太多的不平之事。

沒有家的董其心正在享受著這仙樂般的玉笛聲，至少使他一時忘卻了坎坷的世情。

五　五俠七劍

武當山高插青雲，山上的竹林內——

一個道僮打扮的少年人，正在舞劍，只見他東指西劃，招式精奇無比，但卻有些不暢，他抹了抹頭上的汗，嘴裡喃喃地道：「這招師父顯然教錯了，但我又有什麼辦法。」

嘩啦一聲，一叢灌木猝然中分，裡面走出一個燒火道人打扮的少年，他見到原先那少年，似乎吃了一驚，然後歉然地笑了笑。

兩個人都沉默了半晌，那舞劍的少年打破了沉默道：「我叫單思冰，您貴姓？」

後來的少年道：「我姓董名其心。」

單思冰哦了一聲，欲言又止，呆了半晌才出口道：「聽說你，你受了欺侮？」

董其心點了點頭。

單思冰插好了劍，走到董其心的身邊道：「讓我看看你的傷勢好嗎？」

董其心翻起衣袖，他左臂上有一塊碗口大的青痕。

單思冰同情似地輕撫董其心的左肩道：「我知道，這很痛的。」

董其心沒有說話，他眼中流露出傲然的神色。

單思冰抬起頭輕輕地道：「因爲我住家中時，時常被父親責罰。」

董其心頗感興趣地問道：「為什麼？」

單思冰毫不考慮道：「因為我不願學武。」

他牽著董其心走到一塊大石旁，兩人並肩坐著。

單思冰道：「我父親也是本派俗家弟子，叫作雙掌開天單凌雲，在西安開了間鏢局。他逼我從小練武，我真不知吃了多少苦頭。到了我十二歲的那年，他便送我上山來，我還記得，他臨別時說的話，他說：『思冰，你學不成功夫，別再見我。』」

單思冰的眼中噙著淚水，他顯然是在想家。

董其心拍拍他的肩膀，半安慰地道：「你還勝過我好多，我連家都沒有。」

兩人默默地低下了頭。

單思冰心中歉然，他扯開話題道：「你參不參加七日後的比試？」

董其心道：「我無所謂。」

單思冰道：「那你上山來做什麼？」

董其心被他一言問住了，他暗想，對呀！我跑到武當山來幹嗎？他很快地找了個理由：「反正我也沒其他地方可去。」

單思冰道：「你上山了多久？」

董其心隨口道：「約莫半月。」

單思冰低下頭道：「我已經來了一年多了。」

董其心知道他是個感情豐富的人，怕他再觸動思家的情懷，忙抓起他的手強笑著問道：

「那你一定見過許多的地方了？」

單思冰點了點頭，反問道：「你呢？」

董其心道：「我只耽在大廚房裡，連張三豐的像都沒見過。」

單思冰嚇了一跳道：「你怎麼可以亂叫祖師爺的名諱？」

董其心淡然地笑了一笑，一臉不在意的樣子。

單思冰道：「那倒容易，只要你列入本派門牆便可以見到了。」

董其心本是隨口說的，然經這一提，他倒真的想看看張三豐祖師的形像了，但他根本不願列入武當門牆，這就如登天之難了，他嘴中卻道：「唉！不看也罷。」

單思冰沉默了半晌道：「你知道祖師圖像掛在何處？」

董其心搖了搖頭，單思冰看了看左右才道：「它掛在七星閣，而我正在七星閣修道。」

董其心高興地道：「那你放我去看一次好嗎？」

單思冰猶疑了一下道：「我明晚值夜班，師父每兩個時辰才來查一次，你入夜過了一刻便來，料想沒什麼問題。」

董其心道：「只有你一個人？」

單思冰道：「還有一個僮子，不過他不會說出去的。」

董其心童心大起，他撿起一塊小石子，用力往竹叢中丟去。

第二天的黃昏。

武當山上解劍池前，一個虬髯大漢正在看著那三個大字——解劍池。

他摸了摸背上的雙劍冷笑了一聲，道：「我若解了，豈不要解雙劍？天下沒這種便宜事。」

他大咧咧地往山上走去。他全身的衣著都是紅色的，連包頭的英雄巾也是通紅，遠遠望去，很是醒目。

他繞過一塊大石，只見兩個道人垂手而立。

左邊那個行了個禮道：「何方施主逕上武當？」

紅衣者笑道：「求見紫虛道長。」

原來紫虛便是周石靈的道號。

另外一個道士沉聲道：「尙請賜下大名！」

紅衣大漢傲然道：「在下姓熊。」

那道士望了望他的雙劍微微一驚，道：「原來是紅花雙劍熊競飛施主。」

另一個道士躬身道：「待貧道稟請眾位師兄前來迎迓大駕。」

說著飛步而去。

熊競飛也不硬闖，背著雙手，悠然注視著青天。

不一會兒，遠處的山道上奔來數人，轉眼已到眼前。

一共是十五個道士，以天清子張千崗爲首。

熊競飛笑道：「熊某久仰武當大名，特來求教。」

張千崗忙稽首道：「師兄天璣道人已在山門恭候大駕。」

熊競飛洒然邁步上山而去。

從山上望去，只見一簇灰衣擁著一件紅衫，如流星伴月似地趕上山來。

天璣子曲萬流當階而立，兩人客套過了，武當三子並一眾高弟伴著紅花雙劍熊競飛在迎客室中小坐。

天璣子曲萬流道：「熊兄名列五俠七劍之內，雙劍獨步武林，今日駕臨敝山，不知有何賜教？」

熊競飛撚鬚笑道：「所謂五俠七劍，只是江湖虛譽，某與黃白藍三劍，尚乏一面之緣。」

張千崗道：「那麼灰鶴銀劍哈文泰又與閣下如何稱呼？」

熊競飛道：「哈老弟劍術已達神奧境界，只怕方今天下，數他第一。」

曲萬流忽然插口道：「然則華山一支，爲何零落至此？」

熊競飛怪目一翻道：「道長真的不知麼？」

曲萬流一怔，張千崗忙道：「敝派弟子一向蟄居深山，極少過問世事，如有冒犯處，尚請見諒。」

熊競飛歎了口氣道：「此事本不與我相干，只是眾位道長提起，小弟便把所知相告。」他道：「華山七子中，我那哈老弟名列最末，當年華山七子揚名關中，掃平關洛群豪，華山威名正是蒸蒸日上，想來眾位定有耳聞。」

伊芙道：「家師亦當語及，當年灰鶴鋃劍力挫西域三大高手，維持中原劍術之王座。」

熊競飛點頭道：「不知怎地，卻惹上了一個極其厲害的魔頭，那便是傳言中武究天神的地煞董無公。」

曲萬流脫口道：「真是此人麼？」

熊競飛訝然地道：「難道道長與他熟悉麼？」

曲萬流不便說出董無公解救周石靈及飛天如來兩敗俱傷之危的故事來，忙隨口扯過道：「貧道只是耳聞此人殺氣甚重，先是不信，故爾驚訝。」

伊芙忙也插口道：「哈大俠劍術無雙，難道畏了那廝？」

熊競飛道：「這是哈老弟親口告訴我的故事：那日清晨，他信步在華山上走走，忽然發現一大奇事，就是本來嘍雜不已的猴子，這時一隻都不見了。他情知有異，忽見遠處有一怪人，信步往觀中奔去，所過之處，樹倒木折，竟是被那人衣帶風所擊斷。他忙奔回觀去，奔到觀前，只見那人仰天哈哈大笑道：『華山七子，為何短了一個？』」

「他再放目一瞧，六位師兄都按劍而立，站立在觀門前。沒等哈老弟來得及發言，那人忽然道：『後面來的是誰？』哈老弟也不答話，身子便飄過他近旁，立在六位師兄之後，那人點頭道：『可惜！』華山七子各是一怔，大師兄喝道：『有何可惜？』那人仰頭大笑，笑聲忽止道：『今日華山七子命喪此地，年紀輕輕，豈不可惜？』」

「那人狂傲已極，七子豈能容忍，這時天上一隻老鷹飛過，離地約有廿里，那人舉掌臨空遙抓，那老鷹忽然悲鳴一聲，直墜下來，不左不右，正落在那人手中，那人雙掌一合，口中笑道：『待我送你西天去。』說著雙掌一開，那老鷹竟不聲不響地縮成彈丸大小，但毛髮絲毫不損。這手功夫簡直已通玄了，華山七子自料功夫雖是傲極天下，仍是難以比擬。大師兄笑道：『前輩敬請留名。』那人也不言語，疾退一步，雙足在石板路上比劃三字。七子見石板毫無動靜，心中大疑，這時山風輕拂，忽見那塊大石板，除了那廝立足之處外，都已被山風吹走，只留下三個如刀刻出的大字：『董無公』。」

「碎石成粉的功夫已是不易，這等傳力四旁，而著力之處絲毫不損，真是聞所未聞，見所未見。七子面色泛白，知道今日難逃毒手，只因董無公在武林中已成了不可一世的怪傑，哈老弟忽然想起一事道：『敢問滿山猴子何處去了？』董無公漫不經心地道：『老夫嫌牠噪耳，統統移去他處。』哈老弟沉聲道：『猴子何辜，致遭流離失所？』董無公大笑道：『華山七子又何辜，今日命喪此地？人間豈有道理可言？』」

「七子知道鬥他不過，分奔七路，以求保全一人，以圖報復之計，而且把華山派覆滅的真相告知世間。董無公也不追趕，反而哈哈笑道：『老夫先讓你們奔跑片刻，然後逐一追殺！』」

「哈老弟功力最強，以序為最晚，他疾如流星地逃下山去，但在片刻之間，輪序耳聽得六位師兄慘叫之聲，顯然已先後遭了毒手，他情生一計，反而往鄰近絕谷中隱伏著，過了三日才出來，找著六子屍身掩埋了，從此華山派零落已盡，只剩他灰鶴銀劍一人。」

武當三子及一眾高弟，屏神靜聽紅花雙劍細敘華山派受殲於董無公的故事，若非灰鶴銀劍及紅花雙劍都是武林中頂尖的人物，這等神乎其神的事情，真是難以使人置信的。

說到緊張處，大家真是目瞪口呆。

伊芙忍不住問道：「這些年來，哈大俠功力自有精進，爲何不覓那人尋仇？」

熊競飛苦笑道：「咱們雖有進步，還遠不及人家當年，況且董無公這人，多年來未曾顯身，只怕已死去了也不定。」

五俠七劍威重武林，熊競飛單身突上武當，卻盡說些不相干的話，武當衆人不禁暗暗悶煩。這時，武當高弟中有一人問道：「哈大俠之事與熊施主上敝山來有關否？」

熊競飛胡扯了半天，這時無法再用閒話鬼混了，只好沉吟了半晌，忽然從鞘中拔出雙劍，倒遞給曲萬流道：「道長請看這兩把劍有何不同？」

曲萬流見其中一把光芒畢露，鋒芒中紫裡透白，端的是把好劍，另外一把卻是普通青鋼劍，他把那青鋼劍退還給熊競飛道：「這柄倒是尋常兵器。」

熊競飛道：「道長可知另一把是何劍？」

曲萬流仔細看了一回，驚道：「此是青虹寶劍。」

武當一衆高弟聽了各是一驚。

熊競飛道：「敢問此劍之淵源？」

曲萬流撚鬚道：「此劍出世甚早，當年曹操得之，令身邊寵將夏侯恩背之，後來曹操戰劉備於當陽，常山趙子龍殺夏侯恩於亂軍之中，乃得此劍，後仗此劍連誅曹營五十員大將，救得阿斗，成千年萬世之功勳。」

熊競飛點頭道：「正是，只是此劍芒中紫裡泛白，不知可另有他劍相配麼？」

曲萬流脫口道：「熊兄見笑了，曲某豈是不知，另有一劍名倚天，芒中白裡泛紫，當年由曹操自佩，珍愛異常。」

熊競飛歎息道：「只是可惜不知倚天寶劍而今流落在何方？」

武當三子相互望了一眼，曲萬流揚聲道：「此劍乃敝門繼世鎮山之寶，熊施主何必明知故問？」

熊競飛大喜道：「熊某一生浸淫劍道，慣使雙劍，雖然有師傅青虹名劍，但是倚天良劍難求，多年來即有此心願，夢想將兩劍合璧，不知道長肯否有意成全？」

武當一眾高弟這才明瞭紅花雙劍熊競飛今夕乃是求劍而來，不意臉上都有幾分爲難的神色。

曲萬流道：「這事非曲某可以做主，待家師出關後，再敬覆閣下不遲。」

熊競飛失望地道：「不知紫虛道長何時可以出關？」

曲萬流道：「或長或短，也沒有一定的時日。」

熊競飛心中頗爲不快，心想這分明是不肯給我了，他是一個直肚腸的人，嘴中便流露出不滿的情味道：「熊某德薄能鮮，當然不敢私占此名器，只是向貴派暫借倚天寶劍一用；待辦完了一件大事，定必奉還。」

張千崗也暗暗嘀咕，心想你熊某人愛劍如命，豈肯還寶劍與我？分明是順口一個人情，其實想賺咱們的寶劍去。

他啓口道：「不知熊大俠要辦何事？而此事何時方能辦到？」

熊競飛道：「這事端的機密，暫時無可奉告，成與不成更在未定之數。」
張千崗笑道：「若是咱們把劍借了熊大俠，還劍與否，端的要看熊大俠的福分了。」
熊競飛勃然變色，伊芙忙道：「熊大俠要做何事，可否容貧道一猜？」
熊競飛盛氣在胸，點了點頭。
伊芙笑道：「是否是爲了華山之巔，六子之仇？」
熊競飛驚道：「正是。」
曲萬流驚道：「三妹如何知道？」
伊芙笑道：「以熊大俠的功力，以及爲人之正義，此番借劍，必是爲了應付強大的邪人，而當今之世能敵過熊大俠雙劍的邪人真不多，何況加以青虹倚天之利，而熊大俠尚口稱不一定能馬到成功，此事不是爲了華山六子是什麼？」
眾人大爲折服。
曲萬流道：「熊大俠如是爲了那人，此劍更不能借了。」
熊競飛哪知道昔年董無公解救周石靈及飛天如來之危的事，聽了心中自是氣憤，憤然起立道：「熊某就請告辭。」
五俠七劍在武林中是劍術上的泰斗人物，伊芙深知此人功力莫測，恐怕他因而誤會，與武當結下不解之仇，忙亦起立，走上兩步道：「熊大俠暫請息怒，待貧道……」
曲萬流拂袖起立，怒目喝道：「三妹！」
熊競飛忽然仰天大笑，張千崗冷聲道：「又有什麼可笑之處。」

熊競飛笑聲忽止，大聲道：「笑熊某人頭腦簡單。」

曲萬流正要再問，熊競飛意氣自得，旁若無人地道：「熊某人誤信天下流言，以武當名門，定是知武林正義四字！」

張千崗憤然而起，嗆地一聲，長劍已自拔出一截。伊芙大驚，一眾高弟皆各憤憤，曲萬流身為首徒，猛然喝道：「二師弟！」

張千崗憤然插劍入鞘，臉上仍有怒氣。曲萬流環視眾人，武當門規極嚴，平素掌門何等威嚴，他以目光環顧眾人，竟然將各人壓服下去。

曲萬流臉如寒冰，冷聲道：「送客！」

正在這時，廳堂後雲板數響，眾人俱各一怔，一個道士從屏風後急奔而出，忙亂施了一個禮道：「七星閣有外人闖入！」

曲萬流一皺眉道：「可有何損失？」

那人神色未定地道：「天玄師兄率眾正在搜查內外，查點各物。」

這時雲板又響，又有一個道士從屏風後面奔了出來，他正要開口，忽見有外人在場，忙止住口，垂手而立，靜待曲萬流吩咐。

曲萬流正要示意送客，張千崗心想咱們武當從未鬧賊，偏偏不前不後在這廝來的這天，莫非有什麼古怪，忙向曲萬流打了個眼色，曲萬流猛然會意，強自鎮定地道：「可發現什麼外人？」

天玄道人道：「外人倒沒發現，可是——」

說著以目視伊芙，伊芙暗暗奇怪，一轉念，暗道不好，莫非董其心也牽涉在其中了？

曲萬流沉聲道：「可是什麼？」

天玄道人道：「卻在七星閣中捉到一個燒火僮子。」

伊芙輕輕驚噫一聲，眼前一黑，搖搖欲倒，頹然坐了下來，眾人都沒發覺，只有張千崗自是關心，他為人甚是機警，也立刻想到董其心身上，他久是厭恨那個少年，心中雖有幾分快意，但臉上仍不敢流露出來，深怕伊芙看到。

天玄道人低首道：「貧道看管不力，遂致被外人偷入，失去祖師圖像上鑲天心一枚。」

武當三子俱各一驚，伊芙脫口而出道：「那不是倚天寶劍麼？」

曲萬流道：「那僮子可有話說？」

天玄道人道：「那僮子喚作董其心，猶未入門，在大廚房工作，不知怎地會夜入七星閣，我雖再三逼問，他卻是一言不發。」

曲萬流哦了一聲道：「他現在在何處？」

天玄道人道：「正在東殿等候掌門處置。」

曲萬流回頭對紅花雙劍道：「倚天寶劍既失，熊兄大命自難遵行。」

熊競飛心知武當眾人定必誤會自己與那賊人串通一氣，他心想我只要行得正，立得正，由你們去胡想也管不了這許多了，他一抱拳道：「此後熊某自當代貴派多加注意，如有此劍蹤影，定必奉告，如力能可取，當代追還奉上。」

曲萬流冷然道：「追還失物，是敝門上下共同戮力之事，不敢有勞大駕，貧道有事，不能遠送，尚請見諒。」

熊競飛哼了一聲，大步而去，自有管事的道人相送。

張千崗見大師兄竟容他走了，不由暗暗頓腳，曲萬流道：「咱們快去東殿。」

伊芙勉力站起，默然跟著眾人而去。

他們一群走不多久，卻見一個道人急步而來，見了眾人，忙對曲萬流施禮道：「師祖有諭，請掌門大師兄往通靈精舍謁見。」

曲萬流道：「那董其心何在？」

道士道：「已被師祖傳去。」

伊芙振聲道：「師祖已出關了麼？」

道士道：「才出了一刻時分。」

眾人正要往通靈精舍去，曲萬流忽道：「通靈精舍地小屋狹，只要天玄師弟與二師弟、三師妹陪我前去便可，爾等各自歸回自己職責可也。」

眾人領諾，各自散去。

四人到了精舍，早有僮子通報入內，待得雲板三響，四人依序魚貫而入。曲萬流最先入房，只見祖師爺周石靈道長盤腿而坐，面前三步處孑然立了一個僮子，看他身形，不是董其心又是誰？

董其心衣衫已自撕破三處，露出的肌膚上，仍有當日被僮子們圍毆的傷痕。

董其心默默地立著，他緊緊地閉著口。他正約好單思冰一同到七星閣看張三豐畫像，沒想到就出這大事，他怕說出實情，便要連累單思冰了，他已知雙掌開天單凌雲治家素嚴，家法甚緊，如果單思冰因此事被武當處分，或許會逐出門牆，那麼單思冰真會死路一條，何況單思冰又極是思家，更不能單獨在江湖上浪蕩。

他打定了主意，心想我就是不說，看你拿我奈何？

四人入了房，分序排定，一齊把目光放在董其心的身上，其中曲萬流頗是超然，張千崗平素就有點嫌他與伊芙親近，天玄道人職責所關，所以目光中皆是恨意，只有伊芙一人卻流露出婦人本色，滿有同情、憐憫的神色，只是在師父面前，她哪裡敢隨便開口呢？

四人前後施了禮，周石靈道長低眉垂首不言。

董其心聽說是喚自己進去，以爲有一頓責罰，不料自他入房之後，周石靈老是低眉垂首不言，倒使他心中有些發慌。

曲萬流喝道：「好大膽，見了師祖尙且不跪。」

董其心緩緩轉過頭來，盯他一眼，曲萬流不知怎地，無名起了一個寒噤，這是內家高手罕有的現象。

周石靈緩緩道：「不必要他跪。」

他話音雖然不高，但中氣之足，如一縷輕絲，穿人心耳。

伊芙勉力道：「你好大膽子，居然敢在山中閒蕩，還不快把今晚的事向師祖稟明？」

這分明是要董其心自承是初到山上不久，途徑不熟，所以迷失了，誤入七星閣中，董其心心中自是感激，但他明知武當山上此後再也待不下去了，索性一橫心，也來個不理不睬。

曲萬流怎聽不出來，暗地盯了伊芙一眼。

周石靈忽地歎了一口氣道：「孩子，你是不是想離山而去？」

四人一驚，尤其是伊芙。

董其心更是一驚，心想老道士好生厲害，竟把自己的心思都看穿了。

周石靈見他不言不語，心中早已料著幾分，他道：「武當淺狹之地，自是留你不住，但願你能多加磨練便是了。」

董其心聽他話中有話，不由更是佩服老道士目光如炬，他心中不禁油然而跳。

武岸三子及天玄道士聽得師父這沒頭沒腦的幾句話，真是如墜五里霧中，伊芙更是喜出望外，因爲她聽出師父毫無責罰董其心的意思。

董其心忽然啓口道：「謹領道長明訓。」

周石靈忽然道：「爾等可先退出。」

四人自是依言，卻靜立在門外，各自心中懸疑不定，四人都是內家高手，眼雖不能見到房中情景，耳中卻聽得十分清楚。

只聽得師父道：「孩子你過來。」

過了一會兒又驚道：「問候你父親，說故人周石靈向他問安致謝。還有告訴你父親，當年冤名，水落石出之際已不晚矣，要他多多保重。」

又聽得董其心道：「道長還有什麼教訓？」

周石靈道：「你俯耳過來。」

下面便聽不清楚了，四人正在狐疑，忽聽得門扉啓處，董其心已走了出來，四人不由大驚，只因他們何等功力，凝神靜聽，都沒察覺他已走出來了。

周石靈在內揚聲道：「天淨可送他一程。」

董其心向伊芙長揖，低頭道：「姑姑。」

伊芙又喜又憐地抓起他的衣袖，緩步而去，三人目送他們走了，心中自是莫名其妙。周石靈道：「爾等進來。」

三人見了師父，張千崗最忍不住氣，問道：「師父——」

周石靈笑道：「謀世必先知人，此子琴骨反生，前程豈能限量？失劍區區小事，何況又非他所爲。」

天玄道人自然不敢言語，曲萬流道：「師父何以知之？」

周石靈笑而不答，張千崗也有懷疑之心，周石靈見狀，方才笑道：「倚天雖是利器，此子哪能看得上眼？」

這不解釋還好，一解釋更使三人糊塗了。

再說伊芙送得董其心下山，殷殷執住他手道：「你現在往何處去？」

董其心舉頭一望，見明月向西而墜，便茫然地道：「往西。」

伊芙知他無家可歸，心中自是慘然，目中淚光盈然。董其心不忍多看，向伊芙長長一揖道：「姑姑，我告辭了。」

伊芙勉力笑道：「好好保重。」

董其心強忍悲懷，邁開大步行去。

伊芙忽然心生一念，喚道：「其心，師父最後與你俯耳說了什麼？」

董其心回過身來，躊躇了半晌，方才道：「他說：『孩子此去，勿罪武當。』」

伊芙一怔，董其心的身影已消失在黑暗之中。

六　瞎子奇人

黑夜的寒風吹得林木蕭蕭，天空烏雲密佈，月光和星辰都隱在雲堆裡，大地上只是一片漆黑。

其心默默暗道：「今天怕是找不到借宿的地方了。」

他雖只有如許稚齡，但是這些日子來流浪的磨練，他已經不怕黑夜的寂寞了。

雖然黑得伸手不見五指，但是在感覺中他彷彿覺得天空很是高爽，蕭蕭林木忽然震動之聲不絕於耳。他尋了一棵數圍的大樹，樹根下茅草高及數尺，他把矮小的身軀縮在茅草叢中，寒風只是嗚嗚地從頭上掃過，嗅著草香，一股溫暖升了上來。

他抬眼望著那深邃的黑暗，大地上似乎沒有別的生命，他小小的心靈中充滿了光明的色彩，是以看那黑暗，也覺得恬靜優美。

「嘩啦」，「嘩啦」……

像是有人踏著枝葉走近過來，其心仔細聽了一聽，那聲音斷續相間，似乎那人走得十分小心，不時停下身來觀察四周一番。

過了一會，黑暗中出現了一個模糊的人影，那人向左右觀望一會，終於向其心這邊走了過來。

其心睡在大樹根底下，一動也不動，即使那人走到大樹下，也不會立刻發現他，那人走了幾步，又停下身來，仰首望著樹梢，不知在幹什麼。

忽然「吱」「吱」兩聲，敢情那人發覺樹上有個鳥巢，他傾著耳朵似乎專心注意聽那鳥兒叫的聲音，過了一會兒，「吱」「吱」又是兩聲，那人忽然手一揚，一種尖銳的嘯聲隨著他一揮手之間響起，接著「噗」的一聲，一團黑沉沉的事物落了下來，正好落在其心的身邊。

其心仔細一看，那是一隻大斑鳩，頭頂上穿著一支金針，雖在黑暗之中，仍然閃爍著金光。

這黑漆般的林子裡，憑著一聲鳥啼便能刺中鳥兒的咽喉，這等暗器功夫當真是駭人聽聞的了。

其心一動也不敢動，只聽得那人大步走了過來，伸手拾起地上的斑鳩，靠身在大樹幹上，一手拔出那支金針，放入腰間袋中，一面喃喃地道：「鳥兒，鳥兒，實是我餓得發慌了，只好得罪啦，莫怪，莫怪。」

其心見他說得有趣，不禁睜大了眼睛望著這個怪人。那人完全沒有發現其心躲在他腳邊，只見他雙手一扯，竟把那隻斑鳩撕成兩半，連血帶肉生吃起來。

那人幾口便將一隻斑鳩吃得只剩一堆毛骨，信手丟在地上，斜靠在樹幹上，伸手抓住大把白銀來，喃喃道：「銀子也有用不上的地方，像這等鬼荒野地方，連戶人家都沒有，要銀子又有什麼用處？」

他不時留意四周，似乎一隻斑鳩意猶未盡，還想再找一隻來充充飢，果然，左面的樹上

「吱」「吱」又是兩聲鳥啼。
他伸手一揚，其快如電，「噗」的一聲，顯然又是一隻鳥應聲而落。
他正待走上前去，驀地裡，一個冰冷的聲音響起：「好漂亮的『閉目金針』，唐大先生，咱們終於朝相啦！」
那人聞言霍然住身，緩緩轉過身來，大聲道：「唐瞎子千里爲父尋仇，不知什麼地方得罪了五俠七劍？你們一路跟蹤唐某，唐某雖是瞎子，難道聽不出來麼？」
只聽得右面另一個聲音道：「不錯，唐大先生千里奔波爲父尋仇，不關咱們的事，只是咱們聽說十日之前，唐大先生在長江上得到一張地圖，嘿嘿，不知是不是有這麼一回事？」
那人怔了半晌，似乎在思索這批人怎麼會知道這件事，過了一會，他冷笑了一聲緩緩道：「就算有這麼一回事情，又與列位相干些什麼？」
他的後面又傳出第三個聲音：「唐大先生，揚子江上送命的那人，你可知道是誰麼？」
那姓唐的道：「我怎麼知道——」
左面那人道：「告訴你，那人是金眼雕金景——」
唐大先生道：「什麼？你說是丐幫十俠中的老八？」
那人道：「不錯，丐幫雖然已經煙消雲散了，可是『金弓神丐』還在江湖上走動，唐大先生你不該搶了圖又傷了人！」
唐大先生怒道：「誰搶了圖？誰傷了人？你言語放清楚些……」
那人冷冷地道：「唐大先生，你忘了把金眼雕身上的『白虎釘』取出來！」

唐大先生大聲喝道：「你們胡說，那金眼雕衝到唐某面前時，已是奄奄一息，他交給我一個紙袋，說了一句話便自死去，你們豈可含血……」

那左面三人齊聲問道：「他說的是什麼話？」

唐大先生冷冷地哼了一聲道：「那是唐某應該保守的秘密！」

左面的聲音道：「唐大先生，你可知道金景那張地圖是什麼？」

姓唐的哼了一聲道：「不知道——是什麼東西我可不管，因爲那不是我的東西——」

右面那人陰森地道：「說得好，不是你的東西，你何必要它，拿出來送與咱們算了！」

唐大先生道：「聽你的口氣，你大概是五俠七劍裡的黃蜂劍孫老妖了——」

左面的人大笑道：「唐瞎子你眼瞎耳可厲害，不錯，我便是孫華。」

他話音剛落，忽然一聲慘叫，翻身倒在地上——

只聽得黑暗中呼呼兩聲，顯然另外兩人跳了下來，一人驚呼道：「嘿，閉目金針！」

另一人悲憤地吼道：「好啊，唐君棣！你暗箭傷人！」

那姓唐的怒吼一言道：「什麼……誰暗箭傷人……」

黑暗之中，只見寒光一閃，一劍疾如順水輕舟，直向姓唐的飄來，姓唐的反身橫躍，但見寒光霍霍，那支劍如長空電擊一般刺出了五劍，嚓嚓五聲，在那古樹幹上留下了五道劍痕。

那姓唐的卻如白晝下目能見物一般，以旋風之勢避過了五劍。

他沉聲道：「劍招有如遊龍戲鳳，氣勢好比秋風掃葉，閣下必是『白虹追風』韋大俠了吧？」

「不敢，韋一農便是在下——唐君棣，令尊大人唐老爺子不幸慘遭變故，不錯，你千里奔波爲的是尋訪仇人，可是你也不能隨便傷人呀——」

唐君棣怔在當地，他正要說話，另一個人已是飛身一劍刺來，唐君棣揮手一掌，怒聲道：「你是誰？熊競飛？哈文泰？」

那人陰沉地答道：「都不是，我姓曾！」

唐君棣狂笑道：「好，原來是藍衫劍客曾炳，你們五俠七劍是武林中鼎鼎大名的一流劍手，自然可以仗勢凌人，含血噴人的了，可惜呀，可惜！」

「可惜什麼？」

唐君棣冷笑道：「我替紅花雙劍熊競飛和華山的灰鶴銀劍哈文泰可惜，不知是哪個混賬的好事之徒，把熊哈二位硬和你們三個寶貝扯在一起了，嘿嘿——」

只聽得那白虹追風韋一農冷笑道：「唐瞎子，你暗箭害了孫華，還有臉說什麼可惜不可惜？」

唐君棣怒道：「胡說，你們分明是……」

他話未說完，藍衫劍客雙手一揚，雙劍齊飛，大聲吼道：「唐瞎子，你既然說咱們以衆凌寡，咱們索性合力把你斃了，叫你四川唐家無雙暗器絕傳！」

霎時只見三道寒光乍起，好比長龍飛舞一般，五俠七劍中藍衫劍客和紅火雙劍都是雙手施劍的，是以五俠倒有了七劍，他們既無師承關係，又非親非故，江湖上把他們聯在一起完全是因爲他們五人的外號中有「紅黃藍白灰」五個字，而且個個都是當世罕見的劍術高手，這時韋一農與曾炳兩人三劍齊施，那份威力之強，可想而知。
唐君棣雙目全瞎，雙掌輪番揮揚，完全是聽風接招的功夫，十招一過，他飛身而起，雙手一陣亂揮，這時金光閃動有如天上明星，「白虹追風」韋一農大喝一聲：「閉目金針！」
他劍舞如飛，漸漸劍尖所繞成的光圈成了金黃色，原來韋一農內力直透劍尖，竟把無數金針吸在劍尖之上。
那藍衫劍客曾炳雙劍護身，退了三步，只見唐君棣再次飛身揚手，冷笑道：「這次是有毒的來了！」
四川唐家的暗器種類之多，手法之巧，堪稱宇內無對，尤其是各種毒藥暗器，更曾蔚爲大觀，唐君棣現在已是天下唐門唯一僅存的高手，他那「有毒」兩字一叫出口，曾炳和韋一農雖是一流的劍術高手，也不由自主地心中一寒，一齊跨步倒退。
然而就在這時，那唐君棣伸在空中的手忽然一窒，他發出一聲低沉的悶哼——
白虹追風韋一農站得較近，他雖不明白什麼原因，但是他是何等經驗功力，只見他大喝一聲：「曾兄，機會難再！」
同時間他抖手擲劍，唐君棣好似脅下被人點了穴道，半邊不能動彈，只聽得一聲慘叫，唐君棣猛力一移，一條左臂被劈了下來，鮮血淋漓！
幾乎是同時，藍衫客曾炳如一隻勁矢一般撲了過來，一把抓住了唐君棣的腰間，唐君棣強忍痛苦，奮力一掙，只聽得嘶的一聲，唐君棣腰間連衣帶肉被扯下一大片來。
曾炳飛身追了上去，唐君棣僅剩下的一隻胳膊一揚，一把金針飛出，曾炳吃了一驚，倒翻出五丈之遙，落了下來，放眼再看，唐君棣已不知去向。

他把手中一片帶血的破衫抖開，伸手一搜，摸出一張皮紙來，他大叫一聲道：「有了……有了……」

韋一農也連忙走過去，而這時候躺在樹根下的董其心卻為另一件事驚駭得目瞪口呆——在唐君棣第二度躍起發暗器的一剎那，他親眼看見有一個神秘的黑影如閃電一般從大樹後閃出來，重重地點了唐君棣一指——

其心當時幾乎大叫出聲，但是他立刻把衣袖塞在嘴裡，阻止自己喊出來，這時，那條血淋淋的斷臂就落在他的眼前，他伸出手來捂著眼不敢多看。

那個黑影是什麼人呢？

他為什麼要暗算唐君棣？

韋一農和曾炳湊在一起，正要掏出火熠子來看個究竟，猛然一個人從他們身後發話道：「兩位得手了麼？可得感謝我這通報消息的人啊……」

韋一農和曾炳一聽那聲音便一面回頭一面歡聲道：「呵——你怎麼也趕來了……」

話聲未完，忽然轟然兩聲悶震，韋一農和曾炳兩人背上心臟部位被重重擊了一掌，頓時心臟震得粉碎，兩人轉過身來，伸出手來指著那黑影，卻是說不出半句話來，終於噗噗兩聲倒斃在地上。

那神秘的黑影上前伸手從曾炳手上把那張皮紙搶了過來，他走了兩步，停下來望了望地上躺著的兩具屍體——這兩個威震武林的名劍手，就這樣不明不白地死在黑暗中了。

董其心屏住呼吸，一點聲音也不敢發出，那神秘的黑影走出三丈不到，驀然，沙沙沙，又有人走入這黑林子來了。

那神秘兇手閃電般躲在一棵大樹後，腳步聲漸近，走出一個身高體闊的大漢來。

這大漢頭上包著白布，上身胸前也纏著白布，左腿上似乎也受了重傷，一拐一拐的，左手更是用一根繩索吊在胸前，看來這人全身都是重傷，唯一可以活動的只有一足一手了。

他一拐一拐走到大樹下，抬頭四面望了一望，冷冷地道：「樹後面的朋友出來吧！」

那神秘怪客從樹後走了出來，黑暗中顯得宛如鬼魅一般，那滿身是傷的漢子冷冷笑道：「閣下好狠的手段，好重的掌力！」

那神秘兇手只是哼了一聲，不作答覆。

滿身纏著白布的大漢走前數步，用腳一碰地上的屍身，只覺軟軟的，似乎全身的骨骼都被震碎了一般，這等掌力端的好不驚人。

他心中暗驚，俯下身去一看，頓時驚呼出來：「嘿！可是韋一農和曾炳？你……好大的膽子……」

話聲未完，那神秘兇手又如閃電般一掌偷襲下來，那掌像切透空氣，發出嗚嗚怪嘯——眼看那重傷漢子便又要被一掌擊斃，說時遲，那時快，只見那身負重傷的漢子猛然一個反身，伸出僅剩下的一隻右手，一指閃電點出，那神秘怪客猛地一聲大叫，翻身跌出三丈！

神秘兇手從地上撐扶站起身來，顫聲道：「『七指竹』……你……你是藍文侯……你竟沒有死？……」

董其心睜大了眼，他想起那晚丐幫英傑決戰的事來，暗暗道：「啊，他就是丐幫的幫主！」

至於他爲什麼沒有死，其心反倒不覺奇怪，在他稚小的想像中，丐幫的幫主隱隱約約是一個大英雄，而一個大英雄「沒有死掉」那似乎是理所當然的，一點也沒有什麼奇異之處。

那邊，身負重傷的漢子昂然站直起來，他冷冷地道：「不錯，在下便是藍文侯，閣下尊名？」

那神秘客一言不語，忽然轉身一躍，輕飄飄便退出數丈，消失在黑暗之中。

那藍文侯仰天長笑，笑聲直可裂石，震得樹林間枝葉無風而動，那笑聲足足延續了半盞茶的時間，一股北國燕趙之豪氣表露無遺。

豈料他笑完之後，忽地一跤跌坐地上，盤膝運功起來，過了一會，他才重新站起身來，長長歎了一口氣，喃喃道：「若不是我故意賣個破綻引他偷襲於我，我如何能一指震退了那人？像我這般身子，難道還能再發第二指麼？」

他望了望地上的兩具屍體，搖了搖頭，忽然歎聲道：「五俠七劍在武林中是何等威名，卻糊里糊塗把命送在這裡。」

說罷便拐著腿一步一步走遠了。

林子裡還是無比的黑暗，微微風動之中，隱隱多了一絲血腥味，其心縮在樹根下一動也沒有動，這一連串血淋淋的事件並沒有把這稚齡孩子嚇糊塗，相反的，此時他小腦筋冷靜之極，默默地分析著這一串驚人的怪事，這就不能不說其心這孩子是天賦異稟的了。

他默默想道：「那個神秘的兇手，先暗算了唐瞎子，幫助那兩人得了手，爲什麼又把兩人殺害了？咦——我怎麼覺得那神秘人的聲音有些耳熟？奇怪……」

一陣風吹過其心的頭頂，其心正伸起頭來深呼吸，一股濃濃的血腥味湧進他的鼻內，他覺得有些噁心，便站了起來，拍了拍身上的草葉，暗想：「天還沒有亮，快換個安靜地方好好睡一下吧。」

他在黑暗裡從樹林中穿行著，走出了大約有半里路，依著一棵大樹躺下，終於睡著了。

什麼時候天亮了他也不知道，只是當他醒來之時，有一隻小灰松鼠從他臉上跑過，倒在他的臂彎裡。其心低頭一看，只見松鼠背上插著一隻小箭，那隻松鼠已是奄奄一息了。

其心覺得奇怪，坐起身來，只聽得不遠處有一個嬌聲嬌氣的嫩嗓子喊著：「我不管，都是你們把我射中的小松鼠追丟了，快快替我找來呀。」

一個男子的聲音：「小姐，你別吵嘛，老奴負責替你找到好了吧！」

那嬌嫩的聲音：「杜老公，你不替我尋到，我今天便不回家。」

另一個老年婦人的聲音道：「玲小姐，你別太頑皮呀。」

那嬌嫩的聲音：「葛姥姥，你看我不順眼，快回家去呀！」

那老太婆道：「玲小姐，天亮時你爹爹臨行時，對你說些什麼來著？」

那嬌嗓子道：「喲，還不是叫我在家聽你葛姥姥和杜老公的話，哼，爹爹自己說話不算話，昨天還說的今天要陪我打獵，結果，昨天晚上半夜跑出去也不知到哪裡去啦，今天一早回來便動身走了，哼……」

她嘰嘰咕咕又訴說到她爹爹頭上去了。其心聽那清脆如黃鶯般的聲音，腦海中忽然浮現了小萍的影子，但是那只是一剎那，立刻，他的注意就被那邊走過來的幾個人給吸引住了。

只見那邊走來一個老頭兒，一個老太婆，一個衣服華麗的小女孩，還有幾個壯漢穿著獵裝，遠遠跟在後面，其心看見他們，他們卻沒有看見其心。

那小女孩長得白白嫩嫩，大眼睛，小嘴巴，指使著兩個老人東轉西轉，後面跟著的幾個大漢全是全副獵裝，有的手上拿著鋼叉，有的背上背著弓箭，一派上山打虎的裝備，卻跟在這小女孩後面尋找小松鼠，是以個個臉上都露出尷尬之色。

其心想道：「他們要找的小松鼠已死在我這裡了，若是要尋，如何尋得到？」

他正想把那松鼠送過去，忽然看見那女孩子東指使西指使的模樣，心中大起反感，便一偏頭，睡了下去。

「哈，在這裡，在這裡了！」

那女孩子尖聲叫了起來，其心不好意思再裝睡，只好揉揉眼睛坐了起來，那女孩子像沒有看見他似的，俯身來恰那隻小松鼠。

忽然之間，「嗖」地一聲，從草叢中穿出一條小青蛇來，猛向那小女孩腰上咬去，其心吃了一驚，不由自主地抓起一根樹枝來，「啪」地一聲打了下去，正好打在蛇背上，青蛇一翻躍在空中，那老漢本來已是嚇得面無人色，這時一揚手，一柄飛刀飛來，在空中把那條青蛇截成兩斷。

那女孩子驚魂甫定，瞪著一隻烏溜溜的眼睛望著其心，其心被望得有些兒窘，只是傻笑了一下。

那老漢走上前來和聲道：「小哥兒，真謝謝你啦。」

其心搖了搖手道：「這……這……沒有關係。」

那老漢見他年紀小小，卻在荒野中睡覺，便問道：「小哥兒，你家住在哪兒呀？」

這句話驀地裡教其心的心中一震，繼而感到心酸，是啊，天地雖大，我的家在哪兒呀？

他茫然地望著老人，那老漢摸了摸白鬚，和聲道：「你——你是在這樹下過夜？」

其心點了點頭，他望了望那女孩子身上漂亮的衣服，便又加了一句：「其實睡在樹下也算不了什麼。」

那老漢微微莞然，繼續道：「小哥兒，你可願意隨咱們回去，以後也不用到處流浪了？」

他料定其心必是一個流浪的孤兒，是以才如此問，其心覺得臉上熱辣辣的，他知道自己身上那副打扮實在不甚好看，但是他卻毫不猶疑地搖搖頭道：「多謝老伯，我……我還有事……」

那老頭正要說話，忽然遠處蹄聲得得，林木叢叢之中跑來了一人一騎，馬上人叫道：「杜老兒，太太叫你快把小姐帶回去。」

那人縱馬走近，其心抬眼一看，頓時怔住了！

原來那人一身白衣，面孔長得竟有七分與其心的爹爹相似，只是這人的臉略爲白皙一些，而且缺乏血色，倒有幾分像是死人面孔。

其心差一點喊出爹爹來，繼而仔細一看，那張白慘慘的臉與他爹爹實是相像，忽然之間，一種莫名的恐怖襲上了其心的心頭，望著那張白慘慘的面孔，他忽然感到毛骨悚然。

那女孩子指著馬上的人笑道：「啊，孫叔叔，這便是你新製的麼？」

那杜老頭忽然厲聲喝道：「玲小姐——」

那女孩便噤口不言了，那馬上的人道：「杜老兒，你們就快回去吧！」

其心目不轉睛地望著他，他的聲音有濃重的鼻音，叫人聽了覺著有些鼻子不通的感覺。

杜老頭揮了揮手，其心忽然被一股莫名的衝動促使著叫道：「嗨……嗨，老先生，您方才是說您們家裡能收留我麼？」

那杜老頭雖對那女孩子自稱老奴，但是看來卻是頗有一點權威，他回過頭來對其心道：「好，小哥兒，你跟咱們走。」

也不知走了多久山路，董其心頓時眼前一亮，只見一座大莊院出現在眼前。

此莊院牆壁砌得特別高，看來至少有三丈以上，是以院內的屋宇一點也看不見。

其心瞪著一雙烏溜溜的眸子四面一看，奇的是整座莊院的牆上都佈滿一排數尺長的鐵桿。

其心隨著他們走進莊院，只見院內屋宇十分華麗，倒像是個朝廷大員住的別墅。女孩兒一走進莊院，便飛快地跑了進去，跑過大片草坪，一直奔到左面一個雕龍畫鳳的小樓，她在樓下便大聲叫喊：「媽，小玲回來了。」

小樓上窗戶內的窗簾一動，一個美婦人的身影一晃，接著傳出一個銀鈴般的聲音：「小玲，該唸書的時候啦，怎麼還在外面野——」

其心怔怔望著那朱紅色的樓閣發呆，樓閣上有三個龍飛鳳舞的大字：「飛雲閣」。那杜老頭拍了拍他的肩道：「小哥兒，你隨我來。」

其心隨著他走了過去，在那廣大的院子裡轉了幾個圈兒，來到一排較矮的房屋，那排房屋很是漂亮，卻大多是空著的，杜老頭隨便指了一間房屋道：「你便睡在這裡罷，每天早晨，把這一排房屋掃掃，整理一下花圃便行了。」

其心茫然點頭，心中卻仍然盤旋著那個白慘慘的面孔。

杜老頭道：「屋裡被褥都有，你自己檢點一下。」

說罷便走開了，其心走進屋內，只見屋裡陳設齊全，木器全是上好工材，他不禁暗暗納悶。

他走到門口，忽然之間，又看到那個高高穿白衣的人，從不遠處走過，揚著手向另一人打招呼，正是那濃重的鼻音。

其心忽然衝動起來，他飛快地跑上前去，要想看個究竟，豈料當他跑到那人前面時，那人竟是個紅光滿面的俊秀漢子，哪裡有那張白森森的臉？

其心以為自己認錯人了，他仔細一回想這人的聲音，卻是與早晨在林間騎在馬上的人一模一樣，他不禁十分驚異地注視著這人。

這人也發覺了，他一瞪眼道：「你看什麼？」

其心連忙低著頭走開了，他心中暗暗道：「奇怪，奇怪……」

他回到屋門，猛一抬頭，發現牆角處有一雙烏黑的眸子在注視著他，他怔了一怔，再一想，心知這必是那個女娃兒了。

他裝著沒有看見，大步走上台階，想了想，覺得沒有什麼事可做，便拿起一把掃帚在台階上掃起地來。

其實台階上也沒有什麼灰塵，其心不經意地掃著，隱隱約約覺得那一雙大眼睛仍然目不轉睛地在看自己，他心裡有氣，暗道：「我有什麼好看的？」

索性便轉過身去，背對著那邊，掃了兩下，他轉回身來，只見地上有一朵花。

方才他掃地時，台階上分明是光亮亮的，怎麼這時又跑出一朵花來？

他一轉眼，心中已經明白了，必定是那個頑皮的女娃兒拋過來的，他裝作不在意，默默把那朵花兒掃入簍箕，仍是不望那邊一眼。

這樣捉迷藏似地默默玩了半天，其心覺得實在不好意思再掃下去了，便把掃帚放好了，索性對著那兩隻眸子望過去。

那一對眼睛向他瞪了一會，其心坐在台階上，心中在想這女娃兒究竟是什麼意思。

這時，遠處有人在喊：「玲小姐——吃飯啦——」

於是，那一雙烏溜溜的眸子消失了。

其心噓了一口氣，抬頭一看，已經日正中天了，他喃喃道：「是啦，該吃飯了。」

他走進屋去，在那個破布包裡拿出一個紙包來，紙包裡還有幾塊乾饅頭，他拿出來吃了，在桌上茶壺裡倒了一杯茶喝了，便坐在床邊空想。

這些日子來，流浪對其心來說，早已不當是一回事兒了，他自幼就是個沉默的孩子，雖然不像其他的孩子那樣歡笑胡鬧，但是仍然是個稚氣十足的小孩，這一番流浪以後，他變得更加老成，便是形體上也像是長大了許多似的，是以雖然只有十二三歲，看起來倒像有十四五歲一般大小。

這時，那杜老頭又走了進來，他一瞧見其心，拍了拍腦袋道：「瞧我多糊塗，喂，小哥兒，你還沒吃飯哩——」

其心道：「不，不，我已經吃過了。」

杜老頭道：「那邊飯廳裡還有許多飯菜，你快去吃一些吧。」

其心望著這老頭兒，老人眼光中透出一種慈祥，他不知怎地微微感到一陣心酸。杜老頭兒見他不答，更以爲他還是餓著肚子，正要開口，其心道：「多謝，我這裡還有一些乾糧，已經吃飽了。」

杜老頭把吃飯的地方指給他看了，拍拍他的肩膀道：「你有什麼事，只管來找我。」

說罷便走了，其心怔怔然望著他走去，忽然，他又看到一件奇事——

遠處，兩個大漢一面交談著，一面走過去，他們手中拿著三柄劍，還有一隻血跡紫黑的斷胳膊！

「怎麼……怎麼……那……是……那唐大瞎子的麼？」

「喂——」

其心正在掃地，他聽到喊他的聲音，回過頭來一看，只見那嬌生慣養的玲小姐正站在他的身後，其心瞪了她一眼。
她伸手指了指，道：「你怎麼老是掃這一塊地？」
其心鞠了一個躬，道：「小姐，請你讓開些好嗎？」
那小姑娘瞪著眼道：「我高興站在這裡，你管得著麼？」
其心望了她一眼，聳了聳肩，轉過身來繼續掃地，那位大小姐哼一聲，其心仍在掃，於是她便又哼了一聲，哼得比較響，也比較嚴厲。
但是其心仍在低頭掃地。
玲小姐站在那裡鼓著小嘴，她一翻大眼珠，計上心來，只見她手一揚，呼地一聲，一根小樹枝疾飛過來，瞧她那白而肥胖的小手，居然具有深厚的內力，那一截樹枝帶著風聲直向其心射來。
其心轉過身來，一動也不動，連眼睛都不曾眨一下，那根小枝「呼」地一聲從他左耳下面差一分毫地飛了過去。
玲小姐見居然沒有嚇著他，不禁怔了一怔，哼了一聲道：「你以爲我不敢打你麼？」
其心道：「不知道。」
說罷反過身來，仔細把落在地上那截小樹枝拾起來，丟到簍箕中去。
玲小姐正要再想一些花樣，那邊葛姥姥走了過來，叫道：「玲小姐，你怎麼跑到這裡來，還不快上屋去！」
其心悄悄回到自己的屋中。那個漂亮的小姐給他的麻煩他一點也沒有放在心上，甚至想都沒有去想它，他心中充滿的仍是那一張酷似爹爹的白臉，奇的是幾天來他再沒出現過。

天色漸漸暗了，其心到西院燒水的火房裡要了一點熱水，洗了一個澡，他回到屋裡來時，已是月兒高掛了。

他走到屋後，前面是高過三丈的高牆，突然之間，一條黑影從牆外直飛上來，那條黑影升得又快又高，輕身功夫驚人之極，其心不禁吃了一驚，眼見那人足足升到四丈左右，身形在空中橫裡一個翻滾，輕飄飄地落了下來。

那高牆上還插著一排數尺長的鐵桿兒，黑夜裡極不容易發現，這人升到四丈左右方才翻滾越牆，分明是在外面探測好了才進來的。

那人落在地上，其心幾乎叫了起來，只見這人左臂下空蕩蕩的，只剩一隻袖子，雙目深陷無光，正是那重傷落荒而去的唐瞎子！

這時，忽然嗡聲起，五六隻大草蚊飛了過來，那唐瞎子身在六尺之外，一揚手，只聽得「叮」然聲作，六隻大蚊一齊被六隻金針釘在木柱之上。

唐瞎子側耳傾聽，過了一會，臉上露出釋然的表情，他以極低的聲音喃喃道：「是我太緊張了，怎麼連蚊子的聲音都聽不出來？」

其心可是看得目瞪口呆，這人雙目全瞎，居然信手把六隻在飛的蚊子同時釘住，這簡直是駭人聽聞，不可思議！

他知道只要自己弄出一點聲音來，立刻就有金針飛過來，他停息著一動不動，那唐君棣聽了半天，才放步而行。

忽然其心下了決心，他低聲叫道：「喂——唐……唐……唐瞎子——」

唐君棣如觸電般停住身形，厲聲低道：「什麼人？」

其心心想說出「我是董其心」來你也不知道，他一時想不出什麼話回答，便道：「我……我知道你是個好人……」

唐君棣聽他支吾，更緊張地道：「你究竟是誰？」

其心道：「那天……那天在林子裡，只有我看見你被人暗算……」

唐君棣駭然道：「告訴我，是誰暗算我？」

其心道：「我——我也沒有看清——」

唐君棣道：「你怎會在這裡？」

其心道：「我是這裡面的小廝……」

他看見唐君棣的面上殺氣直升，不禁退了兩步，心想如何應付這場面，他伸手往懷中一摸，指尖觸及一物，他心中靈光一現，忙道：「我與丐幫的金弓神丐是朋友……」

唐君棣一怔，低聲道：「呵——你是丐幫派到這裡來臥底的？」

其心知道事急，只得硬著頭皮道：「正是！」

唐瞎子面上露出疑色，低喝道：「金弓神丐是我多年老友，你想騙我麼？」

其心從懷中掏出一粒明珠來，正是那金弓神丐送他的，塞到唐瞎子手中道：「你摸這個！」

唐瞎子一摸之下，低聲道：「大內裡的龍鳳神珠！——是了——」

他臉上神色大為緩和，低聲對其心道：「那麼，兄弟你貴姓？」

其心知他信了，心中暗叫一聲好險，伸手把珠兒拿回，答道：「董其心。」

唐君棣道：「久仰。貴幫十俠大名，唐某雖然欽羨得緊，卻是只識得蕭五爺一人，既然董兄弟你也在這裡，想來我唐瞎子是碰對了……」

其心心中納悶，暗道：「我董其心你居然久仰，這倒是奇事了。」又不知他說的是什麼意思，只好不答，唐君棣忽然道：「貴幫金眼雕金八俠已經過世了，董兄弟可知道？」

其心信口道：「知道——」

唐君棣奇道：「董兄弟既然一直在此臥底，怎能知道？」

其心吃了一驚，索性道：「敝幫自有迅速傳訊的辦法，是以……是以在下早已知道一切，也知道唐……唐先生會尋到這裡來……」

他這樣一答，巧妙地彌補了方才一見唐瞎子就說出自己是金弓神丐的朋友的漏洞，只因他一見唐瞎子，便說出金弓神丐，豈非太不合常理？其心小小年紀竟能在這緊要關頭，出一言而兩得，真是天賦異稟了。

唐君棣面上疑色盡退，其心暗自慶幸，唐君棣忽然伸出一隻手來，其心怔了一怔，隨即醒悟到他是要和自己握手的意思，他也慌忙伸出手來，唐君棣僅剩下的一隻右手又粗又大，皮膚就像粗厚的皮革一般，其心的小手被他握住，卻是感到一股暖流流過他的心田。

唐君棣低聲道：「小兄弟，我四川唐家與貴幫非親非故，可是唐君棣敬的便是貴幫這等熱血漢子，為了金八爺臨終一句話，唐某已經送掉一條胳膊啦，我唐君棣可毫不怨尤，咱們兩人更是素不相識，現在咱們即已拉手，那便是朋友了，以後小兄弟你的事就是我的事。」
他對其心是如此一個小孩倒不詫異，只因丐幫中曾有許多少年做出驚天動地的大事來。
其心雖然不明究裡，但他被這種豪氣感動了，緊握著他小手的那隻大手，筋脈虯突，骨如鋼枝，那是一隻大人的手啊。其心彷彿在這一剎那之間長成了大人，於是，他也用大人的口吻道：「不錯，從此唐先生用得著我的地方，赴湯蹈火也不……也不……也不哭。」
唐君棣面上的肌肉抽動了一下，他低聲道：「那麼——小兄弟，這裡面可有一個地方叫做『飛雲閣』的？」
其心吃了一驚，喃喃道：「飛雲閣？飛雲閣？你隨我來！」
他們兩人悄悄地貼在屋邊上前進，轉了幾個彎，來到那西邊的小樓下。
唐君棣伏在地上，頭上正是那「飛雲閣」三個大字，他四面望了望，悄悄沿著花園邊上的石欄爬過去，似乎在默默數著步數。
忽然，他停了下來，左面一個小石亭，唐君棣把石亭中一張石椅用勁一提，下面駭然出現了一個地道，唐君棣輕輕叫道：「下面有人麼？」
過了一會，有一個沉重的聲音答道：「你是什麼人？」
唐君棣壓著嗓子道：「在下姓唐，來自嘉陵江畔。」
下面的人道：「小可姜一尊，閣下莫非是『瞽目神睛』？」
唐君棣喜道：「姜六俠，果然是你！」
其心驀然一驚，暗道：「姜六俠？姜六俠？豈不是丐幫被俘的那個姜六俠？」

七　貌假情真

只聽得那黑漆漆的深洞中，姓姜的道：「瞽目神睛唐大先生，請恕姜某被鎖深窟，不能上來見禮。」

唐君棣道：「姜六俠何出此言，唐某人畢生敬佩的便是貴幫十俠這等熱血漢子，姜六俠昔年斷指全信的故事曾叫唐某熱血爲之沸騰，咱們雖乏一面之緣，卻是神交久矣。」

地洞中傳出一聲歎息！

「唉，只是姜某這一生是完了——」

唐君棣岔開道：「姜六俠，你可知道貴幫金八俠已經過世了麼？」

深洞中姜六俠一聲嘶然慘呼：「什麼？唐兄你說……」

唐君棣道：「日前在揚子江上，金眼雕金八俠臨終叫唐某將一物交給姜六俠——」

洞中姜六俠道：「唐兄爲敝幫之事奔波，姜某在這裡代藍幫主謝了……」

唐君棣道：「姜兄何必言謝，倒是金八俠交給在下之物，在下依金八俠之言尋訪到此院附近之時，忽然被五俠七劍中的藍白黃三人阻攔，唐某不才，激戰中遭暗算，被毀了一條胳膊，那……金八俠所托之物亦被奪了去……」

他說到這裡，洞中姜六俠道：「唐兄義薄雲天，竟爲咱們之事遭人暗算，廢了一條手臂，姜某真肝腦塗地無以爲報，他……他日若是──」

他原想說「他日若是碰著藍白黃三人必要報仇」，但是忽然想到自己被困於此，如何能出得去，是以說到這裡便猛然頓住了。

唐君棣慨然歎道：「只是唐某未能達成金八俠臨終所托，實是慚愧不已──」

姜六俠道：「唐兄若是再說這話，叫我姜某何顏偷生，今生此世，只要姜某人能有脫離之日，唐兄有事姜某便是兩脅插刀也在所不辭……」

唐君棣道：「唐某雖失了金八俠所托之物，但是此時天賜良機，正好藉此機會助姜兄脫險──」

洞中姜大俠長歎了一聲，那聲音宛如一個垂死的歎息，在黑暗中顯得好不淒涼，只聽得他道：「唐兄美意可感，只是──只是──」

唐君棣急道：「只是怎麼？」

姜六俠道：「只是在下被紫金鎖鍊穿了琵琶骨，眼下只是一個廢人了！」

唐君棣聽了這話，全身不禁一緊，凡是練武的人聽到被穿了琵琶骨便如同聽到被判死刑一般，唐君棣一時想不出該說什麼話，姜六俠也沒有說話，於是立刻沉寂了下來。

過了一會，唐君棣忽然道：「姜兄，敢問貴幫金弓蕭五爺如今俠蹤何方？」

姜六俠道：「蕭五哥麼──你到山西臨汾……」

他話聲還沒有說完，忽然一個冰冷的聲音從唐君棣的身後響起：「好個山西臨汾，你們還沒有談夠麼？」

唐君棣是四川唐家僅存世上的高手，他雙目全瞎，卻有「瞽目神睛」的別號，那完全是讚譽他耳力之佳，幾乎可以完全代替雙目，這時他雖一面與姜六俠交談，其實耳聽四方，便是落葉掉針之聲，亦不能逃過他的耳朵，此時被人潛到十步之內，居然沒有感覺，這一下可把他驚得幾乎要失聲而出了。

唐君棣身法如電，他是俠義本性，立刻伸手先抓其心，要想把他藏妥安全之地，但是令他吃驚的是他一把抓了個空，其心竟然無聲無息地不在原地了。

唐君棣低呼一聲：「小兄弟——」

卻是無人回答，唐君棣猛然向後一個翻身，他雙足不見轉動，身形卻如一隻鼓風而上的紙鳶一般，扶搖而上。

黑暗中一個人飛快地竄了出來，他腳下穿著軟橡皮的快靴，真是一點聲音也不發出，只聽他大喝一聲：「站住！」

緊接著便是虛空一掌飛出，掌風強勁，呼呼作響，唐君棣身在空中，反手一掌拍下，只聽轟然震響，唐君棣身若游龍，如同一個彈丸一般飛起五丈之高，一個翻身，便到了高牆之外。

黑暗中那人一個快步趕到，向著深洞中喝道：「姓姜的，方才那人是誰？」

洞中姜六俠冷冷地哼了一聲，不作答覆，那人厲聲道：「姓姜的，老夫勸你放明白一些，快告訴老夫，那廝是誰？」

姜六俠沉聲道：「杜良笠，你逞的是哪一碼子威風？方才那位仁義大英雄的姓名怎能告訴你聽？怕你髒耳聽了去沾辱了人家的英雄名聲！」

微光之下，那人銀鬚根根可數，正是那杜老公，他怒哼了一聲，狠狠地道：「姓姜的，你別以為老夫不知道那人是誰，嘿嘿，老夫從他身法上看不出是誰麼？」

姜六俠哈哈大笑道：「你既知道何必問我？」

杜老公一頓腳，不再言語，他關好了地洞，轉身走了出來，暗暗讚道：「姓姜的委實是條鐵錚錚的好漢，唉，看不出一個叫化兒幫會，卻全是如此英雄人物！」

這時，人聲傳來，幾個大漢跑了過來，叫道：「杜老，出事了麼？」

杜老公道：「沒有，沒有，你們快回去，各自留神！」

這時候，董其心在黑暗中摸上了自己的床，他暗暗自語道：「好險呀好險，方才我若是招呼唐瞎子一道逃走，那就一定會被杜老公發現了，希望唐瞎子能逃走……」他把被子扯了一扯，睡在床上，這時，門外有人走過，他聽見那個濃重鼻音的聲音：「杜老，怎麼回事？」

杜老公的聲音：「我發現時，有一人正在和姓姜的談話，他們談什麼就沒有聽真了。」

那鼻音道：「是丐幫的麼？」

杜老公道：「那就難以斷定了。」

那鼻音道：「那廝跑了？」

杜老公輕輕嗯了一聲。

屋內，其心也輕聲吁了一口氣。

小玲覺得生活愈來愈是無聊，她每天練練輕功，遍山漫野的跑來跑去。在主人離家前，曾經再三吩咐杜公要好好服侍這嬌女，可是小玲怎會聽這老人的話，儘管杜公再三向她說好話，請她別亂跑，免得曬黑了，回來主人大發脾氣，小玲仍然我行我素，不理杜公公近乎哀求的勸說。

這日她從山中回來，手中提了兩隻雉雞，一進門看到董其心正在園中除草，她瞧著其心便有一種很奇怪的感覺，她以爲其心定會上來看看自己的獵物，因爲那野雉毛色五彩繽紛，委實漂亮，誰知其心只漠然的瞥了一眼，又一心一意的拔草。

她心中大不高興，走近其心道：「喂，你看這雉雞有幾斤重？」

其心站起身道：「小姐您好！」

小玲噘嘴道：「你這人耳朵聾了是不是，我問你這隻雞有多重？」

其心瞧了瞧道：「總有五六斤吧！」說完又蹲下身去拔草，小玲點點頭道：「算你還有幾分眼色，喂，拔草是很有趣的麼？」

其心未答，小玲忽然氣道：「好啊，你既然這等愛拔草，明天把我後院的野草全給清理乾淨，如果我發覺有一根未拔，你可小心了。」

其心抬頭看看小玲，道：「是，小姐！」

小玲呆了一會，快快而去，走了很遠，跨過花園圓門，又回頭看了其心一眼，只覺他眉清目秀，唇紅齒白，看樣子是個極聰明的孩子，再也想不到他會是這麼一個大笨童。

小玲把雉雞往廚房裡一放，道：「晚上我自己來烤，把雞毛替我好好拔下留著。」

她說完便回到房中，心中忽然無聊起來，怔怔出了一會神，不由又想到其心那專心一致的模樣，她心中忽生奇想，忖道：「他年紀比我還小些，怎麼一點也不愛玩，我覺得好玩的事他竟無一點興趣，真是一個怪物。」

她轉念又想道：「我三番四次尋他霉氣，他並不生氣，好像一個木偶似的，哼，他又敢怎樣，我告爹爹他可受不了，一個小傭人有什麼稀罕，要他走路他便得走。」

她想到爹爹快要回來了，又高興起來，她大聲叫道：「老五，把烤架放在後院裡，我可要好好烤這兩隻雞，真肥啊！」

天色漸漸暗了下來，新月初上，小玲在熊熊的一堆柴火前烤著她的雞，老五不時添柴驅煙，生怕燻嗆了這嬌養的小姑娘。過了一會，雞肉漸漸烤熟了，透出陣陣甜香，老五笑口大開，那滿佈皺紋的臉更深刻了，他不停地說：「小姐真好本事，老五就是十里之外，也能聞得這香味，垂涎不已，趕來求食。」

小玲雖頑皮好動，可是這烹飪之術卻極高明，她也以此自豪，當下笑道：「誰像你這饞鬼，好像幾十年沒吃過東西一樣。」

這時候其心已跑到後院拔草了，那撲鼻雞香，惹人食慾，其心心中忖道：「香是夠香了，可是火功太急，如果用醬和薑再抹上幾次，把火弄小些，肉一定更酥些。」

他瞧瞧小玲，火光映得她圓圓小臉一半通紅，一半陰暗，神采極是生動，正在此時，小玲烤好了雞，抬起頭來，目光正好和他相接，只見他還在拔草，小玲想起剛才的命令，心中有一絲歉意，可是見其心那毫無怨尤的平靜臉色，她又覺得氣往上衝，很不開心，她暗自忖道：

「你別以為什麼都不在乎，我偏偏要你在乎。」

其心低著頭，再也沒向這邊看一眼，小玲覺得無味，她見老五和杜公公都眼睜睜望著那烤雞，便用手拉開，將一大半擲給兩人，自己只留下一隻雞腿。杜公公老五連忙躬身謝賜。

小玲吃了兩口，便不想再吃，她本來興致極高，可是忽然之間，只覺意興闌珊，那兩個老人狼吞虎嚥，吃得不亦樂乎。

她把剩下的雞腿隨手拋在火中，忽然嗅到小花衫上有股油膩味，便回屋去洗浴換衣。

月亮漸漸上升，微風清涼。小玲推開窗子，她換上了一襲淡綠色行衫，十分合身貼切，她年紀雖然幼小，可是自幼練武，身材長得極為均勻，迎面晚風吹動裙帶，婷婷玉立。

她見院裡遠處還有一個黑影，心念一動便施展輕功走了過去，那個小傭人董其心還在拔野草，她站在其心身後很近，見其心絲毫沒有發覺，不禁甚是得意，她正待大喝一聲嚇他一跳，忽然聽見其心自言自語道：「今天差不多了，明天一定能清理乾淨，免得被小姐責罵，說不定會被辭退。」

他用步子量著剩下的面積，走到院中假石山後。小玲聽得真不知是何滋味，她心中想：「我真是這麼兇惡的女孩麼，這姓董的小笨人真沒出息，男子漢大丈夫能夠如此忍氣吞聲的倒數他第一，如果是我呀，此處不留人，自有留人處，偏他相貌堂堂，卻一點男子氣都沒有，可憐可憐。」

她雖這麼想，可是內心畢竟有些不安，忽然一股甜香從假石山後透出，小玲暗忖道：「小笨人不知在燒什麼？味道倒怪不錯的。」

她閒著無聊又輕手輕腳地閃在石山旁，只見小笨人捧著一個烤好的紅薯，正津津有味地吃著，臉上露出無比的安祥和滿足，那樣子比一個大人還沉靜。

小玲想道：「他真容易滿足，瞧他自得其樂也有趣得緊。」

她見其心興高采烈吃著，不禁也感到那烤紅薯是美味食物，她又不好意思向小笨人討來吃，靈機一動，沉著臉走了出來，衝著其心道：「喂，你哪裡偷來的紅薯？」

其心轉過身來，並無半點驚慌之色，他說道：「上次老五把他種的紅薯給小姐，小姐嫌它不甜，便把那一袋不要了，小的見丟了可惜，這便收了起來。」

小玲冷冷道：「誰說我不要了，哇，你膽子不小啦，竟敢偷吃我的東西了。」

她口中說得極是嚴峻，心裡卻正相反，她不住觀看其心臉色，其心裝得膽怯地道：「小的以為小姐不要，這才敢拿來吃。」

小玲搖手道：「算了算了，下次再拿我的東西可不饒你。」

其心垂頭不語，他把另外幾個烤好的紅薯雙手捧給小玲，站起身來裝得滿面羞愧一言不發地走了。

小玲怔怔捧著烤紅薯，忽覺自己被人羞辱一般難堪，她怒聲叫道：「給我站住。」

其心轉身站住，小玲氣得滿臉漲紅，可是也說不出任何理由來責罵其心。其心結結巴巴地道：「小姐，你……你……有什麼吩咐？」

小玲瞪著大眼，半晌才罵道：「喂，小笨人，你在生我的氣麼？」

其心惶然道：「小的怎敢。」

小玲道：「那你怎麼把這紅薯都給我？」

其心答不出話來，他想了半天，道：「小的已經吃飽了，是以還給小姐。」

小玲跳腳罵道：「好啊，原來是你吃剩不要的了，誰稀罕啊！」她邊罵邊把山薯用力摔在石山上，摔得稀爛。其心眼中神色微變，只一刻間，又恢復沒事的樣子，悄悄地走了。

小玲氣猶未消，她摔完了紅薯，發現其心已走得無影無蹤，她忽覺氣憤大消，生像是做錯了一件事一樣，不知何時眼睛一熱，流下眼淚來，但她口中還喃喃道：「小笨人敢欺侮我，明天就叫他滾蛋！」

她站了很久很久，覺得心身交瘁，便回房睡覺。第二天又是個好天氣，枝頭鳥語花香，她被黃鶯兒啼聲喚醒，精神煥發，昨晚上不愉快的事已經忘得乾淨。

她吃過早飯，對杜老公道：「我今天要去打獵，要幾個人替我提獵物，杜公公，你陪我去。」

杜老公道：「小姐，明兒主人就要回來，老奴還有很多事要做，不然一定陪小姐去。」

小玲不悅道：「什麼大不得的事，難道比我打獵還重要。」

杜老公對這小姐可沒辦法，他陪笑道：「就叫老五跟你去提獵物好了。」

小玲搖頭道：「老五笨手笨腳，那怎麼成，我一跑快他便跟不上。」

杜老公神秘一笑道：「老五真的如此笨麼！小姐你走慢一點不就得啦！」

小玲道：「他嘴太碎，跟在後面嘮嘮叨叨說個不停，這個我可受不了。」

杜老公好生爲難，他想了想道：「小姐你怕囉嗦，小人倒現有一個人跟去最是適合，就是小姐老是和他生氣，這也不妥。」

小玲心知杜公公所說的是小笨人，心中忽發奇想，如果和小笨人一塊到深山去，那裡猛獸多得緊，小笨人一定怕得不得了，再也不能保持平常那副氣人尊容。她想到此，不由怦然心動，對杜老公道：「好啦，既然沒有人跟去，便叫小笨人去算了。」

杜老公叫過其心，吩咐道：「好好服侍小姐，免得老奴掛心。」

其心茫然答應，小玲非常高興，她向其心招手道：「喂，快點準備，咱們這就動身。」

其心點點頭，飛快從室中取來小姐的彈弓和箭袋，又牽過一隻大狗，小玲見他做事伶巧，心中竟感到說不出的高興。

其心跟在小玲身後往山上翻去，小玲不敢加快腳步，怕將其心拉下，其心背著箭袋，身子挺直，頗是神氣。山徑上遍是野花，空氣很是新鮮，其心只覺精神大振。

小玲道：「再走不遠就是狐狸出沒之地，你緊跟著我，不要被狐狸傷了。」

她伸手要過弓箭彈弓，放出大狗前行搜索。

走了一會，山勢漸漸陡險，兩邊石壁如刀，腳下是鬆散的沙礫，兩人愈爬愈高，回首來路，已在白雲之中，小玲怕其心失足跌下，她回頭道：「喂，你看清楚我踏腳的地方再上，石頭鬆得很。」

其心點點頭，小玲又繼續往上翻，其心始終跟在後面，她不禁暗暗忖道：「這小笨人看來文弱不堪，其實腳程倒還不錯。」

忽然那大狗從斜徑遠處奔向前，汪汪大叫，小玲喜形於色叫道：「老黃發現狐狸了。」

她兩腳一點，身形已拔了起來，落在一塊突起的大石上，刷地一聲抽出一支長箭，扣在弦上，其心手足並用也爬向大石，離頂還有數尺，他正待運勁撐上，忽見一隻又白又嫩的小手伸了過來，他抬頭一看，小姐面色和悅地望著他，示意要他抓住手拉他上來，其心心念一動，已經用力翻上大石，小玲見他不要自己拉，心裡很不高興，忖道：「別神氣，待會碰到猛獸，瞧你是不是嚇個半死，抱住我不放，要我救你。」

她想到這，臉一紅，但聞犬聲愈來愈近，斜徑上沙塵滾滾，她定眼一瞧，數隻狐狸被老黃在後趕得飛奔，她略一比試，刷地一箭射過去，當先一隻大狐狸應聲倒地。其心到底童心未泯，心中一樂，忍不住拍掌叫好。

小玲大是得意，側身又是一箭，又射倒一隻，其心暗暗忖道：「這女子雖然驕傲自大，可是也頗有幾分真才實學。」

這時阿黃已把一隻狐狸邊咬邊拖弄了過來，其心道：「這狐狸皮色不錯，倒可做件皮裘。」

小玲見他喜上眉梢，自己也跟著愉快了，她從未見過小笨人如此開朗過，便笑道：「喂，你喜歡這狐皮，回去叫老五他們剝下送給你，也好過冬。」

其心道：「小人怎敢穿如此貴重之物，如果小姐穿起，一定很是……很是……」

他忽然想到自己和小姐身分有別，一句話又縮了回去。

小玲追問道：「你說我穿了會怎樣，像一個野人是麼？」

其心囁囁答道：「小姐穿起來──一定……更加……好看了！」

小玲笑道：「你也知道什麼叫好看，我只道你呆頭笨腦什麼也不懂，每天那副樣子，好像別人都欺侮你似的。」

她聽其心讚她，本來很是高興，但一瞧他那生怕說錯話的樣子，不禁覺得他可憐可笑，但他是稱讚自己美麗，又不便發作。

其心爬下山石，把兩隻死狐狸綁在一堆，拔出柴刀想砍一根枯枝挑起，小玲道：「就放在這裡，等回去時再叫杜公公派人來抬，這兩隻狐狸總有百十斤重，你能成麼？」

其心回首望了她一眼，便將兩隻狐狸藏在石縫隱密之處，小玲道：「今天運氣很不錯，才一進山就獵到兩頭野狐，再往前走走，打些野兔回家吃。」

其心道：「小姐，現在日已過午，小的看小姐最好不要走遠，不然天黑前可趕不回哩！」

小玲白了他一眼道：「如果不是你這小笨蟲跟著累贅，我只消一個時辰便可趕回家去。」

其心羞愧不語，小玲心想他一定餓極才會說出這話，心中一軟便道：「好，吃過東西便回去。」

其心連忙打開乾糧包，裡面雞肉魚蛋十分豐盛，他將一盒盒食物放在小玲面前，竟然有十來盒之多。

其心揀了兩個饅頭，退到一邊啃食，小玲道：「喂，你怎麼不吃菜？」

其心道：「小的怎敢與小姐同席。」

小玲忽氣道：「哼！嘴上說得好聽，你心裡搗鬼，別當我不知道，你心裡一定在說『這樣小氣的小姐，又凶又惡，我才不和她一起吃哩！』是也不是？」

這句話正說到其心心坎中，他暗暗想：「你既知道便好，像你這樣嬌生慣養的女子，很難得到別人好感。」

小玲見他神色不變，簡直就好像給她一個默認，她大發脾氣，把食盒一個個踢翻，道：「你不吃我也不吃，這下又稱你的心了吧。」

其心將沒有沾灰的菜餚慢慢地揀回食盒，他輕輕歎息道：「這樣的好菜，丟掉不嫌可惜麼？」

小玲跳腳哭道：「你氣我還嫌不夠……不夠？我要丟什麼就丟什麼！」

她抬腳又將食盒踢翻，她此刻已忘了小姐的身分，竟像對一個伴侶撒嬌放賴，無理取鬧。

其心這人天生城府極深，但就是見不得女人落淚，他收起食盒，口中安慰道：「好，好，小姐不吃便不吃啦！」

小玲取帕擦乾眼淚，沉著臉道：「再往前走。」

她氣其心不過，她人天真，以為如此其心定會害怕陪罪，其心站起身來，背起背包，並無為難懼苦之色。

小玲成心與其心過不去，展開輕功往前便趕，其心在後面跑步趕著，但小玲家學淵源，輕功不弱，不一會便把其心拋在後面。

其心神秘一笑，忖道：「小姐脾氣真大，將來誰要做了她的丈夫，這一生一世可有苦頭吃了，我還需要忍耐下去，等這次主人回來，再慢慢打聽那事。」

小玲跳躍了一陣，心中氣憤略平，停步回首一望原路，其心還未跟上，她暗自得意忖道：「這下小笨人可苦了，一路上再走出個什麼野獸的，哈，小笨人不嚇得大喊小姐救命才怪哩！」

她等了半天，還不見其心到來，又有點擔心起來，小笨人手無縛雞之力，如果真的遇上野獸，那可準糟，她仰首來路，正待躍高觀看，忽見小笨人吃力萬分的向這邊跑來。

小玲心一放又有些不忍，其實她以小姐之尊，其心只有唯諾聽命，可是其心愈是對她恭順聽命，她愈覺得不高興。

其心氣喘喘道：「小姐走得真快，小的跑得上氣不接下氣，連小姐影子也瞧不清。」

小玲哼了聲，本想說道：「誰像你這笨童。」但一見其心唇紅齒白，臉上熱得通紅，實在不惹人厭，便住口不說了。

其心歇了會又道：「小姐，還要往前走麼？」

小玲嚇唬他道：「何止往前走，還要翻過這山頭哩！」

其心默然，並無求情之意，小玲長身一拔，正想立足一個突出的石塊上，忽聽其心大叫道：「小姐，那石下是虛的沙土，快別落腳。」

說時遲，那時快，小玲已一腳踏在石上，只覺腳一軟，身子下垂，下面是萬丈深淵，茫茫不能見底。

小玲身子一偏，雙手往崖邊另外數塊突出之石抓去，可是差了半尺，她低頭一看，這天不怕地不怕的小姑娘，這時才感到真正害怕，她緊閉住眼，連呼救都呼不出。

驀然，她覺得身子一實，她睜眼一瞧，不知何時其心已把她緊緊抱住。她一怔，忽見其心彷彿受力過大，站不穩身，兩人一起滾到地下。

她驚魂甫定，只見其心面色慘白，似乎極是害怕，她心裡本在奇怪小笨人怎有這麼大能耐，將下垂如箭的自己一把救了上來，可是一見他那慘相，不由暗叫僥倖不已，她忖道：「定是命不該絕，鬼差神使被這小笨人撈著了。」

她想到其心定是不顧性命地救自己，不禁感激地望了其心一眼。其心似乎神智未清，還緊緊抱著她兩肩。

小玲道：「喂，多謝你啦，救了我性命。」

其心彷若從夢中驚醒，他忙道：「哪……哪裡……小姐你沒事吧！」

其實他心裡在想：「剛剛要不是故意跌了一跤，這鬼靈精的小姐一定看穿我了。」

小玲聽他第一句話便問自己的安危，心中大受感動，她柔聲道：「喂，你捨命救我，你一點武功都不會，難道不害怕麼？」

其心想了想不知如何回答。小玲知他口齒笨拙，又柔聲道：「你……你……因爲看著我危險，就不顧一切地救……救……我麼？我……我真不知怎樣感激你。」

她雙眼迫著其心，她用問語說出自己的希望，其心見她面帶羞澀，神色卻是迫切希望，他茫茫點頭。

小玲面帶喜色道：「我……我一定要……要好好報答你，我叫爸爸升你作小管家可好？」

其心搖搖頭，小玲見他臉色冷淡，急道：「我知道你很是…很是討厭我，我真不應該常常欺侮你，其實……其實呀……我……」

其心冷冷道：「小的是僕人，怎敢生小姐氣。」

小玲心內一寒，聲音已有哭音，她說道：「喂，你是……你是永遠不肯原諒我了！」

其心這人雖則深沉，可是小玲步步逼著，他年紀到底太小，對應付這種情感之事，一時之間還是不知所措，他喃喃道：「世界上難道有永遠不能原諒的事麼？」

小玲喜道：「那你是原諒我了，我……我常常搗亂，只是……只是想和你好好地談談天，和你好好地玩一下，你…你卻裝……得什麼也不懂，你……你當我是真的給你氣受麼？」

其心臉上露出一個複雜的表情，小玲臉色羞得嫣紅，她年事雖然尚幼，可是向一個男孩要好，一種天性害羞使她低垂著頭。

其心緩緩道：「天色不早了，小姐，咱們回去吧！」

小玲默默忖道：「我只想嚇嚇他，看看他的真心，想不到差點送了命，我難道是真想嚇他麼，其心，其心，你太不知我心了。」

她臉紅得像盛開的鮮花。這時候，陽光正斜斜灑在她秀髮上，金色迷人。

八　疑雲陣陣

天剛破曉，旭日好像一輪熊熊火球被萬朵祥雲托了上來。

其心拉開了被子，揉了揉惺忪的睡眼，正在穿衣，忽然他聽到一陣嘈雜的人聲——

那像是杜老公的聲音：「這位先生，你說話可得要仔細些呀——」

一個宏亮的聲音道：「老夫在林子裡白轉了七八圈兒，好不容易才找到這裡，你不讓老夫進去麼？」

杜老公道：「這就奇了，咱們這兒一不是酒家，二不是客棧，你老先生怕是喝醉了酒吧——」

那宏亮的聲音道：「你們別斜著眼打量我這條斷胳膊，莫說老夫還有一條臂膀，便是兩條臂膀都沒有了，憑你們麼——嘿——」

其心聽到「一條臂膀」四個字，驚得一翻身爬了起來，匆匆穿好了衣服，用手捧起冷水往臉上一澆，便算是洗了臉。他飛快地跑出房屋，拿起一個竹掃帚便跑到大門邊上去打掃。

他心中以爲是唐君棣來了，豈料跑到門邊偷偷一瞧，原來竟是一個面黃肌瘦的老儒生，一條袖子繫在腰帶間，分明是個斷臂。

其心不禁怔了一怔，只見杜老公換了摸頷下白髯，居然並未發作，只是和平地道：「先生若是要投宿，對不起，咱們這兒沒有空房屋。」

那老儒生仰天笑道：「老實地告訴你吧，老夫來此，問你要一個人——」

杜老公道：「什麼？」

那老儒生一字一字地道：「老夫問你要一個姓姜的人！」

杜老公面色如常，乾咳一聲道：「先生弄錯了，咱們這裡哪有姓姜的人？」

那老儒生走進一步，說道：「是麼？」

杜老公臉上絲毫沒有表情，像是全然不知情的模樣，也不知他心中打什麼主意，忽然他揮了揮手道：「先生既是沒有地方住宿，咱們設法騰出一間房給先生將就著歇歇罷，請，請。」

那儒生居然毫不客氣，大踏步走了進來，杜老公領著他走到院中。

忽然，又是一陣嘈雜聲從門口傳來，杜老公不禁雙眉一皺，停身回頭——

只聽見一個雄渾的聲音吼道：「你們這些奴才都與我滾開——」

杜老公走向門口，只見一個虬髯大漢立在門口，背上斜插了兩柄長劍。

杜老公大步走上前去，只見一個莊中的大漢上前喝道：「哪裡來的瘋漢，快快滾開——」說罷便一伸手，疾如閃電地點向那虬髯大漢的腰眼。這莊院中的大漢身著布衣，完全是一副僕奴的模樣，然而此時卻是出招如電，指尖劃空宛如鐵筆，顯然是個點穴的名家。

那虬髯大漢體似鐵塔，可是閃動之快令人咋舌，他一縮骨，欺身跨步，單掌微微一翻，五指已搭在那人腕上——

「啪」的一聲，兩人竟是各自迅速分開，虬髯大漢緩緩退了一步，低目一看，虎口上一道青紫色，他抬頭大笑道：「哈哈，大名鼎鼎的『言門鐵指』何時做起別人的看門奴才來啦！」

那莊中漢子面色由紅而白，由白復紅，這才敢開口道：「閣下好掌！」

杜老公道：「若是老朽老眼無花，閣下可是姓熊？」

虯髯大漢仰首大笑道：「不錯，在下熊競飛！」

大門旁少說有十來個漢子，一聽到「熊競飛」三個字，每個人都露出驚色，可見得這十多個窮漢竟然全都是武林人物。

杜老公拱手道：「失敬，失敬，熊大俠紅花劍乃是武林中劍術宗師，俠駕舍下，真乃寒舍無上榮幸，快快請進。」

熊競飛拱手道：「閣下尊姓？」

杜老公道：「老朽姓杜——」

熊競飛雙目凝注杜老公，緩緩走上兩步，驀然一個欺身，飛快地向杜老公腹下按到——這一招事起突然，熊競飛是劍術名家，那出招之快委實令人咋舌，杜老公驚呼一聲，猛可飛起一腳。

熊競飛退了三步，拱手道：「二十年前譽遍江南的杜良笠原來躲在這裡，呵呵，自古道：『良禽擇木而棲』，杜老先生選了這麼個好所在，替人當起護院來了，呵呵……」

杜老公夷然微笑，淡淡地道：「熊大俠豪氣令人心折。」

熊競飛道：「日前在下在三十里外的森林中碰上了『瞽目神睛』唐君棣，他碰上在下便瞎頭瞎腦諷刺了在下一大頓，熊某好比丈二金剛摸不著頭腦，弄了好半天方才明白原來唐君棣被五俠七劍裡的藍白黃三人偷襲廢去了一條手臂，熊某問他在哪裡受的伏，他說便在這附近，熊某轉了八九個圈子方始尋到這裡，哈哈，快叫藍白黃三人出來見我——」

說到這裡，他停了一停繼續道：「敢問藍白黃三位也在此地替啥看人麼？哈哈哈……」

杜老公雙眉一揚，朗聲道：「熊大俠，你是弄錯了，咱們這裡哪會有五俠七劍中的大人物？你當真是弄錯啦……」

就在此時，忽然門外又走來兩個人，那兩人卻是長得十分秀俊的書生。

兩個書生走到門口，左面的道：「小生想要請問一句——」

杜老公道：「不敢，相公有話請問。」

那書生道：「聽說丐幫的金眼雕在揚子江上死在唐門毒藥暗器上，而瞽目神睛唐君棣又在貴莊上讓人毀了一條胳膊，可有這麼一回事麼？」

杜老公心中暗暗驚駭，他口中卻道：「哪裡有這等事情，咱們主人是隱退的朝廷大員，哪懂得什麼江湖漢子的事？」

那書生道：「是麼？」

兩個書生互相打個眼色，便站門邊不再言語，卻也不肯離去，站在那裡動也不動。

杜老公心中犯了疑，正要說話，忽然不遠處又走來了兩個人，只見那兩人羽扇長衫，舉步如飛，竟是兩個青年道人。

兩個道人走到門前，一眼便望見了熊競飛，兩人怔了一怔，稽首笑道：「人生何處不相逢，熊大俠，咱們又碰上啦。」

熊競飛哈哈一聲道：「兩位道長遠巴巴地從武當趕來，莫非有意在追蹤熊某麼？」

左面的道人道：「熊大俠又沒有拿咱們武當的東西，幹麼要懷疑咱們追蹤？」

熊競飛拊掌大笑道：「哈哈，熊某說你不過。」

那道人拱手道：「敢問一聲，唐門的『瞽目神睛』可是死在貴莊上？」

杜老公暗怒道：「這是怎麼一回事，看來是愈說愈不像話了，方才那書生還說唐瞎子傷在咱莊上，這回這道士乾脆說唐瞎子死在咱們這兒了，哼——」

他衝口道：「道長怎麼稱呼？」

左邊的道士：「貧道張千崗。」

右面的稽首道：「貧道曲萬流。」

杜老公身邊那與熊競飛鬥了一掌的漢子忍不住了：「聞說武當周道長那年與崑崙掌教之戰又是平手而歸，天下英雄沒有一人有福目睹，不知此說確也不確？」

張千崗：「武當崑崙掌教之戰，結果一如往年。」

這時那門邊站著不肯走的兩個書生一齊冷笑一聲，斜望了杜老公一眼，敢情方才杜老公說他們是隱士之家，不懂江湖武林，現在這莊漢卻是滿口武林掌故，豈不自相矛盾？

這時間裡，其心悄悄背過臉去，躲到一棵大樹下拔草，他怕讓張千崗和曲萬流認將出來。

杜老頭對著兩個道長微微一笑道：「道長們言語好生令人費解——」

曲萬流道：「咱們只問問唐君棣可是死在貴莊裡？」

杜老兒心中火了起來，他冷笑道：「莫說沒有道長所說的事，便是有，又與兩位出家人有什麼相干？」

曲萬流啞然一怔，說不出話來。張千崗乾笑一聲接道：「怎麼沒有相干？咱們要尋著唐先生的屍身，爲他……爲他……嘿，爲他做幾天道場，嘿嘿，做幾天道場……」

杜老公氣得打結，他一時說不出話來，張千崗大概也覺得自己胡扯得太明顯了一點，尷尬地乾笑了一聲，不再言語。

杜老公正待發言，忽然啼聲得得響起，霎時，塵埃飛揚，兩匹駿馬如風而至。馬上一左一右坐著兩個蒙面人，右面的一個又是只有一條胳膊。

董其心暗暗吃驚，心想怎麼有那麼多斷了一條手臂的人都到此地來了？

杜老公見兩個蒙面人到來，似乎頗是高興，他連忙一揚手道：「梁兄，來得正是時候。」左面的一人道：「杜老頭，倒底是什麼事情？叫咱們連夜兼程趕來？」

杜老公道：「梁兄我先問你，洪家那兩位來沒有？」

蒙面人道：「一路上沒碰見呀，老頭子回來了麼？」

杜老公道：「咱主人說是今天回來，卻是至今未見影蹤。」

其心聽他們的對話，心中納悶已極，卻是不敢走出來瞧個仔細，那武當的兩個道士站在門內，張千崗向曲萬流打了一個眼色，似是要他留神注意聽，其心躲在樹後，不敢探首。

紅花劍客熊競飛背對著門，伸出一隻手來摸著自己的大鬍子，仰首望著天空悠悠白雲，那神情甚是悠閒。

這時杜老頭對幾個人望了一眼，又向那兩個蒙面人打了個眼色，道：「梁兄秦兄，一路辛苦，請裡面歇吧！」
兩個蒙面人跳下馬來，左面那只有一條手臂的猛一抬頭，忽然驚道：「杜老……那……那是什麼？」
杜老公回頭一看，只見正堂屋簷上釘著一柄通體透亮的小劍，杜老頭面色大變，他一晃身軀，如一隻勁矢般直衝而起，輕飄飄地就飛起三丈，一伸手把那柄小劍拔在手中，落了下來。
他伸開手心，那柄小劍似水晶雕成，劍身閃閃發光，美麗之極，只是杜老頭的臉上卻似蒙上了一層死灰。
那蒙面人道：「天劍令？」
杜老公顫聲道：「不錯，這是第二柄了！」
那兩個蒙面人也駭然退了兩步，眾人聽得愣了，這莊院中分明暗藏高手，卻不知天劍令是什麼東西，竟把他們嚇成這般模樣？
熊競飛喃喃地道：「天劍令？天劍令？」
杜老公走到門口，向外面遠處眺望，門內門外還站了六七個行跡離奇的武林高手，但是此時他似無暇顧及這些了，只見他滿面焦急之色，眺望遠方。
忽然他招手叫道：「梁兄秦兄快看——」
他這一叫，所有的人都向門外望去，只見遠遠草原盡頭出現了一條人影。
那人身形之快令人咋舌，只見幾個呼吸之間，身形已大了一倍，但是面貌仍看不清楚。
杜老公面露失望之色，回首對那兩個蒙面人道：「是個陌生人！」

遠處那人飛奔宛如天馬行空，姿態優美已極，使每個人的心中都產生駭然之感。

霎時之間，那人已到了面前，只見他洒然一收身形，輕飄飄地立在莊院門前，氣定神閒。

那人站定身形，竟然是個青年和尚，只是身上一襲僧袍卻是百結褸襤，僅能蔽體。

所有的目光都集中到這青年和尚的身上，這和尚卻是瀟灑地一笑，合十道：「列位施主請了。」

杜老頭已恢復了鎮定，他拱手還禮道：「大師趕路辛苦了，可要喝杯茶再上路？」

青年和尚雙眉一揚，搖首緩緩道：「謝了謝了，貧僧只向施主打聽一人——」

杜老頭心中一震，脫口道：「打聽什麼人？」

青年和尚忽然臉色一沉，朗聲道：「那人姓姜！」

杜老公駭然驚退半步，兩個蒙面人忽然一聲冷笑，同時欺身向那青年和尚伸手抓來。驀地裡站在一旁的紅花劍熊競飛哈哈笑道：「慢來慢來，要打架一個一個上呀！」

他猛一揚掌，向那獨臂的蒙面人阻去，那獨臂蒙面人單掌一圈，妙入毫釐地拍向熊競飛華蓋要穴——

熊競飛吃了一驚，蒙面人這一掌變化好不神妙，他五指暴伸，疾抓下來，「碰」地一聲，兩人各退一步。

熊競飛虯髯根根豎起，他只覺方才那一碰之下，對方掌力之強，平生未遇，霎時之間，紅花劍客不由怔住了。

而那邊緊接著也是轟然一震，只見另一個蒙面人卻被那青年和尚舉手一掌震退了三壁！

兩個蒙面人分明功力絕高，卻不料這個年紀較輕的青年和尚舉掌便震退了蒙面人。

杜老公面沉如鐵地道：「好厲害的達摩神功，失敬，大師原來是少林來的高人！」

那青年和尚伸手自腰間拿起一個酒壺仰頸便灌，酒香撲鼻，他哈哈笑道：「不敢不敢，小道是被少林方丈趕出了廟門的野和尚。」

杜老公瞿然而驚，他凝視著青年和尚胸腹之間的一塊紫色補釘，沉聲道：「原來是丐幫的么俠穆中原到了，穆兄少年英雄，名不虛傳！」

丐幫十俠中最後的第十俠便是這「醉裡神拳」穆中原了，他自十三歲方始進入少林，十九歲便因酗酒被逐出了少林門牆，然而短短六年之間，他已盡得少林奇功精髓，只怕當今少林弟子中無一能及，實是少林寺近數十年未有之奇才，少林方丈不死和尚在逐出穆中原後，曾在大雄寶殿之前拍案浩歎，老淚雙流，然而少林門規森嚴，也萬難從輕發落。

穆中原出了少林，恢復了本來姓名，短短數年之間，便已成了丐幫十俠中最出名的人物，他雖名排第十，卻已是幫中數一數二的高手！

杜老公的話方才講完，只聽得一個宏亮的聲音響起：「穆十弟，別來無恙？」

穆中原一聞此語，霎時宛如巨雷轟頂，他仰首叫道：「雷二哥，雷二哥……」

只見那第一個來「投宿」的斷臂老儒生從其心睡房隔壁大步走了出來，穆中原顫聲道：「雷二哥，你……你的手臂……」

杜老公以手加額，喃喃自責：「唉，糊塗，糊塗，這斷臂老儒胸腹之間不是一大塊橙色補釘?糊塗糊塗，這老兒正是丐幫的雷二當家呀……」

只聽得雷二俠仰天大笑道：「手臂麼？斷了便算啦，十弟，那日居庸關一戰，沒把你小命喪了麼？可憐咱們那藍老大怕是完了！」

他說到最後，已由笑聲變成了嘶聲，穆中原知道雷二哥的性子，他此時雖是仰首大笑，實則是血淚暗吞，他連忙岔開笑道：「小弟腳底賊滑，溜得其快無比，是以沒有送掉小命……」

雷二俠道：「見著了你三哥他們麼？」

穆中原道：「沒有見著。」

雷二俠道：「你怎麼找到這裡來的？」

穆中原道：「小弟日前碰著四川唐家的瞽目神睛，是他叫小弟到這裡來的……」

他尚未說完，那杜老頭仰天冷笑道：「嘿，嘿，那唐君棣也真是個狠角色，老朽猜想各位都是被他喚來的對麼？」

眾人每人心中都有數。那兩個書生暗道：「原來對咱們說唐瞎子已經傷在這莊裡的那人就是唐君棣本人，咱們怎麼沒有瞧見他是個瞎子？」

雷二俠對杜老兒道：「老兄你不承認姜老六在這莊裡，那也就罷了，反正——咱們後天晚上來要人！」

他說得斬釘截鐵，伸手拉住穆中原的手臂大步而出，兩邊的人他們瞧都不瞧一眼。

雷二俠走到門口，莊中一個毫不起眼的瘦漢子忽沉聲道：「慢走！」

只見寒光一閃，那人揮手一劍已送到雷二俠脅下，竟然疾如閃電，雷二俠獨臂一揚，單掌如戲水游龍般一操而入，他背對那人，手如長眼一般三指挾住了劍身，「啪」地一聲，長劍應聲而折！

雷二俠頭也不回，冷冷地道：「『金鵬折翅』，你是魏陵長的子弟吧！」

那人不禁呆了，把眾人都看得癡了，那莊漢正是江東劍王魏陵長的弟子，魏家劍術譽滿江湖，卻被雷二俠伸手破了，武林傳說丐幫雷老二在劍術上已通神人，此言果是不虛了。

隔了好半晌，紅花劍熊競飛才脫口讚道：「好劍道！」

丐幫兩大高手離去，身形方始消失，忽然之間，怪事又發生了——

只見朱色的大門上不知何時多了一張大白紙，顫顫然釘在門板之上！

白紙上大紅色書了一個大「豹」字。

只這一個「豹」字，霎時之間，周遭的空氣似乎整個凍結住了，杜老公和那兩個蒙面人的眼中都露出恐怖之色，武當兩位道長神色大變，熊競飛亦是虬髯直豎，那兩個書生面色蒼白。

杜老公走上前去，一步一步，生像是那張白紙便是索命符一般，只見那「豹」字下面，寫著一行小字：「五日之期」。

杜老兒退了三步，喃喃道：「豹人……南海豹人……這瘋子五日之內要到這裡來……」

眾人一言不發，氣氛緊張之極，不知過了多久，張千崗道：「咱們走吧！」

曲萬流沉聲道：「正是。」

他們走出莊門，仍是一片沉靜，居然沒有人嘲笑他們，那兩個書生道：「咱們犯不著和豹人這瘋子碰，走吧——」

兩個書生反身便走，杜老公冷笑道：「二位還是留個姓名走吧——」

左邊的書生道：「小生姓溫。」

杜老公諷刺道：「原來是鐵劍秀才和金笛書生，多承兩位不趁火打劫美意，老朽謝了。」

兩個書生也冷哼了一聲，大步而去。熊競飛冷眼望著那個「豹」字，歪著嘴角道：「一個人鬥你這瘋子不過，到華山去把老哈找來，咱們鬥鬥看吧。」

他摸了摸雙劍的穗絲，也邁步而出。

霎時之間，莊門清靜下來，董其心從樹後走了出來，杜老公望著那張白紙，長歎道：「怎麼這個瘋子會跑到咱們這兒來？又是這個時候——」

他望了望手中那柄光亮閃閃的小劍，心中直寒上來。

夜又深了。

莊院南邊，其心緊張地摸了摸怦然的心跳，他正探聽著一樁新的秘密。

其心匍伏在竹叢中，竹葉覆在他的額上，又癢又刺，他左等右等，慢慢地焦躁了起來。

月光射在竹枝上，地面添了雜亂的黑影。

忽然，竹林沙沙地響著，董其心屏住氣，雙眼緊盯住響聲起處，他不能自制地有股莫名的興奮。

於是，兩個人的側影投在地上，董其心在黑暗中幾乎不能分辨出他們來，那兩個人默默且迅速地走入了屋中。

董其心不聲不響地也繞到窗下。

那是一間竹屋，處於竹林之中，門中懸有一個匾額，上面寫著「竹篁小宅」，或許是天熱的緣故，那扇窗洞開著，這倒方便了董其心的窺探，董其心要微微低伏，才正好眼與窗齊。

「竹篁小宅」在莊內一個清靜的所在，只有一間寬敞的房間，壁上掛了幾幅山水字畫，可見屋主人倒也頗知風雅。

室內點著幾支碗口粗的蠟燭，雖是如此，光線仍是十分暗淡。董其心身子貼住牆壁，氣靜聽室中動靜。

室中兩人，背窗而坐，離窗五尺許，兩人都是具有深厚功力之人，所以中氣聚而不散，董其心自然聽得清楚。

只聽其中一人道：「還是不夠像他，倒像他的弟弟多些。」

另一人道：「他們兄弟倆面貌究竟有何差別？」

這人鼻音甚重，聲音頗爲奇特，董其心一聽便知道是那個怪客——孫大叔了。

那人答道：「他眉間有一顆小紅痣，額頭比較挺出。」

大叔道：「那也容易，我明早就可以改好了。」

那人笑道：「那麼一切就拜託您了，我明晚來取。」

說著，輕輕地放了一件東西在桌上，董其心一瞟，只見兩人都站了起來，從兩人身後望去，依稀可見有一個土製的物品，放在桌上，顯然剛才兩人就是在討論此物。

大叔道：「我送你一陣。」

那人謙辭道：「不必了。」

大叔笑道：「月下漫步也好。」

兩人走了出去，董其心略一猶疑，輕輕翻身入內。

方才因他在屋外，故看得不算清楚，這時才發現屋中堆滿了些雜七雜八的小東西，有雕刻刀，一堆堆的黏土，一些白色的石頭，還有已製好或作壞了的假面具，這些假面具，真是老少俱備，男女都有，也有猙獰的惡鬼，映在昏黃的燭光中，更是震撼觀者的心神。

他深怕那怪客回來，連忙走向那桌子，他輕輕拿起那物一瞧，不由一怔，原來是一個土製的假面具，令人駭然的卻是，與他父親長得一模一樣。

他想：難道他們方才說的便是父親麼？不對不對，我沒有叔伯，父親又哪來兄弟呢？難道是個巧合？但是天下哪有這等巧事？

他正在莫名的驚疑之中，忽然聽得竹林中沙沙之聲又起，他連忙放下面具，疾退而去。

第二天一清早，董其心做完了工作，因為心中有了疑問，所以神色自然沉重了些。

他漫步在花園中，那些花兒雖然對著他迎風招展，他卻連正眼也沒瞧上一眼。

忽然，一陣勁風起自身後，他本能地吃了一驚，但百忙中他聽出那是一枚小石子，純以推力，奔向他的右肩，他知道是有人在開他玩笑，他假作不知，仍然漫步向前走著。

那石子噗地一聲，擊中他的右肩，他驚喊了一聲，身子一歪，倒在石板路上，嘴中伊呀伊呀地哼著痛。

身後的桃花叢中，傳來一陣銀鈴般的笑聲。

董其心暗罵了一聲：「小丫頭！」

小玲在桃樹後拍手笑道：「笨死了，連躲都不會躲。」

董其心從地上慢慢地爬了起來，反過身來道：「你為什麼暗算我？」

小玲聽他口氣十分嚴峻，以為他生了氣，不禁也有點著急了起來，只見她雙目滴溜溜地打了個轉，道：「東池荷花開滿了，真好看，我……我要請你看。」

董其心一昂頭道：「我不看。」

小玲忍住大小姐脾氣道：「就算我方才對你不起，請你去看看可好？」

董其心看她一下子由盛氣凌人轉為低聲下氣，雖然暗暗奇怪，不知是為何緣故，但也著實好笑，不禁噗嗤一聲笑了出來。

小玲道：「好了！你答應了。」

說著半跑半跳地走了，董其心見她由挑釁索性變成主動來找自己了，心想也沒事做，不如去看看荷花，散散心也好，便自動地跟了去。

東池是莊中平時宴會之所在，不但池中遍植荷花，養了五顏六色的金魚，而且池畔環植垂柳，中間夾著桃花，甚是醉人。

他們兩個找了一隻小舟，輕輕地蕩向荷花堆中，大的荷花高可及人，兩人坐在舟中，只覺頭上荷葉覆蓋，荷花如冠，水面吸去了熱氣，荷香更使人清涼。

董其心不由想起了家鄉的一切，以前，他總是看著一大群小朋友到溪中游泳，白浪翻騰，天藍如靛……

於是，他想起了一切，他記得自己是不告而別的，他記得小萍是高興地去找她媽媽，要求她媽媽答應收留他……

於是，董其心的眸子中，晶然地含著淚珠。

小玲驚呼道：「你哭啦？」

董其心被她的呼聲自回憶中喚回，他收斂了心神，勉強地笑道：「沒有，我沒哭。」

小玲抱歉地道：「是不是我打痛了你？我下次再也不頑皮了。」

董其心是個城府深而自尊自傲的孩子，被小玲吆喝辱罵，他一點也不放在心上，但是他此時被人看見了他脆弱的一面，於是他變得慌亂無以自持了，他要掩飾，於是他假笑嚷道：「不是的，來，讓我們高興一下，我來唱支山歌好不好？」

小舟輕輕地搖蕩了一下，小玲驚呼了一聲。

董其心抬起頭來，信手撕下一片荷葉，嘴中胡亂唱道：

「誰家院子一朵花，眉毛細長眼睛大，美麗眉梢最動人，美麗的眼睛會說話。」

小玲笑道：「這是什麼地方的山歌？」

董其心道：「是西域的！」

小玲吃了一驚道：「你去過西域？」

董其心幽幽地歎了一口氣道：「不，是我父親教我唱的。」
小玲很關心地道：「那麼你父親去過西域了？」
董其心被她問得苦笑了起來，道：「他的事情，我很少知道，因爲他從不講給我聽。」
小玲低頭道：「我爸爸也是這樣，常常一出去三五個月，都沒有消息，真是讓人家擔心死了。媽媽就是知道他的事，也從不告訴我的。」
董其心要掩飾自己的激動和軟弱，他故意笑道：「我唱過了，你也唱個給我聽聽。」
小玲猶疑了一下道：「我不唱山歌。」
董其心催促道：「隨便唱個什麼都可以。」
小玲紅著臉，低下頭來，輕輕唱道：

「杪秋霜露重，晨起行幽谷，
黃葉覆溪橋，荒村唯古木，
寒花疏寂歷，幽泉微斷續。
機心久已忘，何事驚麋鹿？」

這是柳宗元的一首五律，題名叫作「秋曉行南谷經荒村」，端的是詩文如畫，但董其心十字中倒有三字不懂，自是沒什麼興趣。
小玲唱完了，猶自低著頭，不知是害羞呢？還是在等董其心的讚美？董其心意趣索然，輕搖雙槳，口中：「天色晚了，咱們回屋子裡去吧！」

小玲自幼嬌生慣養，對董其心已是十分低聲下氣了，她聽得董其心語氣十分冷淡，倒有些不欣賞自己歌喉似的，她哪知董其心是滿腹心事，心中不由地氣憤起來，小姐脾氣又發作了。

她猛地一抬頭道：「你不願和人家在一起玩，人家也不希罕你！」

說著雙足一頓，身形拔起，步蓮而去，只見她身形輕靈，長袖飄飄，端的悅人心目。

小舟吃她這一頓足，猛地一蕩，董其心出其不意，嘩喇一聲，衣衫竟半濕了，他苦笑了一下，搖搖頭，獨自划舟登岸去了。

月兒懶洋洋地升了起來，大地沐於金黃色的光華之中，竹林中黃黑相雜，一條人影在其中穿行。

董其心在竹叢中穿行著，因爲和小玲東池賞荷這一耽擱，他今晚來得比昨晚可要遲了些。

他匆匆地趕著路，忽然，他聽得沙沙之聲，有人自竹篁小宅的方向走來，那人身著青袍，落腳甚輕，功力顯已到達火候，董其心忙止步不前，伏身於一叢密密的竹子之中。

只見那人，臉容隱在黑暗中，手提一物，飄然自宅中走過，董其心看得仔細，幾乎驚叫一聲，原來那人所提的，便是昨晚在竹篁小宅中所見的假面具。

見那人行了數步，忽然身形飛起，也沒見他什麼樣的動作，人已升到竹枝之上。

董其心忽又聽得有人自另一方向走來，那人也是內家高手，待得走近，不是昨晚與孫大叔在竹篁小宅中密談的人又是誰？

董其心瞧他去勢，像是往竹篁小宅行去，分明是去取那假面具，但是爲何，方才那青袍怪人又先取走了呢？

只見後來的漢子，匆匆走過，根本未注意到有人埋伏在旁，董其心納罕不止，待得那人走遠了，竹枝上的青袍怪客輕輕躍下，董其心見他面容長得與父親一模一樣，只是額頭高了些，眉間外一顆紅痣，不由大吃一驚，他轉眼一想，莫非此人已經戴上那面具，但依稀見他手中仍拿著一個面具，待要細看，不料那人忽然朝竹篁小宅的方向冷笑了一聲，然後轉身大步而去。

董其心知道，竹篁小宅已發生大事，他知道久留此地無益，不如潛行過去看看也好。

他還沒走近竹篁小宅，忽聽得林中嘩喇喇地一聲響，有一人跌跌撞撞地從竹叢中奔出，那人頭破血流，面如金紙，正是方才往竹篁小宅行去的人。

董其心大驚。

那人亡命奔來，口中已不能出聲，此人功力甚佳，腳下甚是迅捷，尤其是捨命奔逃，更是迅如雷電。

不料黑暗中那個青袍怪客，忽然追來，只見他隨意數步，早已追到那人身後，這分明是縮地成寸的最上乘功夫。董其心更是大駭。

青袍怪人嘴中冷哼了一聲，道：「留你不得！」

說著駢指一點，前面那人似乎渾然不覺追者已至身後，這時吃他一點，腳步登緩。向前衝了三步，呼地一聲，噴出一口鮮血，倒地不起。

青袍怪客抬頭凝視明月，嘴中喃喃地道：「竹屋中那人死狀，竹屋中那人的死狀……」

他的臉容映在月光之中，不禁使董其心驚奇之極，怪人面容與他父親董無公長得十分相像，只是前額較挺，眉間有一紅痣。

青袍怪客又道：「那竹屋中人屍體尚溫，兇手定未遠遁，待我看看……」

董其心聽他說得稀奇，好像兇手與他很熟，而這個青袍怪客一舉手一投足都似蘊藏著驚世駭俗的深厚功力……

董其心心中一個寒噤，不敢再往後想下去。

青袍怪客冷笑一聲，也邁開步子而去。

董其心略一猶疑，不知是往竹篁小宅中去好，還是尾隨青袍怪客好，他想：我還不如往竹篁小宅中去打探一二。

他心念已定，忙向竹篁小宅奔去。

這時竹屋門扉洞開，董其心不敢輕入，繞到屋後窗下私窺，只見屋中陳設仍然如舊，那孫大叔閉目坐在椅中。嘴角兀自掛著笑容。

董其心一怔，只因他見方才情景，還以為孫大叔睡著了，他暗自慶幸沒有擅入，他伏在窗角屏住氣息。

但他又暗自納罕，為何方才青袍怪客口口聲聲說及竹屋中那人的死狀？而且孫大叔既然約了將假面具交給被青袍怪客所殺的大漢，卻又為何坐在這裡？這真使他百思而不得一解。

他心中忽然起了一個念頭——莫非孫大叔已死去了？

他又看了孫大叔一眼，只見他仍閉目微笑，神情了無變化，董其心怕遲則生變，莊中或許有人來此，便暗暗拔了一根頭髮，輕輕吹入屋內，只因大叔是內家高手，雖輕如落髮，在方丈之內，仍然瞞不過他，董其心等了半晌，見孫大叔猶無動靜，方才翻窗入內，他躡起腳步，走到大叔身旁，湊近一瞧，才知道大叔已死去片刻，氣息全無了，但見他那樣子，卻又似乎安然入睡。董其心從未見過如此安靜死去的人，怎不使他覺得驚奇萬分呢？

董其心迅速檢查了孫大叔的軀體，卻發現不了一絲傷痕，其人骨肉鬆勻，更不似點穴所傷，看來看去，實在找不出一絲一毫可疑之處來。

他回目四顧，房中雜物大部如舊，只有放置假面具的牆角，似乎有人移動過的痕跡，想來進屋中的數人都先後來尋找那假面具。

董其心正要抽身而退，他注意到大叔右手置於桌上，食指與常態不同，他湊近一瞧，才看出原來他食指上套了一枚極小的雕刻刀，本是雕刻面具時，專勾眉眼睫毛等精細地方的工具。

而大叔的工作台，本是精鋼製成，堅硬無比，那雕刀卻是白金絲滲碎寶石製成，正可以在上面刻字，前面入屋的人未料及此，是以沒有發覺。

董其心扳開大叔的手指，只見桌上駭然刻著三個潦草的小字——董無公！

董其心兩眼一黑，幾乎昏倒，他的心思索亂已極！

董無公！這是父親的名字，父親的名字！難道是自己父親下的毒手？

爲何初見大叔時，他長得極像父親，後來又變了樣子？難道大叔和父親真的有什麼關係？

但是，原先竹枝上那人身形並不像父親呀！不！那絕不是父親呀！可是——爲什麼大叔在垂危之際要刻下父親的名字呢？

一切的一切，對董其心而言，變得撲朔迷離了。

這是他有生以來的第一次——他意志混亂了。

他不曾爲了父親的遠離而傷心，因爲一年雖長，仍有再見的時候，他也不曾爲了遠離小萍而動情，因爲他會回去的，他更不曾爲了被武當逐出而灰心，因爲他根本不願名列武當的門牆。

但是，當他發覺父親捲身於一件不可告人的疑秘中的時候，他失去了平素特有的鎮靜了。

他用雕刀刮去了桌上的三個字，鋼桌冷冰地貼在他的手指上，就好像他的心一般地冷。

父親及青袍怪客——眉心有痣的，竹枝上的怪客——也可能就是被誤認爲父親的人，還有大叔這神秘的死狀，以及青袍怪客那一身神仙般的功夫，還有這神秘的莊子，在他心中構成了一張神秘的網。

關於上一代的事，他知道的實在太少了。

忽然，他記起了將離武當時，周石靈道長的一句話：「你父親當年的事，就會水落石出了，請他多自保重。」

於是，他自問著，是什麼事值得武當掌門如此關心？同時，他也想到，父親身懷絕技，爲何要在英年埋名江湖？而在隱居多年之後，又爲何突然要遠行達一年之久呢？

他愈想，問題愈多。

於是，在這一瞬間，他變了，自一個只顧及耳目所聞見的孩子，變爲一個涉及武林重大恩怨的少年。

九　良夜驚魂

蹄聲驟起，莊院前掀起一片歡呼，仔細聽來，那是這莊院的主人回來了。

其心進到這莊院來，頭一夜裡主人便連夜趕走了，是以他連主人的面都不曾見過，他忍不住混在眾莊丁中跑到前院去看。

門內那主人仍騎在大馬上，其心一看之下，頓時毛髮為之豎立，這莊院的主人竟然就是那曾經煽動糾集武林高手一戰毀了丐幫數十年基業的莊人儀！

其心努力將即要喊出口的一聲驚呼嚥了下去，他默默轉過了身，走到濃密的大樹下，那日他伏在草叢中所見到丐幫英雄苦鬥失敗的情景一一浮現心頭，他彷彿仍清清楚楚地看見丐幫白三俠的恢宏氣度，古四俠的威猛拳風，一霎時間他又想到被深鎖在洞中的姜六俠……

這時，忽然一聲大吼聲驚醒其心的幻想。

「嘿，那樹底下躲著的是誰？」

其心驚愕地抬起頭來，只見那莊主正騎在馬背，手中揚著馬鞭正指著自己。

他心中雖然一陣驚慌，但是立刻便鎮定了下來，他昂然走了出來。

那杜老公對其心特別投緣，連忙上前作揖道：「啓稟主人，這小孩子是老奴日前在荒林中遇上的孤兒，現在咱們院裡當個小差……」

其心一聽到「孤兒」兩字，胸中熱血直湧上來，他暗暗吼道：「什麼孤兒？我有爹爹，爲什麼是孤兒？」

但是他立刻又把這激動的情緒壓了下去，冷冷地望著莊人儀。

那莊人儀對杜老公卻是客氣異常，他連忙跳下馬來道：「杜兄不可多禮，不可多禮……」

莊人儀瞪了其心一眼，其心也老實不客氣地還瞪了他一眼。

莊人儀雖然面上神采逼人，但是眼中卻露出幾分倦色，顯然是風塵僕僕。

杜老公走前一步對莊人儀道：「事情成了麼？」

莊人儀搖搖頭道：「白跑了一趟，他……他不在。」

杜老公急道：「那……那……如何得了？」

莊人儀聽出不妙，沉聲道：「怎麼？事急了麼？」

杜老公從懷中掏出兩柄通體透明發亮的小劍，顫聲道：「已經兩柄了，還有一柄……就……」

莊人儀面色陡變，但是立刻恢復了平靜，他皺眉苦思了一番道：「那丐幫的點子呢？」

杜老公道：「那倒沒出事，只是那個唐瞎子險些給咱們帶來天大禍事——」

莊人儀道：「咦，那瞎子還沒有死？」

杜老公道：「說來這唐瞎子也真難惹，他逢人便告訴咱莊裡又殺人又怎麼的，一口氣讓他唆使來了七八個一流好手——」

莊人儀道：「什麼好手？」

杜老公道：「鐵筆秀才和金笛書生……」

莊人儀以手加額，歎道：「還好還好，幸好我不在家，否則對這兩人怎生交代？」

其心聽他如此說，不禁猛可一怔，既而恍然，敢情上次莊人儀與丐幫決鬥之時，鐵筆秀才與金笛書生與莊人儀是一邊，但兩人並不知道這莊院的主人便是莊人儀，是以莊人儀要大叫「還好」了。

杜老公繼續道：「還有武當的兩個弟子、紅花雙劍熊競飛……」

莊人儀驚道：「熊競飛？他……他也來了？」

杜老公道：「還有丐幫的雷老二及穆老十……」

莊人儀駭然睜目，喃喃道：「雷老二？穆老十？再加上那天的藍老大？……丐幫英雄竟是一個也沒有死？慘了慘了……」

他說得雖輕，但是其心卻是一字一語全聽真了，他何等聰明，心中略一回轉，便已瞭然，他暗暗道：「原來那日唐君棣在黑林子中遭暗算的事全是這莊人儀幹的，他先編造個什麼地圖把五俠七劍的黃藍白三人騙來，暗算了唐瞎子以後，再出其不意暗算了黃藍白三人，唐瞎子怎麼也懷疑不到他的身上，好毒的計策啊……」

只聽得杜老公道：「雷老二與穆老十今夜便要來咱們莊裡要人——」

莊人儀雙眉一揚，冷笑道：「好吧，咱們便鬥鬥瞧！」

他說到這裡，忽然問道：「熊競飛他們怎麼打發走的？」

杜老公臉上一凜，緩緩掏出了那張畫了「豹」字的紙來，放在地上。

莊人儀看了「豹」字一眼，又看了看那「五日之期」四個小字，他的臉色由紅變白，由白變青，鬍鬚抖顫，目露寒光，他一捽馬轠，沉聲道：「請梁秦兩位到我書房來！」

杜老公低聲道：「梁先生昨夜突然暴斃！」

莊人儀張口瞠目，並不再說別的，猛可大步向內走去，只留下那一個「豹」字觸目心驚地放在地上！

其心悄悄地退了回去，他知道所謂「梁秦」二人便是那兩個蒙面人，——如此說來，正是那日阻擊丐幫白古二俠的兩個蒙面人，杜老公說「梁先生昨夜暴斃」，難道便是指昨夜在竹林外被那神秘的青袍怪客所殺的人？

其心覺得寒意從腳底直冒上來，但是他決定要留在這莊中，因爲他發現了爹爹的名字刻在那孫大叔的桌上，這關係著他爹爹的秘密，他一定要弄個水落石出。

黑夜降臨了。

莊院裡主人回來了，可是氣氛絲毫沒變得輕鬆，緊張的空氣壓得院子裡每個人都透不過氣來。

丐幫的雷二俠與穆十俠今夜要來，雖說只是兩人，但是這幾乎已是丐幫中實力最強的一對，想當日大名鼎鼎的大漠神尼與丐幫在居庸關上決鬥，藍幫主也不過是帶雷穆二人便去赴約，這兩人的功力可想而知。

已過三更，仍然是靜寂一片。

正當莊院中人開始懷疑丐幫英豪不會來了的時候，莊院正門上飄然飛進了兩個人。院中早已有所準備，立刻門邊火把大舉，照得一片大明，門前駭然並立著雷二俠與穆十俠！

莊人儀大步走了出來，雷二俠仰天長笑道：「莊人儀，果然是你！」

莊人儀拱手長揖道：「雷二俠蓋世英雄，駕臨敝莊，何幸如之！」

雷二俠昂然不還他禮，朗聲道：「莊人儀，丐幫已經叫你給毀掉啦，你便把姜六弟放出來全了咱們兄弟之義又有何妨？」

莊人儀哈哈笑道：「雷二俠此言差矣，姜六俠不幸失蹤，莊某人也在江湖上四處打聽下落，雷二俠何以指定是莊某藏了姜六俠？」

雷二俠長袖一擺，冷冷地道：「莊人儀你聽真了，今日不管你怎麼說，咱們非找出六弟不可！」

莊人儀笑道：「然則雷二俠打算搜麼？」

那邊穆十俠冷冷地道：「所以我瞧還是莊先生自己交出來的好。」

這句話說得好生厲害，不但認定了莊人儀藏了姜六俠，而且等於替雷二俠說明了「你不交出來咱們便搜」！

莊人儀強忍滿腔怒氣，故意侮辱穆十俠道：「啊喲，穆十俠好厲害的口舌，難怪少林寺的老和尚容不得你。」

武林中提起被逐出門牆乃是被認爲奇恥大辱。莊人儀當著穆十俠這麼一說，連莊院中人都覺駭然，豈料穆中原哈哈笑道：「我穆中原一不忘義叛師，二不姦殺犯戒，只爲喝了幾口老酒被趕出了少林，這又算得了什麼?就算少林不趕我，若是不讓我穆中原喝酒，遲早我還是要走的，哈哈，莊人儀，你想氣我可是枉費心機了！」

莊人儀左面立著那個蒙面的獨臂漢子，右面卻立著一個新面孔。這張新面孔只有躲在一旁偷看的其心認得，他記得這個人便是那日與丐幫四俠古箏鋒碰了一掌的狂傲漢子，他依稀記得是從天山來的姓鐵的傢伙。

莊人儀冷哼了一聲道：「莊某人雖然面和心慈，卻也不是好欺侮之人。」

雷二俠笑道：「莊人儀，今日讓你口頭佔盡便宜也無妨，反正咱們今天是搜定了。」

只聽見一個沉沉的聲音道：「臭叫化讓人打散了還好意思在這裡死纏活纏，髒死啦！」

雷二俠伸手向那人招了招道：「你出來讓我瞧瞧！」

那人冷笑一聲走了出來，穆中原凝目注視了一下，淡淡地道：「原來是河北道上的土匪頭子，喂，龍老大，你怎麼山大王不當跑到這裡替人做看門狗啦?」

那大漢冷笑道：「臭叫化，你他媽的少不識羞，你們要找那姓姜的叫化子，告訴你，上個月老爺從河南過時，看見幾隻野狗正在啃一個死叫化的骨頭，那死叫化倒有三分像你們那位姜六爺呢，我瞧你們還是死了這條心吧……」

他說到這裡，口中唾沫橫飛，好不得意，只見穆中原猛然略一揮手，那大漢一聲慘叫，立刻死在十步之外！

眾人立刻嘩然起來，這龍老大乃是河北黑道上第一把高手，竟然在十步之外，被穆中原隔空一揮手，便死於非命！

莊人儀臉色比鐵還青，他一字一字地道：「穆中原，你今日走不出這莊院了！」

穆中原冷笑一聲，轉首道：「二哥，往裡衝！」

雷二俠大步上前，立刻有兩人一左一右出拳相阻，拳風霍霍，分明全是成名好手——

雷二俠依然前行，只見他微一晃身，真如憑虛御風，竟從兩股強勁拳風之中穿然而過，那兩人險些互相擊中，掌風相撞，轟然聲起！

莊人儀冷冷道：「雷以惇，你不要欺人太甚！」

雷二俠並不答話，繼續前行，他看似目不斜視，其實此時全身肌肉有如緊張之弓弦，一觸即發。

「呼」地一聲，那蒙面獨臂的大漢一把向雷二俠抓來。雷二俠身經百戰，他知道攻擊絕不止於此，只見他身體向左一倒，右肘宛如鋼錘猛然飛出，右腿卻是橫裡飛起一腳踢出——

果然右邊有人準備出掌，被雷二俠飛起一腳先行攻到，只得倒退一步！

雷二俠從開始動作到此時，無一個動作不是既攻且守，巧妙之極，他單掌一翻，又向前行了五步！

莊人儀大喝一聲：「止步！」

他猛可一晃身形，已到了雷二俠身邊。

雷二俠目觀四方，他見莊人儀到了面前，精神一凜，五指同時分出，搶前一步，大喝道：「十弟，起！」

穆中原一聲長嘯，身形如一隻蒼鷹般騰躍而起，一直向左而去，只見五條人影同時躍起空中截攔，霎時漫空都是人影飛翔——

穆中原雖是少林逆徒，但是一身少林功夫委實驚人已極，他身形一折，猛然向斜方急速下落，那五人撲向空中，都是全力而發，哪裡收得住勢。

穆中原才一落地，便有三個人遞掌而到，穆中原猛可一個旋，雙掌齊出，只聽得悶哼聲起，三個人中有兩個倒在地上！

穆中原欺身便奔，直向左邊跑去，左邊正是那矗立著的「飛雲閣」，只見一人快逾奔馬，從斜方直截上來，伸掌直點，正是那蒙面獨臂怪客！

穆中原身在空中，四掌相交，穆中原只覺掌上猛震，身形竟然無法前飛，他沉聲問道：「報上名來！」

那蒙面人冷笑道：「死了做個糊塗鬼不好麼？」

穆中原呼地一聲落了下來，他猛抬頭，只見「飛雲閣」三個大字就在眼前——

這時，雷二俠身陷重圍，他一口氣和莊人儀與那天山來的鐵氏高弟連碰了七掌，雙足釘立，一分也不曾移動，只聽他大喝一聲，竟然在這困境之中拔身而起——

莊人儀身形快得駭人，沉聲道：「雷以惇，你已經走不了啦！」

雷以惇雙拳如錘，一口氣連傳出兩聲慘叫，兩個飛身相阻的好手齊齊被他在空中擊斃！

雷二俠方才落地，又喝道：「十弟，再起！」

說時遲，那時快，穆中原應聲再度飛起，雷以惇站在一個假石橋上反身拍出五掌，忽然之間，一道寒光斗起，雷二俠手中已多了一柄長劍。

莊人儀伸手一掌擊到，雷二俠只覺一股柔和軟勁傳了過來，他劍出如飛，猛然倒退一步，躲開了那股暗勁，他的心中開始凜然，他暗暗道：「莊人儀是武林中的神秘人物，看來他的功力當真深不可測，這等暗柔之勁好生難防——」

雷以惇長劍到了手上，劍光一吞一吐，逼開了兩旁之敵，奮身騰空而起，再度向穆十俠那邊靠去。

丐幫二俠雷以惇拳劍雙絕，但是他卻並沒有什麼了不得的師承，他的一招一式全是從天下各大名派絕藝中學來的，他天生堅毅卓絕，爲了苦習一招半招，常常受盡千辛萬苦，是以他的拳劍絕學中招招都是辛酸血淚。雖然雷二俠所學全是大雜燴，然而每招每式唯因得之不易，他那份功候較那名門大派本派的高手猶有過之，這真是武林中的奇蹟。

那穆中原藉著雷二俠的掩護，再度騰空而起，已到了「飛雲閣」下——

獨臂蒙面人掌重如山，一掌劈向穆中原，雷二俠正好此時落下，他一揚長劍，疾比流星地直刺蒙面怪人，蒙面人單臂一沉，長驅而入，同時莊人儀身形如電，又已一掌遞到雷以惇背宮——

雷二俠巧妙地一轉身子，蒙面人的一掌落空，而他的劍式一點不須改變，便筆直刺向莊人儀，莊人儀不料他變招出奇至斯，也只得退了一步。

這真是最漂亮的一招，任你天資絕頂，師門劍法天下無對，也絕不能教出這一招來，雷以惇一生身經百戰，負傷何下數十次，這全是從流汗滴血之中領悟出來的招數，豈比尋常？

穆中原藉著這一瞬間，量著步子向前猛奔，一直停在那花亭下——

雷以惇知道這是緊要關頭，他若是不能在這一剎那中將對方全部阻在石橋上片刻，機會將永遠不再了！

只聽見雷二俠大喝一聲！

「十弟，只顧找人，旁的別管！」

穆中原知道時機不再，若是不能立刻將蒙面人廢在掌下，只怕再也無法衝過去了，只聽他大喝一聲，雙掌呼呼揮出，達摩神掌功夫力聚掌上，悉力而發——

穆中原是少林寺數十年來第一人傑，他年紀雖輕，掌力之重在丐幫十俠之中可以稱冠，這一下一連十掌劈出，掌掌有如開山巨斧，蒙面人雖然功力深厚，卻也不敢接招，登時退了十步！

穆中原欺身而進，衝到石亭之中，伸手便抓住那地洞開關，分明他是早已聽唐君棣說得清楚，大喝一聲：「開！」

轟然一聲，地窖現了出來，穆中原飛快地從懷中取出一柄烏光閃爍的匕首來，向著地窖內大喝道：「六哥，是我穆中原，匕首下來了！」

他正要拋下那匕首，蒙面人操起一張石凳呼呼打了過來，穆中原眼觀八面，一矮身形，舉起手中匕首一架，只聽得嚓的一聲，那麼大的一張石椅竟如切豆腐一般被劈成了兩半！

蒙面人萬料不到這柄烏黑短匕竟是如此寶刀，他怔了一怔，穆中原已把匕首丟入地窖！

地窖中傳出慘然的聲音：「十弟，一切太遲了……」

穆中原心急如焚，劈頭聽到這麼一句話，宛如冰水從頭上淋下來，此刻他一急之下，脫口大罵道：「他媽的，六哥你別那麼窩囊廢成麼？」

地窖中傳來一聲長歎，穆中原再也無暇想到其他，他一個翻身，對準蒙面人便是一掌——蒙面人獨臂一側，圈而偏擊，這時，又有三人搶身圍攻過來！

穆中原環目一看，只見不遠處雷二哥劍掌齊飛，三丈方圓之內，全是他的劍光拳影，他不由胸中豪氣大振，揮掌喝道：「六哥，二哥也來了，咱們今天殺個痛快！」

他迎著三個新加入的敵人一閃身形，長吸一口真氣，轟然發出三掌，聽得慘叫聲四起，三人中又傷了兩人。

穆中原神掌驚人，他藉著這一剎那，伸手又掏出一把長索，呼的一聲丟入地窖，長索的另一端牢牢繫在他的腰上。

蒙面人再次逼近發掌，穆中原喝道：「六哥，鼓起勇氣呀！」

在那邊，雷以惇劍出如電，掌出如風，但是身上已是血流如注了！

他身中了兩劍，但是他卻不能不以全身功力應付正面的莊人儀上！

莊人儀一身奇功深不可測，若不是雷以惇全是兩敗俱傷的打法，任他拳劍無雙，處此被圍之境，焉能支撐得下去？

這時他已捨出了性命，他只在暗中默默地呼道：「十弟，你要快些，快些……」

就在這時，穆中原感到腰上繩索一緊，他連忙力貫雙腿，只聽得呼地一聲，地窖中的姜六俠攀著繩子爬了上來。

姜六俠巍顫顫地扶著石欄站住，臉上毛髮縱橫，面無半分人色。

穆中原顫聲道：「六哥，你怎麼了？」

姜六俠慘然道：「十弟，我不行了，琵琶骨……琵琶骨……」

穆中原怒火從胸腹之間直燒上來，他猛一揮掌，大喝道：「六哥，別說喪氣話，今天說什麼咱們也要衝出去！」

他話聲未完，那邊傳來一聲大叫，雷以惇劍式一慢，胸上中了莊人儀一掌！

他踉踉蹌蹌退了三步，以劍支地，喘息道：「好，好，莊人儀，你好掌法！」

穆中原一聽雷以惇的聲音，如雷轟頂，姜六哥如同廢人，自己如何衝得出去？

然而就在此時，忽然一排短僅數寸的小箭釘在「飛雲閣」上，那莊前堂下多了三個人——左面的一個手中提著一張短小的金弓，右面的膀闊體高，中間的穩若泰山，右面的大漢道：「是十弟嗎？」

穆中原覺得霎時之間，彷彿全身的熱血全部湧到腦上，他一生沒有比這時刻更感動過，他大聲喊道：「三哥四哥五哥你們都來了，正……正是時候啊！」

他退了一步，伸手握住了姜六俠的手臂，他覺得熱淚在目眶中滾動著。

莊人儀面色難看已極，他喃喃罵道：「怎麼可能？這怎麼可能？丐幫這幾個老鬼怎會同時趕到？……一切都完了！」

金弓神丐朗聲道：「二哥，受了傷麼？」

雷以惇精神為之大振，他長吸了一口真氣道：「不妨事，照顧六弟——」

穆中原一把抱起姜六俠，飛身而起。雷以惇一大步一大步走到蕭昆的身旁，這時，丐幫雖然解散了，但是丐幫十俠中最強的五人聚到了一起，昔日十俠威震武林，這五人一起趕到，莊人儀雖有一身奇功，卻也只有惴然。

丐幫諸人一言不發，背著姜六俠直往外走，莊院中竟也沒有一人阻攔，看著他們走了。一直到了門口，穆中原回過頭來冷冷地道：「咱們六哥承莊大爺照顧了這些日子，多謝啦！」

「爹爹，昨天夜裡究竟是怎麼一回事呀？」

小玲在書閣中纏著，莊人儀面色如常，只是語氣煩躁：「就是幾個強盜來咱們這裡打劫，結果讓咱們打跑了。」

「我……我聽說死了許多人是麼？」

「小孩子管那許多幹什麼？是什麼時候啦，你還不去睡！」

小玲噘著嘴快快去了，這莊裡的罪惡都不會讓小玲知道，是以她仍是個天真的大小姐。

小玲走了以後，莊人儀拍了拍手，那杜老公悄悄走了進來，後面還有那蒙面的獨臂人。

莊人儀沉聲道：「臭叫化救走了人那是小事，天劍令才到了兩柄，也還可以拖一陣，目前第一大事是豹人那瘋子如何應付？」

蒙面人頗不以為然地道：「小事麼？我以為臭叫化們必會捲土重來！」

莊人儀煩躁地道：「唉！你有所不知，不錯，雷以惇的劍法厲害，穆中原的拳頭也厲害，可是怎能和豹人這瘋子比呀？豹人的厲害你們又不是不知，咱們這裡上上下下幾十人，有誰是他敵手？」

眾人默然，杜老公想起那天只是一張寫著「豹」字的通諜，便將門前六個武林高手給駭跑了，他皺著眉頭，心中凜然。

在閣外，其心靜靜伏在暗處偷聽著，他聽了一會兒，屋裡的人卻愈談愈遠了，那日孫大叔等人的死卻好似被遺忘了一般絕口不提，他不耐煩地悄悄走開。

將到自己小屋，驀然，門牆邊一條人影一閃，其心機警地往暗處一躲——

其心只覺那條人影依稀有些眼熟，一時想不起來何時見過，他心中一動，伏下身來，目不轉睛地注視那人。那人在門前一停，身形陡然間衝起，右手一揮，只聞輕微的聲響，一點白光牢釘在門楣上。

其心循聲而望，只見門楣上釘著的是一短小的白劍，通體透明，其心心中一慄，暗呼道：「天劍令，一共是三柄了。」

他並不知這天劍令是何物，但他從莊人儀以及杜公公的害怕神色中，已猜知這天劍令是一個很恐怖的東西，其心心中忖道：「莊人儀和杜公公分明對這天劍令存有恐懼之心，想來天劍令的主人，必是一個奇絕的高手了，我千萬不可大意被他發現。」

黑暗中，那人釘好了天劍令，左右一張望，緩緩走了過來。

這時忽然一陣清風，吹散了天空雲朵，月亮淡淡吐出清輝。

其心在月光下，再看那人，正好那人轉過身來，其心看看，幾乎不敢相信自己的眼睛，心中思潮起，暗忖道：「他，是他！他竟是住在家鄉附近那姓齊的富家子弟！」

其心和齊家公子雖不相熟，但齊家公子每日騁馳駿馬打他們河邊經過，尤其是那日當其心被一群頑童打得皮破血流之時，他曾躺在水邊為這齊家的少年華麗之神采激起沸騰的衝動，他似乎還清楚記得，那姓齊的少年冷冷對他說：「……報復去呀……」

那齊家公子走了兩步，沉吟一會，突又走回門前，伸手在門上似乎刻劃什麼字句。

這時明月已然當空，月光下其心清楚可見，那齊家公子在門上刻劃的竟是一個「董」字！

其心心中猛可一震，就在這時，忽然左方假石山後一條人影如電而出，呼地一聲，直掠向背對著其心的齊家公子。

那人身形好快，好幾丈距離一飄而至，口中低沉叱道：「朋友，你想幹什麼？」

齊家公子似乎一驚，刷地一個轉身，那人正好掠到他身前約莫一丈，口中又道：「相好的，你是什麼人？」

齊家公子面上陡然紫氣一閃，其心只覺雙目模糊一花，呼地一聲，齊家公子一聲不發，左右雙掌已扣住那人脈門！

其心不由一駭，只見齊家公子雙手如飛，一連點了那人五六處穴道，身形微晃，已飄牆而出。

其心的腦海中，不斷現出那一個「董」字，他似乎有一種預感，這個「董」字，和自身有密切關係，終於他忍不住，輕輕開門跟了出去。

齊家公子似乎江湖經驗很差，一路行來，毫不注意身形，其心跟的倒不吃力。走了約莫半盞茶時分，地勢愈來愈荒僻，來到一座山前。

齊家公子走到山腳旁，向右一片矮叢林轉了過去，身形頓時消失。

其心也走到叢林邊，向右一轉，身形才動，驀然呼地一聲，齊家公子端立身前。

其心心中一震，敢情這齊家公子早就發現自己了，只聽那齊家公子道：「你是誰，爲什麼跟蹤我？」

其心身在暗處，齊姓少年看不清他，他心念電轉，口中微笑道：「我知道你是誰。」

齊家公子見他答非所問，雙眉一皺道：「你可是那莊中之人？」

其心忽然冷冷笑道：「天劍令，你又去發那天劍令？」

他說這話，純粹是試探對方，果然齊家公子一聽此言，面色登時大變道：「你怎麼知道？」

其心微微笑道：「我親自所見，自然明白。」

齊家公子面色又是一變道：「這麼說來，你是莊中之人了？」

其心見他面上殺氣密佈，心中不由一怒，暗暗忖想道：「這姓齊的分明平日有錢有勢，養成一副狂傲性情，自視甚高，我最看不過這一點。」

但他倒底生性淡泊，這種念頭一閃而滅，於是滿不在乎地道：「不管我是否是莊中人，但我想請教你一個問題。」

齊家公子一怔，半晌才道：「什麼問題？」

他們兩人年齡都在十四五歲之間，其心這數月來，整日遊蕩江湖，經驗老練得多，比起來，齊家公子年紀雖然稍大，但卻遠不如其心措辭老練。

其心面色漸漸沉重，他低聲問道：「我知道你姓齊，但你在那莊門上，爲什麼又用手刻了一個『董』字？」

齊家公子陡然間面寒如冰，他厲聲道：「你，你——不要多管閒事，否則——」

其心心中一緊，果然這個「董」字其中大有奧秘，他不理會齊家公子的吼叫，喃喃道：「你難道有什麼秘密麼，那天劍令——」

齊家公子忽然腦中靈光一閃，他脫口問道：「你——你，難道你姓董？」

其心心中大震，脫口呼道：「在下董其心！」

就在這同時，一聲餓狼似的呼號聲，在十多丈以外傳來，幾乎蓋住了董其心的聲音。

其心只覺這呼聲好不難聽，刺耳已極，全身不由一顫。

那齊家公子面色也一變，他一把拉著其心，其心心中一動，但立時克抑下來，沉聲道：「你幹什麼？」

齊家公子沒有理會，用手指指身旁密林，其心登時會意，兩人一起鑽入林中。

又是一聲厲嘯傳來，這一聲好像並沒有近一些，似乎那人在原地狂呼。

其心聽那聲音，簡直好比野獸，他心中一動，輕聲向身旁的齊家公子道：「是不是那南海豹人？」

身旁了無聲息，其心驚而回首，哪有齊家公子人影，不知何時已走！

其心吃了一驚，但他立刻被那怪嘯聲吸引住，只因那嘯聲再起，那人已離自己藏身之處，不及五丈！

其心益發隱藏好自己身形，緩緩爬到不遠處兩塊大石之間，再加上密林，在山道上行走，確實極難發現伏藏有人。

其心方隱好身形，一條人影已掠到，月光只見那人身高丈餘，體格巨大已極，面上凶光閃閃，雖是人形，但令人一見之下，便生出一種認爲他是野獸的感覺。

那人掠過其心身前，停下身來，仰天對月又是一聲長嘯。

距離近了，其心只覺那嘯聲之後，隱隱約約有一種瘋狂的味道，而且震耳已極，心中更加斷定這人便是那「南海豹人」了。

豹人停下身來，面上表情極爲難看，他驀然仰天用鼻嗅了兩嗅，那模樣簡直和一條猛獸毫無分別，其心看得噁心不已！

豹人嗅了一會，忽然身形一轉，竟面對著其心藏身之處，滿臉凶殘之色。

其心心中大駭，難道這豹人真和野獸一般，可以嗅得出人味？

豹人又嗅了一會，猛可一聲狂嘯，其心心知果然行蹤已露，他究竟只是一個十三四歲的小孩，看看豹人那凶相，心中駭怕已極。

豹人筆直對著其心藏身之地走了兩步，又是刺耳一聲厲嘯，但他的嘯聲未完，左方忽然傳來重重一哼，雖只短短一哼，卻打斷豹人的狂號。

豹人身形如同觸電般一側，左方緩步走出一個人來，月光下，那人一襲青袍，好不瀟灑。

其心藏身在兩塊巨大山石中央，正好有一道石縫可望出去，只是這石縫太狹了一點，只能望見豹人和那青衣人的背影，其心依稀覺得這青衣人的背影，自己似乎在何處見過。

豹人似乎由於有敵人侵入自己周圍不及五丈，自己一無所覺，很覺震驚，是以半晌沒有狂嘯，四周頓時爲之一靜。

其心只見那青衣人負手而立，冷冷對豹人道：「你就是南海豹人？」

豹人雙目一凝道：「正是。敢問閣下何許人物？」

其心覺得豹人雖凶暴成性，但談吐卻仍似人類，並不狂野，只聽那青衣人冷笑道：「你不必管老夫何等人物，既然你是豹人，今日老夫饒你不得！」

其心心中忽然一顫，暗暗忖道：「這青衣老者分明是有意找這豹人，並非途中偶逢，那齊家公子突然失蹤，莫非就是去找他——」

他聰明絕頂，心中已猜到事情大概，這時豹人已對青衣人厲吼：「本人多年不出南海，倒要見見中原道上，有什麼人如此膽大張狂！」

青衣老人哈哈仰天一笑道：「武林中盛傳你嗜殺成性，如同野獸，今日也不必多說，你發招吧！」

南海豹人一生橫行武林，加上他生性狂大，怎能忍住這一口氣，但他人雖凶暴，心計卻精，他對這青衣人已存下警惕之心，是以面上雖暴怒如狂，但心中卻萬分謹慎考慮出招。

驀地南海豹人大喝一聲，雙拳搗出如風，他身高丈餘，這兩拳乃是由上而下擊出，力道更加威猛絕倫。

那青衣人身形一閃，向後猛飄，豹人突地騰空而起，這一躍足有丈餘，對準青衣人身形急撲而下，雙手模糊一陣舞動，竟能在這種硬打硬撞的招式中，加上「拂穴」的內家上乘手法。

一旁伏著的其心幾乎大呼出聲，這等內外合一的功夫，武林中確是聞所未聞。

青衣人左右微微一晃，豹人的掌勢始終罩著青衣人各處重穴，驀地青衣人身形一掠，也是騰空而起。

說時遲，那時快，兩道人影在空中一交而過，其心運足目力，也看不清青衣人用的是什麼手法，將豹人驚天動地的攻勢，悉數封回！

兩人身形同時落地，豹人似乎呆了一呆，青衣人身一落地，陡然再騰而起，掠向豹人。

其心心中一震，只覺青衣人這一掠之勢，簡直比一縷青煙還迅速太多，令他全然不能相信自己雙目，世間竟有這等快捷身法！更奇怪的是，青衣人的身法竟和方才齊家公子出手制住莊丁的神奇身法如出一轍，由此可見，齊家公子和這青衣人有密切關係了。

其心思潮電轉，那青衣人已掠到豹人身前，豹人駭然大呼出掌，但是這奇快的身法，在豹人內力尚未提純前，青衣人的雙掌，已按在豹人胸前。

「拍」一聲，僅僅一個照面，頂頂兇名的南海豹人竟被這神秘的青衣人打中死穴，豹人這麼巨壯的身子，一連後退五六丈，雙目中闇然無光，他努力睜大雙眼，模模糊糊地注視著青衣人，他終於猜到青衣人的身分，但是，他的心脈，已經寸寸裂碎！

豹人吸了他最後一口氣，雙手顫抖著指向青衣人，嘶聲喊道：「你——你就是天劍——天劍——」說完翻身倒斃！

「——天劍——天劍令！」

其心在心中默默狂呼！

十　南中五毒

莊院中調兵遣將，爲的應付那荼毒武林的南海豹人，但是卻不知道不可一世的豹人已經一命歸陰了。

一棵枝葉繁茂的梧桐樹旁，有一個不大不小的屋子，屋門口，梧桐樹下，坐著兩個婢女裝束的人。

兩人背著屋子，身後是一個窗口，卻用細紗糊著，燈光穿過，一片綠色。

一人道：「明日莊主大宴新來的莊客，卻苦了你我兩個。」

另一人搖扇取風道：「這廚房的差使可真苦。」

原先那婢女道：「這鍋紅燒牛肉湯，只怕燒到三更，還不得好呢！」

兩人都哼了一聲，這時，背後的紗窗上，印出了一個人的側影，只見那人低身下去，掀起鍋蓋，停立了一回，得意地輕笑了一聲，那兩個婢女忽地起立，轉過身子，喝道：「是誰？」

那人施然開了房門，兩個婢女慌忙躬身行禮，驚叫道：「莊主！」

莊主冷聲道：「你們兩個也太輕忽責任了。」

兩人素知莊主脾氣甚是嚴格，今夜只因廚房中實在熱氣太重，故在門口坐著，卻不知莊主何時走進去的？她倆心中猶如十五隻吊桶打水，七上八下了，兩人額角滲汗，連聲哀求道：

「下次不敢了。」

莊主冷酷一笑道：「豈容得下次，明兒自己向杜總管報到！」

說著大步走了。

杜公公正站在柳樹下，忽然有一個人踉踉蹌蹌地奔來，見到他忙喊道：「杜公公！莫非午餐的食物敗壞了不成？我肚子好痛！」

杜公公面上裝作一驚，心中暗道：「還差一個人了，嗯，是馬回回。」

他口中卻道：「吳兄新自巴蜀趕來，想是路上遇了風寒。」

那人捧著肚子道：「我吳飛也走過千里路，從沒鬧過風寒。」

杜公公見吳飛神色之間已有三分疑色，知道他這種老江湖也瞞不過，杜公公心中早有計較，這時不慌不忙地笑道：「依吳兄看，是怎麼一回事？」

吳飛遲疑了一會兒道：「我是中了毒！」

杜公公點點頭道：「不錯！」

吳飛臉色大變，一把扭住杜公公的衣衫，以他三十年的功夫，竟然制那毒素不得，可見此毒之烈。

杜公公不閃不避，平靜地道：「吳兄想知道是何等毒物？」

吳飛怒道：「當然！」

杜公公笑道：「吳兄可聽過南疆百毒，以何爲先？」

吳飛抓住杜公公衣衫的手，不自禁地垂了下來，他半絕望地低聲道：「赤尾巨蠍？」

杜公公道：「正是此物！」

吳飛眉頭緊皺，一手按腹，一手指著杜公公道：「你好毒心！我翻雲手吳飛千里相投，竟落得個如此下場！」

杜公公笑道：「本莊久被天下武林相嫉，不得不防！」

吳飛頓足道：「我與你拚了，反正活不成了！」

杜公公哈哈道：「誰說吳兄活不成啦！」

吳飛一怔，杜公公自懷中取出一顆紅丸道：「吳兄快服此藥，或者可以挽救！」

吳飛本想不服，但求生的意念在催促著他，他耐不住腹中絞腸般地痛，只得取來急急吞下。

杜公公見他氣色又轉好了過來，這才慢條斯理地道：「只是此藥，不過是暫時解救之法，以後每半年要服一顆，這話尚請吳兄牢記在心，把日子要記清楚了，性命要緊，切勿自誤！」

吳飛巨痛方除，神氣未定，聽了此言心中一慄，此時正是急怒攻心，竟氣得一句話都說不出來，杜公公也不理他，緩步去了。

杜公公邊走邊想，今午吃飯的十二個新來投奔的武林客，其中功力數馬回回爲最高，現在他還沒求救，想來正是在與毒素苦鬥，不如去看看他也好。

他逕往馬回回住的客館行去，才走得半路，只見一株白楊樹下，盤腿坐著一個大漢，正在運氣行功，那人生得十分魁梧，不是西北塞上第一條好漢馬回回又是誰？

杜公公吃了一驚，分明馬回回進餐之後，還沒有回到客館，便已察覺中毒了，所以在半路便行功解毒，如此看來，此人功力之精純，尙在莊主和自己所料之上，難怪名震西北塞上二十年了。

馬回回閉目靜坐，心神內歛，觀其架勢，確是內家高手，杜公公暗暗心讚，他快步上前，只見馬回回身旁的白楊樹樹幹上，歪歪斜斜地刻著「赤尾蠍」三個字，想來是馬回回毒發的一刹那，用指所書，由此又可見，此人見識，也高人一等，非吳飛等可比。

杜公公默察他氣色，知他已運功了三周，猶未解去內毒，現今毒液正在腸胃之間，只要真氣一散，便可轉入肝脾，已非常人可以自救了。

他輕輕一點馬回回的人中大穴，馬回回忽然雙眼怒張，眼中精光四射，甚是嚇人，忽然神色大變，雙眼闇然，想是真氣已散，內毒四竄了。

杜公公不待他發言，把藥丸輕輕置於他手上，反身便走，只聽得馬回回幽然長歎了一聲道：「唉！我馬回回今然爲人奴矣！悔不聽師兄之言，今後欲守西北之大好基業，已不得了。」

杜公公心中暗道：「此人非久居人下之物，還是及早除去他爲是。」

他正要下手，心中又想：莊主正是用人之際，此人在西北地位，不下丐幫在中原的聲望，還是姑且容忍他吧！

杜公公快步往大廳走去，心想這次下毒，真可算得是功德圓滿，莊主心計，確是世所罕匹，他暗暗把中毒受制的武林豪客，心中默數，差不多各省都有，其中如江南的胡氏雙傑，四川的翻雲手吳飛以及那個馬回回尤其是威名最盛，他數來數去，只有十一個人，心中奇怪，到底忘了何人？

忽然，他心中浮起了一個孑然孤傲的人影，他脫口而出道：「不好！董其心怎樣了？」

原來當初莊主要連董其心一起下毒，杜老公心中大是不願，只是拗不過莊主，但午餐分湯之際，杜公公特別少給董其心些，防他擋不住毒素，連求救都來不及，不料饒是如此，董其心連影子都沒見著，怎不使杜公公奇怪？

他本想派個人去看看董其心算了，但又怕莊主知道，會多疑他，便自己往東園奔去。

原來董其心今天下午在東園拔草，杜公公身爲總管，自然曉得。他急急奔到東園中，哪有半絲人影，他心中又是一驚。

忽見園角有一處，升起縷縷白煙，他略一躊躇，飛身撲去，他也不知自己爲何特別喜歡這孩子，他心中暗自責怪自己，明知道莊中如此複雜，又爲何收容這可愛的小孩子？無家可歸總比莫名其妙地中毒而死要好得多呀！

他撥開了樹叢，只見前面是一塊熟悉的草地，草地中央，堆著一堆割下來的青草，正在燃燒著，一個穿著粗布衣服的孩子，正用一根樹枝在撥弄著草堆，默然玩得很是有趣。

杜公公幾乎不相信自己的眼睛，難道這不是董其心麼？難道董其心沒有喝那毒湯？

杜公公實是百思不得其解，他清楚地記得，董其心毫無猶疑地喝了那大碗紅燒牛肉湯，他當時是何等著急的呀！

杜公公放慢了腳步，走到其心的身後，他低下身來，輕輕拍著董其心的肩膀，董其心吃了一驚似地轉過身來，見到是杜公公，才笑道：「嚇了我一跳。」

杜公公欲言又止，他看出董其心絲毫沒有中毒的現象，心中真是驚疑萬分，一時真不知道如何出口才好。

其心見杜老公目不轉睛地呆望那堆小火，他童心大起，笑道：「杜公公也來撥火玩玩好嗎？」

杜公公情不自禁地也蹲下來，董其心將手中枯枝，一折爲二，分了一枝給杜公公拿著。

杜公公心中一陣愧疚，其心是個稚齡孩子，而自己竟向他下毒！

他勉強道：「你沒什麼不舒服吧？」

董其心驚奇地道：「杜公公怎麼知道的？」

杜公公道：「知道什麼？」

其心道：「我肚子有些痛，不過拉了一泡野屎也就好了。」

他的聲音低極了，活像一個犯錯的孩子面對著嚴厲的祖父。

杜公公撫摸著他的頭髮道：「孩子，現在還痛嗎？」

董其心道：「我吃了午飯，不知怎地，肚子痛了，非逼得我拉野屎不可，真氣死人了。」說著用小手摸了摸肚子，像是在責怪它不爭氣。

杜總管心中大驚，暗想：這孩子中了此等巨毒，竟能化解於無形，而且尚不自知，此等奇事，真是見所未見之奇事！

他半疑半信地道：「這話可是真的？」

董其心道：「你不信，我帶你去看！」

他忙道：「不必了。」

他心中想，我可得仔細盤問這孩子的底細了。

忽然，樹叢中呼地一聲，跳出來一個女孩子，只見她手中拿著兩個果子，嘴裡嚷著：「小笨人，給你一個桃子！」

她這時才發覺杜公公在場，不禁一怔，臉上有些訕訕的。

杜公公見是小玲，他知道這倆孩子常在一起，只因莊子雖大，孩子卻只有他們兩個，這倒也難怪。

小玲見到杜老公，嘴裡嚷道：「杜老公，好久沒有見到孫大叔了，他到哪裡去了？」

其心心中一凜，暗中細聽。

杜公公支吾道：「孫大叔出門到四川去了。」

小玲噘起嘴道：「那誰給我講故事聽，孫大叔幾時回來？」

杜公公明知那人已死了，但又不能把這等事告訴給孩子們聽，他可不知道董其心早就知道了，只得道：「不知道。」

小玲道：「那我找吳飛問去！」

杜公公奇道：「找他幹嗎？」

小玲道：「他才從四川來，我問他可知道孫大叔的消息。」

杜公公一驚道：「小玲，不要瞎來，老奴代你去問好了。」

小玲最是任性，她頓足道：「現在就去，否則我就去問。」

杜公公只得快步走了。

小玲和其心坐在一株大樹下，遞了一個桃子給他，自己先咬了一口，有些洋洋得意地道：「你看看，我把杜老公給騙走了吧！」

董其心拿住桃子，沒有搭腔。

小玲道：「其實我早就曉得孫大叔到哪裡去了。」

董其心一驚，暗想：這女孩城府竟如此之深，死了如此親近的一個人，竟絲毫無動於衷？他嘴中不覺哦了一聲。

小玲道：「媽媽說，孫大叔上華山練功夫去了，總要十年八年才回來，杜公公怕我出去瞎說，所以才騙我他去四川了。」

董其心這才覺得自己想得太多了，倒不覺有些好笑。

小玲見他似笑非笑的樣子，有些怒意地道：「哼！聽不聽由你，可不許你瞎說，聽見沒有？」

董其心裝得極嚴肅的樣子，莊重地點了點頭。

小玲忽然道：「華山有多遠？」

董其心愛理不理地道：「我不知道，我也沒去過。」

小玲又啃了一口桃子道：「過兩年，我去華山找他！」

董其心不帶勁地點點頭。

小玲忽然又想起了個問題道：「對了，杜公公找你幹什麼？」

董其心道：「杜公公方才來問我可有什麼不舒服。」

小玲哼了一聲道：「你有什麼不舒服？」

董其心厭她囉嗦，懶懶地道：「沒什麼，只是肚子痛了一會兒。」

他不好意思說出拉野屎的事。

小玲驚疑地道：「肚——子——痛？」

董其心不耐煩地道：「肚子痛有什麼了不起，痛得又不厲害，咱們別再談這個了。」

小玲問道：「你以前可曾如此痛過？」

董其心想了一想道：「這倒不曾有過。」

小玲忽然驚叫了一聲，接著又冷冷地哼了一聲，嘴中喃喃道：「好狠心！」

董其心好奇地道：「有什麼不對麼？」

小玲道：「現在還不知道，你要是不想死的話，以後小心些便是了。」說著起身，匆匆而去。

董其心茫然持著手中的桃子，他揚聲問道：「小姐，你上哪兒去？」

小玲頭也不回地道：「我上廚房去看看，你管不著！」

董其心怔立著，小玲的身影迅速消失在樹林中。

董其心回身默然走向草地的另一端。

他們方才靠著的白楊樹上，這時輕靈地跳下一個人來，正是方才佯裝離去的杜公公！

杜公公搖搖頭，歎了口氣，心中暗道：「真是虎父無犬女，她頭一步就往廚房查看，這孩子也真奇怪，尾蠍的毒液，竟然毒他不倒，罷罷罷！這事我只得仔細稟明莊主了。」

杜公公躡起腳步，也匆匆離去。

董其心仍是低頭走著，他聽得背後杜公公離去的腳步聲，便又走了回來，他臉上不禁顯出了一個頑皮的笑容。

到底這場「遊戲」中，誰是被戲弄的人呢？

一個婢女捧著一個飯盒，施施然在一條小路上走著，她走得累了，便把飯盒放在柳樹下，回過頭去抽出一條絲汗巾，緩緩地抹著汗。

一個人影迅速從樹後繞出，揭起飯盒蓋子，彈了一些東西入內，然後又蓋上蓋子，輕輕退去。

這人手腳迅速已極，那婢女渾然不覺，擦好了汗，又提起飯盒走了。

小玲躲在一株大樹後，冷眼旁觀，心想翠雲這個丫頭，真是辜負了我一番教誨，要她送些東西，路上都會出毛病，真是沒用極了。

翠雲一邊提著飯盒，嘴中喃喃地道：「小姐真是發了瘋，東園這傻小子是個什麼東西，還要我送茶送飯去服侍他，又不准我說我是小姐房中的，其實叫廚房裡那幾個丫頭送去也就行了呀！」

說著竟有三分顧影自憐，這時她正走過池塘邊，便把飯盒放在石凳子上，彎下身去，平靜的湖面像一面鏡子，她正在搔首弄姿，忽然見到小玲站在背後，忙站起身子，小玲笑道：「我看看今兒是什麼菜？」

說著掀起蓋子，望了一眼，道：「倒也普通，翠雲，你快去快回，可不准你瞎說。」

翠雲笑道：「小姐，我已裝了三天啞巴了，天地良心，可多說哪句話？」

小玲打發她上路了，又敏捷地往東園去。

翠雲進了東園，見董其心尚在拔草，便把飯盒放在地上，遙遙一指，提了上頓吃過的飯盒走了。

董其心以爲她是個啞巴，心裡雖然奇怪爲何有人送飯，但也沒多言語，他拔完了草，抹了抹手，打開飯蓋，正要進餐，忽然見到盒中有一張紙條，上面寫著——

「湯中有毒！」

董其心一怔，隨即會意到一定是小玲的傑作，他心中暗笑，一點毒藥算得了什麼？

他稍爲進了些飯，正要喝湯，他忽然想到，萬一中了毒可怎麼辦？難道把這莊子燒了不成？就是如此出了口怨氣，也無補於事呀！

他又想到，小玲這小妮子瞧我不起，我便喝給她看。

他緩緩舉起湯碗，正要一飲而就，忽然一股勁風撲來，他自然而然地想用掌磕飛，但猛地想起自己身分，就在這一遲疑間，噹地一聲，湯碗應聲而破，他舉目一望，只見樹叢中白影一動，一人飛奔而去。

小玲用石擊破了湯碗，快如閃電般地退身而去，饒是如此，仍不免被董其心瞥見了。

董其心暗笑，這姑娘平素裝得討厭我，其實是口是心非，完全不是那麼一回事情。

董其心低頭一看，只見身邊青草，著湯之處，迅皆枯萎，衣上沾著的地方，也枯焦了，心中暗驚這毒藥之烈，但他怎麼也想不通爲何此莊中有人要置他於死地，難道和孫大叔死去那晚的事有關？

他故意失聲道：「怎麼辦，碗破了！」說著收拾收拾，便回去了。

董其心的身形方才消失，樹叢中走出那蒙面獨臂人，他冷冷地哼了一聲，慢慢跨到方才董其心立身之處。

他俯首察看了一回，冷冷地道：「丫頭，丫頭，你自以爲聰明，哪知你爹爹偏要用你作幌子，這小子機警之極，如非你幫了倒忙，將來哪有功成之日？」

說著猶自得意地冷笑了兩聲。

時光過得很快，轉眼又晃過了一日。

其心因爲感激小玲的一再照顧，也稍稍假以辭色了。

小玲從那天開始，便親自下廚，爲董其心燒菜，並且伴著翠雲，一直送到東園外才分手，她表面上仍是對董其心愛理不理，而且還以爲其心蒙在鼓裡，那知其心早就有數了。

因爲有了上次的警告，董其心知道小玲絕不會害他，也就放心進食了。

這一日，天氣甚爲炎熱，莊中從附近高山上起了極多的冰塊，運下山來，這些冰塊皆鑿成一塊塊方方的。

廚房中煮了一大鍋紅茶，小玲灌了一小壺，準備給董其心解熱，臨時想起要冰塊，便著翠雲去取，正要吩咐，只聽得廚房外一陣喧嘩，原來正是有大批冰塊運到。

小玲見是杜公公押送前來，便上前道：「杜公公，給我幾塊冰。」

杜公公笑道：「這裡有幾杯，本來給你爸爸的，他今天出去了，便給你好了。」

原來莊中時常用鐵桶盛了井水，送上高峰去，第二天取下來，便凍成了冰塊，由於保藏得法，也不至溶了。

小玲作好了冰水，忽然一想，若是冰中有毛病怎麼辦？她忙倒了一杯，遞給杜公公道：「公公也熱了，吃一杯散散熱吧！」

杜公公一口飲了，還讚了兩句，小玲又故意纏著他談了幾句話，看看沒有異態，才和翠雲走了。

杜公公目送她們去了，心中暗暗嘀咕，若不是莊主妙計在胸，還騙不到這小妮子，更別說那傻小子了。

原來他們將藥凍在冰塊的中心，這時冰未化盡，藥性尚未散在茶中，飲了自然無害，小玲心計雖細，哪會想到這一招？

小玲怕冷氣走散了，急急送到東園口，仍叫翠雲送進去。董其心也就收下，別無他語。

董其心實在也熱了，提起冰水壺便要痛飲一番，但他忽然想起，今日還是第一次送紅茶來，萬一疏忽可不妙。

他傾倒了一些在地上，只見百草皆無異狀，才放心地喝了一大口，也沒什麼不對，便又去工作了。

原來此時冰塊尚未化盡，自然沒有異狀。

小玲躲在樹林中，看了也是放心，便離去了。

董其心又工作了半晌，便提壺再飲，這一次，冰水才下肚中，忽覺腹痛如絞，董其心大驚，知道著了道兒，但他耳聽四方，方圓數丈之內，沒有一人來過，這壺冰水方才猶是好好的，此毒卻從何來？

他此時也無暇細想，忙丟壺於地，那毒不知是何物，厲害無比，不過三兩分鐘，其心已不支倒地！

這時有一人自遠處奔來，正是杜老總管，他見狀大是不忍，忙趨近道：「其心，你在幹什麼？」

其心捧腹道：「肚子痛死了……痛……」

杜公公心中一酸，雙指迅地一點，其心想到是否要閃躲，就是這一遲疑，杜公公雙指已點中他乳台大穴，此穴是三十六死穴之一，雖是輕輕拂中，卻可以使人一時失去感覺，董其心眼前一黑，情知不好，已然昏去。

杜公公不知自己一片好心，反害了董其心，本來董其心發現毒素甚早，此毒雖是天下第一，猶可托住，但此際他穴道被點，就如堤防崩決，毒素四處漫延，一發而不可止矣。

其心悠然醒來，已是黃昏時候，他只道是小玲作的手腳，心中真是恨她恨得牙癢癢的。

他人雖中毒，心智卻極清楚，只聽得隔室有人爭吵之聲。

原來是莊主夫婦在爭辯，莊主道：「你不管管小玲這丫頭，倒反來說我。」

小玲的母親道：「人家是個小孩子，你爲何定要同時下南中五毒？」

莊主冷笑道：「此子大是奇異，就是加了兩倍毒也不能猝然置他於死地。」

莊主夫人道：「那事後你去和小玲解釋！」

莊主口氣稍軟道：「我不管。」

說著，門啓處，莊主走了進來。

這時室中燈光甚暗，莊主的面目不易辨出，他沉聲道：「你醒了麼？」

其心冷冷哼了一聲，他想：裝就裝倒底吧，看你拿我奈何。

莊主冷笑道：「你中了南中五毒，天下無藥可以治，以後每月毒發一次，如果不服解藥，五臟俱爛。」

董其心怒氣攻心，忽覺內中有如火燒，不禁大叫一聲。莊主笑道：「你未服解藥之前，稍爲用力，便會心膽俱碎，我不想置你於死地，你可要小心。」

其心冷聲道：「欺侮一個孩子，算得什麼英雄好漢。」

那莊主哈哈笑道：「上者鬥智，下者鬥力，你懂什麼？」

說著手掌一揚道：「解藥在此，你如果發誓聽從我命令，便讓你服了。」

董其心暗想道：「上者鬥智，好，我們就鬥鬥瞧吧！」

當下便道：「皇天在上，我董其心願從本莊法度。」

莊主大喜道：「你如從我，我可將全身武藝都傳給你。」

其心暗中盤算已定，但其心知道也不能裝得太熱心，便道：「我不希罕。」

莊主讓他服了藥道：「你不知道老夫的本領有多大，自然不懂。」

董其心服了藥，果然舒暢得多，他心中更是冷笑，自己尚未投師，他倒口口聲聲吹將起來了。

於是董其心道：「哼！有本事也只會欺侮我罷了。」

那人不樂道：「你知道什麼，當年天下第一高手——」

他猛地住口，想是個中大有隱秘——

董其心正想了解這院中的秘密，不禁心中緊張起來，他故意激那莊主道：「編不下去了麼！」

那人果然忍無可忍地道：「當年天下第一高手，名震宇內的董無公，都被我玩弄於掌股之上，到今天還蒙然不覺，這等事你這黃口小子，哪裡懂得？」

董其心聽他口氣，大而無當，心中本已不悅，再加上父親的名字忽被牽涉在內，不禁又驚又怒，他揚聲道：「不聽不聽，黃狗放屁！」

那莊主大吼一聲，緩步上前，舉掌欲下。

董其心性命關頭，也顧不得了，暗中吸了一口氣。

在這劍拔弓張的一剎，室中空氣緊張之極——

忽然，一聲尖叫，劃破沉寂的空氣。

「爹爹——」

莊主一怔，董其心從床上翻起，往室外跑去。

小玲攔在門口，董其心一把推開她，小玲哭喊道：「其心！」

她返身要追出去，莊主怒喝道：「讓他去！」

小玲一怔，董其心已跑出屋子去了。

當小玲一聽到董其心中毒時，她雖然不知道是如何中毒的，但她直覺地猜到毒從口入。

但是董其心一切的飲食，全在她密切安排之下的，她覺得對不起他，尤其因為下毒者是她的父親！

小玲默然地立住門口，淚珠含在雙目中。

在大地上的另一塊地方，董其心傷心地奔著。他心中不停地響著：南中五毒！每月一服！

他想起了相依為命的父親，武當山上的伊芙道姑，家鄉中的小萍，這一切的一切，都是明日黃花了。

他不甘心終生被人所制，他憤怒極了，但是，他心口又疼痛起來。

他盲目地奔跑了一陣，衝動的情緒平淡了下來，他不知道自己身在何處，究竟是在莊子裡還是莊子外呢？

他放緩了腳步，在林子中遊蕩著。

月兒害羞地躲在烏雲中，像一個新寡文君，嬌姿美容全淹沒在一方塊黑紗之中，令人心傷。

星光一閃一閃，像是在嘲笑著董其心。

董其心漫無目的地閒走著，心中紛亂已極。

忽然，他止步不前。

原來在前面不遠的一株大樹下，凝立著一個人。

那人低聲道：「可是小娃子？」

董其心大喜，原來正是那個廢去一臂的唐瞎子，他如見故人般地道：「唐大叔——」

瞎子走上前，摸住董其心道：「我耳朵還好，聽出是你的腳步聲，要不然我暗器就要先發制人了。」

董其心覺得他話中帶著一番溫情，聽在心中暖暖的。

他告訴唐瞎子丐幫已經救走了姜六俠，唐瞎子哈哈笑道：「真是老天有眼，我才一走出石坂，便碰了上蕭五爺等人，我就叫他們快來支援……」

唐瞎子一摸董其心的脈息，駭然大叫，驚道：「你上了誰的當？」

董其心黯然道：「姓莊的。」

唐瞎子又道：「是什麼毒？」

董其心道：「南中五毒，據說是無藥可救。」

唐瞎子忽然大咧咧地道：「哼！天下哪有救不得的毒？別聽那姓莊的王八胡吹！」

董其心見他說得肯定，不覺有了一線生機，低聲道：「即使能解，只怕也只有姓莊的有解藥——」

唐瞎子搖搖頭道：「小娃子，讓我也來氣氣那姓莊的王八蛋。」

他把鼻子往空中嗅了嗅，面上忽露狂喜之色道：「你看左邊是否有株楊樹。」

董其心道：「是呀——」

瞎子道：「你再看楊樹下是否有株三葉的小草。」

董其心莫名所以湊近了一看，道：「有一棵，但你怎麼知道的？」

唐瞎子道：「用鼻子呀！」

說著又道：「你摘下我右邊那株梧桐的一片葉子，在左後方地上有個蛇穴，你在穴口挖一塊泥土來。」

董其心照著做了。

唐瞎子道：「統統給我。」

董其心給了他。他又從懷中掏出一大堆雜七雜八的東西，放在地上，他盤腿而坐，東揀一塊，西取一點，不時還放在鼻子前聞聞，每找到一物，他都情不自禁地乾笑出聲。

弄了半天，他把諸物都放在手中，雙手一合，暗暗運功，只見他雙掌之中，飄出陣陣白煙，他笑道：「好了！這叫作百毒不禁丸，包管藥到病除！」

董其心見他搓出了一顆黑黑的丸藥，心中倒有十分不信，他想天下至毒之物豈有如此易解之理？

瞎子知他不信，苦笑道：「你猜我為何盲目？」

董其心道：「不知。」

瞎子沉聲道：「便是中了這『南中五毒』。」

董其心一驚，唐瞎子又道：「當時我功力未純，若是現在，嘿嘿，天下還有毒物能毒得倒我解毒大王唐瞎子麼？唉，只是太遲了一點……」

董其心又是感激又是感動，他服了那黑丸藥，果真覺得中氣流暢，但是全身生熱，片時大汗淋漓。

瞎子道：「你是不是出汗了？」

董其心道：「是！」

唐君棣道：「你舉起右手五指看看，是否各出一色之汗？」

董其心一瞧，竟是紅黃藍白黑五色之汗，不禁大驚。

唐君棣道：「這就是南中五毒了，等到五汗出盡，便是毒解之時，你只管回去假裝並未解毒，騙騙那姓莊的，今後也讓他知道天下能人奇士之多。」

唐瞎子說完慢慢去了，董其心忽然想起一個問題，他叫道：「當年是誰暗害唐大叔的？」

唐瞎子呆了一下，然後一字一字說道：「董無公！」

十一　其心揚威

其心完全迷惑了，他睜大了眼瞪著這個雙目全瞎的奇人，喃喃地道：「董──無──公？董──無──公？」

唐君棣切齒地道：「小老弟，你年紀小小一定不會知道董無公的，這個人像鬼魅一般在武林中造成了一片腥風血雨，許多武林中一等一的高手，被他舉手投足之間便廢去性命，沒有一個人知道他爲什麼要殺那些武林高手，當年……」

其心的心中猛烈大震，使得他的手腳都顫抖起來，唐君棣雖然沒有眼睛，但是卻如沒有瞎一般，立刻問道：「你怎麼啦？怕冷麼？是了，方才你出了一身大汗──」

他說著把身上又破又髒的大袍脫了下來，給其心披上。其心默默地望著唐君棣，他那深埋的情感忽然開始激動起來，這雖是一個小小的動作，但是卻給其心無比的感動，這些日子的流浪，其心驟然被一個人關切地噓寒問暖，他幼小的心靈中彷彿又回到了家中。

那件又髒又破的大衫，披在其心的身上，塵土味中夾著濃濃的汗酸味，但是其心卻只覺得無比的芬芳與溫暖……

唐君棣怎會料到其心的情緒有那麼大的變動，他繼續說道：「當年，董無公如同一個瘋子一般，無故一連毀去好多武林高手，又忽然如同鬼魅一般消失武林之外，少林寺的第一高僧不死和尚秉著悲天憫人之心，留下遺囑隻身到長城頭上尋那董無公決戰，卻是尋不見董無公的影子，說來真令人難以相信，地煞董無公真的就像輕煙一般消失了……」

其心聽得胸中熱血澎湃，他眼前浮起父親那蒼老文弱的情景，慈祥的笑容，說什麼也不可能與那些血淋淋的事實連在一起。

他忍不住脫口道：「我不相信——」

唐君棣奇道：「你不相信什麼？」

其心一凜，連忙改口道：「我、我不相信那……董無公的武功那麼厲害……」

唐君棣長歎了一口氣道：「以我唐某來說，也算得是終生浸淫武學的了，只是那地煞的武功，委實如同天神一般，依我看來，少林不死和尚那年幸虧沒有找到董無公，否則——」

其心道：「否則怎麼？」

唐君棣道：「否則縱然不死和尚佛門神功蓋世，只怕仍將死在董無公之劍下！」

其心覺得再談下去，他一定會克制不住自己的情緒了，他連忙錯開話題道：「這姓莊的老傢伙向我下了這絕毒，在他以爲我是只有俯首聽命了，這一下我可要反過來戲弄他一番。」

唐君棣仰天笑道：「南中五毒確是世上罕見奇毒，只是老天長了眼，剛好讓你碰上我唐瞎子，哈哈哈哈，痛快痛快！」

其心是個聰明絕頂的人，他略一思索，已略略猜到唐君棣忽然在這莊院附近出現的原因，他仰首問道：「唐大叔你又回到這裡來，可是……可是發現了什麼？」

唐君棣雙眉一皺道：「不錯，我發現了我那血海深仇的弒父仇人，他……他的蹤跡出現在這附近……」

其心道：「啊——」

唐君棣道：「我那仇人一身武功驚世駭俗，他那份凶暴嗜殺若狂的德行更是在武林之中找不出第二個來，武林中英雄豪傑任你名滿天下，卻也不敢招惹此人——」

其心道：「唐大叔你也懼他幾分麼？」

唐君棣道：「懼他麼？我唐瞎子即使明知必將死在他手下，也不會畏懼於他啊！」

其心道：「那人比唐大叔厲害麼？」

唐君棣默然點了點頭，他歎息道：「我那仇人天生神力，昔年他大鬧武當之時，武當掌教周道長施出武當無敵三神劍方才將他阻於純陽觀外，我唐君棣的功力豈能與武當掌教相比？」

其心喃喃道：「那……那……」

唐君棣拍了拍其心的肩膀大笑道：「我雖打他不過，只是他若碰上了我，只須一個照面，唐某必能叫他命喪五步之內！」

其心曾親眼見過唐瞎子的暗器絕技，那委實是神乎其技，天下無雙，再加上唐家的毒藥，那絕不是吹牛說大話！

其心想了一想道：「唐大叔，你的仇人究竟是誰呢？」

唐君棣道：「那就是南海——」

其心接著道：「——豹人？」

唐君棣驚道：「你怎會知道？」

其心壓低了嗓子，一字一字地道：「我告訴你一個秘密——豹人已經斃命了！」

唐君棣面上神色大變，他一把抓住其心的肩膀，喝道：「你……你說什麼？你說的是真的麼？」

其心沉聲道：「我親眼看見的！」

唐君棣雙手猛顫，一雙瞎眼中忽然流下眼淚來，他喃喃地道：「豹人……豹人……我永遠無法親手宰你了，你爲什麼死得那麼快？」

其心把自己所見青袍怪人掌斃南海豹人的經過簡述了一遍，唐君棣面上露出無比凜然的神色，他沉思地說道：「那青袍怪客一個照面便將南海豹人掌斃了，那豈不成了神仙？世上難道真有這等高手？」

其心雖然是個有城府的孩子，但是到了這時仍是忍不住了，他大聲問道：「唐大叔你可知道什麼是天劍令……」

他話尚未說完，猛然背後一個冰冷的聲音道：「唐瞎子，你還沒有死麼？」

其心大吃一驚，連忙回首一看，只見那個獨臂的蒙面人不知什麼時候站在十步之外。

那獨臂人狠狠地瞪著其心，冷笑道：「好小子，你果然是在裝驢！」

其心心中暗道完了，自己方才喊唐大叔以及一切對話只怕都被這人聽去了。

唐君棣卻是文風不動，他依然背對著那獨臂蒙面人。蒙面人冷笑道：「唐瞎子，今日是你末日！」

唐君棣依然不動，獨臂人猛然向前一跨步——

而就在他一步跨出的一剎那，唐君棣比旋風還快地轉過身來，他單臂一揮，口中喝道：

「躺下！」

獨臂人一聲悶哼，竟是躲無可躲，應聲倒在地上，其心快步奔上前去，只見蒙面人胸腹之間七根金光閃閃的金針成一個北斗之形釘在身上，伸手一摸脈門，竟然已經死去！

唐君棣閉目金針絕技雖是名滿天下，卻也無人敢信竟然厲害到如此地步，這獨臂人一身功力驚人，竟在他一揮手之下，便喪命毒針之下，那實是駭人聽聞的事了！

唐君棣沉聲道：「追魂北斗！沒想到南海豹人沒有嘗到，倒讓你先試嘗了！」

然而其心此時卻爲另一件事驚震住了，那獨臂人在未倒地身死前的一剎那，曾經力圖躲閃過那突然飛至的金針，於是其心看見他用左腳的腳跟釘立地上，右腳與右臂旋空轉了九十度，同時身軀猛向後翻——

其心幾乎呆癡了，他喃喃地道：「……左腳支地，右腿右臂上旋，身形後仰……怎麼他會這個身法？那……不可能呀……」

他充滿疑問的心中又被投入了一個巨大的問號。而這時候，瞽目神睛唐君棣走過來道：「小兄弟，我得走了，你可以好好戲耍這可惡的莊主一番了。」

其心這才道：「唐大叔……我已知道那天暗算你的人——」

唐君棣雙眉直豎，沉聲道：「誰？」

其心道：「就是莊人儀！」

他把自己曾在莊院中發現黃白藍三劍的屍體遺物以及所見所聞告訴了唐君棣，唐君棣面色陡然變得充滿殺氣，他對著莊院的高牆，狠聲道：「莊人儀，原來果然是你暗算我，哈哈哈，待我把黃白藍三劍的死因去告訴那紅花雙劍熊競飛，那時候，可就有你樂的了。」

其心微微一笑，唐君棣拍了拍其心的肩膀道：「我走了。」

其心回過頭來，唐君棣的身形已在數丈之外，他從濃密的樹枝中輕鬆地穿行而過，好似眼睛一點也不曾壞了一般。

其心望著他寬闊的背影，微微地道：「這真是一個奇人！」

他低頭望了望地上那獨臂蒙面人的屍身，連忙離開這牆角，悄然走回莊院去了。

其心像是揀回了一條命，此時莊主以為他中了南中五毒，每月都要按時服藥，絕不會防範於他，他要離開這危險的莊院，真是易如反掌的了，但是正因為這樣，其心反倒決心不走了。

他沿著內牆走過去，心中疑雲陣陣，一直走到了一棵大樹下，這才發覺大樹下已經坐了一個人。他吃了一驚，定目一看，只見樹下坐著一個劍眉虎目的大漢，坐在那兒就如半截鐵塔一般。

其心正想走開，不料那大漢已經招呼道：「喂，小哥兒，你過來——」

其心只得走了過去，大漢凝視著其心，過了好半晌才道：「小哥兒，你在這莊中有多久了？」

其心道：「半個多月。」

那大漢道：「那麼小哥兒，你會武麼？」

其心搖頭道：「不會。」

那大漢想了一會道：「你是怎麼樣進入這莊院來的？」

其心道：「杜老公瞧我在荒野中流浪得可憐，這才把我收留在莊院之中。」

大漢又咦了一聲，似乎更不能相信的樣子，他壓低了聲音道：「告訴我，你真不會武麼？」

其心心中怦然而跳，他搖頭道：「我真不會。」

那大漢雙目中忽然露出無比的怒火，遙望著院南那邊莊主的房屋，咬牙切齒地道：「好個莊人儀，你真是沒有人性的了！」

其心不禁大感奇怪，他茫然望著那大漢，只見那大漢冷哼了一聲道：「孩子無辜，你竟也下毒手，他媽的，只要我馬回回三寸氣在，這個仇是非報不可的！」

其心聽了心裡吃了一驚，他聽說莊中來了西北道上第一條好漢馬回回，不料就是眼前這個大漢。

馬回回望著其心，眼中流露出哀憫的神色，終於忍不住說道：「孩子，你可知道你已中了天下劇毒？」

其心點了點頭道：「我知道……」

馬回回吃了一驚道：「你知道？你可知你中的是什麼毒？」

其心道：「南中五毒。」

馬回回見他說得輕鬆，以爲必是這孩子年幼，不知天高地厚，想到這裡，不禁益發同情其心，他伸手握住其心的小手道：「孩子，你不知道南中五毒天下無人能解，你年紀還小，你……這一生是……完了！」

其心見馬回回激動得咬牙切齒，心中忽然大受感動，他幾乎想告訴馬回回自己已經得救，但是這馬回回只是頭一次相見，如何能把秘密告訴他。

馬回回道：「目下這莊院中形勢十分險惡，你還是盡量多留點神——唉，南中五毒……」

其心默然走開了，他回到自己的屋外，隨手揀起一柄掃帚，在屋前胡亂掃了幾下子。

這時，屋角人影一晃，小玲怯生生地走了過來。

其心只裝作沒有看見。小玲走到花圃邊上，就停下了腳步，似乎不敢走過來，其心背對著她，正好可以裝佯。

小玲站了一會，終於忍不住道：「喂——」

其心只好回過頭來，小玲面上失去了笑容，也沒有了平時那股驕縱之氣，她低聲道：「你還好嗎？」

其心聳了聳肩道：「還好，肚子不痛了。」

小玲道：「你……你究竟是怎麼中毒的？」

其心笑道：「怎麼中的有什麼分別，反正是已經中了。」

小玲怔了一怔，想了一會才道：「你……你怎麼那麼不小心呢？我叫你不要吃他們送來的東西……」

其心胸中怒火升了上來，暗道：「哼，還要你來假惺惺的？就是你送來的那壺冰茶中下了毒呀。」

但是他表面上卻嘻嘻笑道：「是我不小心，是我不小心。」

小玲心中暗暗難過，她想轉身就走，但是她心中的話如果不說出來，簡直比要了她的命還難過，她終於鼓足勇氣道：「你知道……你該知道……我一直在護著你的……」

其心道：「是啊，我真感謝你。」

小玲見他說得輕鬆，不當一會事兒，她的心中有如刀割，她默默道：「他一定以爲是我下的毒了，他要恨我一輩子了……」

其心見她站在那裡不動，便道：「我本是個流浪的野孩子，我的性命真比野狗都不如，便是死了也不打緊，只是小姐你若再來找我，哪天你爹爹火將起來，只怕連你也一起下毒了，那可不是好玩的，哈哈。」

小玲聽得打了一個寒噤，她不知該說什麼，忽然掩著面，抽泣著跑了。

其心站起身來，望著她跑遠了，心中忽然有些不忍起來，他暗中想道：「莫非是有人偷偷在她的冰水中下了毒，她並不知曉？」

想到這裡，他不禁有點疚意，但是立刻他又想道：「管他哩，反正這一家人要毒我，我管他誰好誰壞——」

他想到莊人儀那卑鄙的手段，任他是個足智多謀的孩子，仍是感到絲絲寒意，他想到在這莊院中前後已經十多個人神秘地送命了，那酷似爹爹的面具，還有爹爹的名字被那孫大叔刻在桌上……

於是他長吸了一口氣，莊人儀下了毒以後曾狂傲地對他說：「上者鬥智——」

其心冷冷地對自己說：「哼，上者鬥智，咱們就鬥鬥看吧！」

「天劍令」已經發現了三柄，但是卻突然沉寂了下去，莊院中平靜的過了三天，一點動靜也沒有。

這時，莊人儀露出了猙獰的面目，他在莊院中日夜趕工地建造機關陷阱，佈置堡壘，大動工程，似乎是在努力防敵，而趕工的工人就是全部的莊丁與新加入的武林豪客。

這一批武林豪客全是威霸一方的好漢，一向只是吆喝指使別人，哪曾被人指使過，這時被幾個莊中的老人厲聲吆喝著命令做苦工，個個都是怒火膺胸，但卻是不敢反抗，只因每人都中了莊中的獨門毒藥。

東角上，一個大力鷹爪功的名手「金爪王」胡景被逼著在五個時辰之內，要把一棵深埋在地下的千年古樹的樹根挖將出來，胡景揮著大鐵鏟當真是如織布穿梭一般，一大鏟一大鏟的泥石被他揮得滿天飛舞，但是那棵樹根委實太大，他一連鏟了三個時辰，鐵鏟弄折了五柄，只不過挖了三分之一。

只見他汗如雨下，索性把手中剩下的半截鐵鏟往地上一丟，蹲下身去，雙掌十指一伸，便如兩把鋼爪一般挖入土中。

他雙掌連抓，立刻刨出一個大坑來，只見他汗從額上直滴下來，縱然他有一身武功，卻也到底不是鐵打的，十指的指甲縫中都流出血來。

別的武林豪客雖然怒火膺胸，可是爲了苟全性命，沒有一人敢說一句話，那胡景眼見還有一半沒有完成，不禁長歎一聲，坐在地上休息。

他方才坐下，呼地一聲，立刻便是一鞭抽了過來，啪地一聲抽在他的背上，他一翻身，只見一個莊中的老莊丁手執著一根長鞭怒目瞪著他。

胡景緩緩抬起頭來，狠狠瞪著那執鞭的人道：「張麻子，兔死狐悲，你何必替莊人儀欺侮我胡景？」

那張麻子一抖鞭又要抽將下來，只聽得「啪」的一聲，那根皮鞭忽然被人凌空扯成兩段，張麻子如斷線風箏一般直跌出六七步——

只見一個鐵塔般的大漢站在胡景面前，指著張麻子罵道：「他媽的張麻子你是什麼東西？想當年你餓倒在沙漠裡險些餵了野狼的時候，我馬回回救了你的狗命，你他媽的踏到莊人儀這裡來混了一混，便這麼威風了麼？」

張麻子不敢作聲，這時一個冷冰冰的聲音來自馬回回身後：「馬回回，你不要命了麼？」

馬回回扭轉頭來，冷笑一聲，嗤鼻道：「鐵凌官，你待要怎地？」

鐵凌官冷笑道：「我倒不要怎地，只怕你馬回回就要求生不得求死不成了！」

那「金爪王」胡景目中如同噴出火焰來，他一字一字地道：「反正咱們活不成了，姓鐵的，你不要在這裡狂，老子成名露臉的時候，你還在吃奶呢——」

這「反正咱們活不成了」八個字如同一聲巨雷震起，原來爲了性命不敢反抗的武林豪俠齊聲怒吼起來：「打——他媽的，打——」

這時，莊人儀出現在眾人之前，他冷冷地道：「打？哪一個不要命的就出來！」

他這一聲大喝，眾人立刻冷靜下來，想到自己所中的毒，都不禁冷顫顫地打了個寒噤，沒有人說一句話。

莊人儀是個大梟雄，他一句話震住了眾人，但他知道再逼下去必然出事，是以他只冷冷地道：「你們今日休息去吧。」說罷便走開了。

眾人全是武林中獨霸一方的人物，做夢也不曾想到會到這裡變成了死囚般的苦力，莊人儀走了不到半個時辰，兩個人來把馬回回請到後院的大廳去了。

後院的大廳中，馬回回跟著那兩個莊漢滿不在乎地走將進去，他才一進門，忽然肋下一麻，全身便不能動彈。原來那門後躲著一個人，出手暗算了馬回回，幾個大漢立刻把馬回回手腳縛緊，吊了起來。

馬回回心中明白，他知道即將受到畢生最大的侮辱了，他是個鐵錚錚的漢子，此時只有認命了，他只在暗中咬牙切齒地道：「馬回回三寸氣在，定叫你莊人儀屍骨不留！」

翌晨，所有的人都聚集在大廳之中，馬回回被牢牢地捆在大柱子上。

莊人儀對大家道：「我知道你們每個人心中都恨我入骨，不錯，各位腹中的毒全是老夫下的，你們恨也好，怒也好，反正得乖乖地聽老夫的話，誰要逞英雄，嘿——這就是榜樣！」

他手指著馬回回，馬回回抬起頭來，怒罵道：「姓莊的，你能整治得了馬回回你只管下毒手吧，我勸你還是乾脆殺了我吧，如果留了我老馬一條命，我非把你宰了不可！」

莊人儀一揮手，只見兩個大漢各執長鞭，一起猛向馬回回抽去，只聽得劈啪兩聲，馬回回臉上已是兩道血痕。

馬回回哼都沒有哼一聲，只聽得劈啪之聲不絕於耳，馬回回的衣衫漸漸被抽碎，露出他結實的肌肉，立刻肌肉上全是橫橫直直的鞭印，鮮血沿著血溝流了下來。

馬回回卻是從始至終都沒有哼一聲，一雙眼睛睜得如一對明燈一般，狠狠地瞪著莊人儀。

眾人叢中只是一片急促的呼吸之聲，每個人都是怒火上燒，卻是沒有一人出頭——

啪，啪，馬回回已成了血人，莊人儀面色一絲不變，那兩個大漢仍然用力抽下去，那「金爪王」胡景忍無可忍，驀地大喝一聲：「住手——」

他身形如流星一般飛撲過去，要想把馬回回身上的繩索扯斷，他才奔出五步，莊人儀猛一揮手，大廳四角上百種暗器齊發，「金爪王」胡景慘呼一聲，倒在地上！

莊人儀厲聲道：「再打！」

那兩個大漢方才舉起鞭來，倒在地上的「金爪王」胡景忽然整個身子如同一支飛矛一般直射而起，雙掌猛伸，「噗」地一聲，那兩個執鞭大漢背上被胡景齊齊抓了進去，大力鷹爪功的功夫是何等剛猛，這一下又是胡景臨死蓄勁所發，乃是他一生功力所聚，那兩個大漢慘吼一聲，立時倒斃！

「金爪王」胡景也從空中橫跌下來，死在地上。

莊人儀眼睛都沒有眨一下，冷冷地向四周望了一眼，猛然發現廳門外有一雙閃爍著的眼睛，他心中一轉，計上心來，沉聲向門口喝道：「董其心，你進來！」

門外偷看的正是其心，他只好快步走了進來，莊人儀道：「你把地上的皮鞭拾起來。」

其心上前去從那慘死的大漢手中抽出了那根皮鞭，莊人儀道：「你與我用力抽打——」

其心搖搖頭道：「不行。」

他答得那麼乾脆，倒叫莊人儀吃了一驚，他的臉色一沉，冷冷道：「你說什麼？」

其心道：「我說不行。」

莊人儀厲聲道：「你聽著，我命令你，立刻用力抽！」

其心真有些後悔方才站在門口偷看，如果不讓莊人儀瞧見，這麻煩便不會有了。

他知道，這是最後關頭了，他此刻頭腦中冷靜極了，他在冷靜地考慮要不要再裝下去——於是他執著長鞭，緩緩向馬回回走去，那只是拖時間罷了，他低著頭正在把全盤利害得失做一個總衡量。

全場的人都在注視著他，他一步步走到馬回回的面前，抬起頭來，只見馬回回滿面都是血水，雙眼望著其心，射出寬恕的光芒。

其心望了望那鮮血，那眼光，他無法多想下去，於是他把鞭子往地上一丟，冷靜地道：「不行，我不打。」

莊人儀哈哈笑道：「董其心，你不要命了麼？」

其心道：「要。」

眾人心中都想笑，但沒有人笑得出來，莊人儀反倒哈哈大笑起來，他指著其心道：「董其心，你知道我不想殺你，可是若是我不給你解藥，你該知道南中五毒發作時的痛苦！」

眾人都倒吸了一口冷氣，幾十隻眼睛都牢牢注視著這個孩子，他們想不透莊人儀怎會用天下最厲害的毒藥害這個孩子？

其心望著莊人儀道：「你也該知道，我是從不打人的！」

莊人儀火上心頭，他沉聲道：「那麼你是違抗我的命令了？」

其心想都沒想便答道：「看來是了。」

他在心底裡懇切地對著自己說：「即是我的毒還沒有解，我也一定會這麼回答他啊！」

「看來是了」這四字好比四個春雷驟落，廳中每一個武林豪客都慚愧地低下了頭，這是每個人心中想說的，但是沒有一個人敢說出來，其心只是個孩子，他們卻是成名武林的大人物！

莊人儀料不到會發展到這麼一個結果，他的鬍鬚抖動，青筋暴了出來，這時候——

杜老公走了過來，他對莊人儀作了一揖道：「莊主，董其心這小子年幼無知，莊主犯不著同他生氣……」

莊人儀道：「杜兄，此事……」

杜老公道：「待老奴來抽打，待老奴來抽打——」

他說著便把地上的皮鞭拾起來，其心猛一轉身，忽然瞥見大廳屋角上堆著一大堆碎泥，他在碎泥堆中發現好幾個尚未完全打碎的泥面具，他的心不禁猛然一震，那個關連著父親的秘密如鬼影一般飄過他的心田，他暗暗道：「這是探聽秘密的唯一線索，我若與莊人儀鬧翻了，那我辛辛苦苦在這院裡混了這許久，豈不前功盡棄了？」他想到這裡，不禁再度猶豫起來……

杜公公拿著那根皮鞭，呼地一聲向馬回回打去，「啪」，清脆地一聲，彷彿打在其心的心上，其心全身重重一震——

啪，又是一聲，其心忽然克制不住自己了，他大步向杜老公走過去，經過莊人儀面前時，莊人儀忽然怒聲喝道：「站住！」

其心才一駐足，「啪」地一聲，他感到面頰上一陣火辣，竟被莊人儀打了一記耳光，這一霎那間，其心的老謀深算和冷靜自持完全消失了，他全身的熱血都忽然湧到腦上。

莊人儀突然發現這個孩子的眼中射出令人心懾的光芒，他的心中不由自主地重震了一下，但是他冷哼了一聲再次舉掌打下——

其心暗暗對自己說：「罷了，罷了。」

他一伸手，不歪不斜地抓住了莊人儀的手臂，莊人儀一記耳光竟沒有打到——

莊人儀出手是何等快捷，竟然被其心舉手便抓個正著，每個人的心中都是大大震驚，莊人儀咦了一聲，呼地一掌向其心當胸拍來——

其心長吸一口氣，橫裡一扭，左掌向外輕拍而出，只聽得轟然一聲暴震，震得偌大的廳堂屋樑簌然，彷彿要倒塌一般，所有的人都駭得想要奪門而出，屋樑上的陳年灰塵瀰漫著整個大廳，眾人驚叫聲中，莊人儀仰天倒下，其心如一隻狸貓般閃出了大廳。

接著，眾人發現莊人儀已經倒斃在地上！

站在門邊上的兩個漢子飛身出門，廳外一片恬靜，其心小小的身形已在二十丈外！

橫行江湖的武林神秘人物，竟被十多歲的董其心一掌斃命了。

眾人足足呆了半盞茶時間，這才轟然驚叫起來，有人上前把血人般的馬回回救了下來。馬回回真如鐵鑄的身體一般，手腳上的繩索一鬆，他翻身站了起來，一把抱住地上「金爪王」胡景的屍體，流下兩行英雄之淚來。

每個人都像是從極度的壓迫之下得到舒解，鬧了好半天，才有人想到：「莊人儀死了，咱們的解藥怎麼辦？」

這一句喊出，眾人立刻涼了下來，立刻又有一人叫道：「快找杜老兒——」

他們一湧而出，只見杜老公正在五丈之外，眾人喝道：「杜老兒，你不要走——」

杜老公停下身來，他緩緩轉過身，眾人上前圍住他，齊齊要解藥。

杜老公冷冷望了眾人一眼，道：「跟我來！」

眾人跟著他走到西院，杜老公走到一間大銅鎖鎖住的密室前，啓鎖開門，屋內密密麻麻全放著各種藥物，杜老公道：「每種藥上都註明了名稱用途，你們自己找吧——」

眾人如大旱忽獲甘霖，一湧而入，杜老公冷然望著他們全進入了密室，忽然悄悄退了出來，沒有一個人發覺。

他快步直衝上飛雲閣，才一進門，只見莊主夫人自刎死在地上，小玲哭得昏倒床邊。

杜老公看得呆住了，他喟然長歎一聲，喃喃道：「上違天意，下違人道，莊主你是太過分了啊，若不是莊主的前人於我上代有恩……唉！只可憐了夫人……」

他一把將小玲抱起，一掌推開了竹窗，居高臨下望下去，那邊仍然亂成一團，他回首望了死在地上的莊主夫人一眼，歎道：「是我杜良笠不該帶那董其心入莊來……是我不該……」

他猛一縱身，猶如一隻大鳥一般，抱著小玲直飛而起，霎時消失了蹤跡。

十二　天座三星

朝日初升，霞光四射。

這是一座不知名的大山，山勢連綿甚遠，一片青翠，緊伴著山麓，蜒蜿著官道，路旁林木森森，在旭日之中好像披上了一層金粉。

這一帶行人並不繁多，加以是清晨，好久也不曾經過一人，官道上冷冷清清，就算是有趕急路的，馬過塵揚，立刻又是一片寂靜。

這時官道上慢慢走來一個人，那人走得很慢，似乎心中沉吟不決，走走停停，走到山腳下，停下身來負手而立。

晨光下看得清楚，這人一身道士打扮，白髮蒼蒼，紅紅的面孔，加上頷下銀絲般的長髯，簡直是仙風道骨，好不莊重。

這道士負手站了一會，兩道白眉皺得幾乎連在一起，驀然仰天一歎，喟然自語道：「劍氣蕭然三千里，唉，又是一片血雨腥風！」

驀然遠方出現一條人影，道士微一思索，心想還是藏下身形較好，於是移動足步，走入官道一邊樹蔭之中。

那條人影走得好快，一剎時已來到眼前，道士閃眼看時，只見那人身形瘦小，原來是一個孩子。

那孩子走到了官道中央，忽地停下身來，似乎有什麼事情不能決定，默默思索著。

道士此時看清這孩子面目，心中不由一驚，默默忖道：「原來是董其心，他怎麼到這兒來？」

那孩子正是一掌擊斃莊人儀，匆匆逃出莊院的董其心，他站在官道中想了一會兒，喃喃自語道：「我失去了唯一的線索，唉，這些日子的一切苦心完全成爲泡影——」

他想了一下，又自語道：「父親的事，一時只好作罷，一年的時間又未到，只好在江湖中流浪了。」

他年齡雖小，但城府甚深，雖歷經大變，心神仍然不亂，他又思索一會，猛然想起一事，脫口自語道：「對了，那齊家大公子，那日他在莊門上刻劃『董』，其中奧秘我尚未探知，如今反正無事，不如去尋他問問——」

他默默思索尋找齊家大公子的方法，卻始終毫無頭緒，不由煩惱地道：「唉，齊家公子分明與那『天劍』有密切關係，而我冥冥中似乎又覺得『天劍』與父親之間，多少也有些關連！唉！那年父親中秋之夜，酒醉後曾一再喃呼「天劍」、「地煞」，事後我去詢問，卻又爲他老人家嚴詞所拒，父親呀，你分明身懷絕世秘密，爲什麼連我也不肯相告？」

林中隱伏的道士，似乎微微聽出頭緒，他聽到其心所說「天劍」、「地煞」，心中不由大震，暗暗忖道：「——難道孩子也知道這秘密，那麼我不如出去見他一面——」

不過他立刻又忖道：「不成，這事關及全武林，所涉及均爲武林中罕見高手，還是保密的好！」

他想著想著，董其心身形忽然一動，兩個起落，便消失在官道盡頭。

他感歎一會，若有所思，默然自語：「地煞一生行跡飄忽，武林中千夫所指，就是我周石靈先些年頭，也認為他惡性重大，唉！老道這次破關，決心探身這空前大秘密，所接觸的人物，可能較地煞尤有過之，老道能否生還武當實無定數——」

他話聲猛可戛然而止，身形比旋風還快，刷地轉過身來，只見身後一個白髮白鬚的老人，像鬼一般，端端立在距己不及五丈之處。

周石靈心中猛震，他暗吸一口真氣，望著這陌生的怪客道：「貧道武當周石靈，敢問施主——」

他話聲未完，那老人冷冷插口道：「久仰久仰。」

周石靈微微一怔，又道：「施主有何指教？」

那老人雙目中神光閃閃，目不轉睛注視著周石靈，好一會才道：「周道長，你識得地煞董無公？」

周石靈心中大震，心知自己方才自語全為此人所聽，此人跟在自己身後，自己一無所覺，心中不由微微發寒。

周石靈沉吟一會道：「地煞與貧道有一面之緣！」

那老人突然又問道，「周道長身為武當之長，此次下山而行，難道僅為地煞一人之事？」

周石靈大袍袖一拂，他再也按捺不住胸中怒火，冷冷答道：「施主免問了！」

老人突然仰天一笑道：「可惜！可惜！」

他以爲周石靈會追問下去，哪知周石靈面寒如水，理也不理他。

那老人微微一頓又道：「只可惜那地煞昔年救你老道一番苦心！」

周道長白眉軒飛，沉聲道：「施主之言貧道不解，施主免說。」

老人卻接口又道：「地煞那年救你，今日可救你不得！」

他說得好不輕鬆，周石靈心中卻一震，他保持面上的神色，拂袖道：「地煞今日救貧道不得，貧道還是感恩於他，貧道以爲施主胡言亂語，請便吧！」

他雖強抑怒火，但口中所言卻十分犀利，果然那老人面色一變道：「武林中以武當爲尊，只是在老夫眼中，區區閣下，不過一介凡夫耳！」

周石靈心知這老人必然身懷奇功，但他到底是一門之長，對方既說出這等話來，他大聲一笑道：「施主言重了！貧道請教施主——」

他心中雖想問明對方的來意，不願打這種糊塗悶仗，但顏面相關，始終說不出口。

那老人似乎正要他如此，仰天一笑道：「好說！好說！」

他身隨話動，左右忽然各飛一掌，啪啪兩聲，官道兩側兩株大樹轟然而折。

周石靈長笑一聲，他觸動豪氣，笑聲中中氣充沛，凝聚久久不散，他雙掌也是一分而合，兩股自外向內的古怪力道驟起，數丈之外兩株大樹「喀折」而倒，倒的方向卻是倒向路中，和那老人所擊折的兩株大樹，傾倒的方向恰巧相反。

這一手內力好不巧妙，那老人似乎一怔，驀然大笑道：「道長不愧武林中流砥柱。」

周石靈聲如古鐘，宏聲道：「並非是貧道心怯，敢問施主無故挑釁，可是爲了那地煞董無公？」

老人頷首笑道：「不錯！道長你心中有數！」

周石靈面上陡起寒霜，沉聲道：「貧道不瞞施主，這次破關下山正爲那地煞一洗惡名，此事秘密無比，施主既然方才已聽貧道說出，難道施主與此事有關？」

他話說出口，雙目緊緊注視那老人的表情，只要那老人一點頭，他立刻準備痛下殺手，然後奔逃。只因對方若承認與此事有關，則此人身分已自大明，周石靈心中有數，難是他的敵手。

那老人沉吟一會，冷然道：「這個老道你管不著！」

周石靈愣然吐出真氣，心中忖道：「此人神秘已極，身懷絕世功力，他口口聲聲提及地煞董無公，卻又不肯承認與此事有關，我當今之計，唯有突出手相試，立即遠逃，唉，非是周石靈貪生怕死，是因身負重任。」

他思念電轉，那老人忽又冷冷道：「道長身爲武當之長，出家清絕，何必管此世俗凡事，惹起血光之災？」

周石靈面孔陡然一青，口中大吼一聲：「接貧道一招！」

他話未落，左拳一揚，右掌直伸而出，遙擊那老人胸腹。

那老人萬萬料不到堂堂武當掌門道人竟會突擊出招，一怔之下，匆促出掌相迎。

周石靈面上青氣大增，口中輕輕吐氣開聲，右掌掌心一吐，武當獨步武林的「青蓮」內家掌力綿綿發出。

老人匆促間內力未能提純，而周石靈乃是蓄勢全力以赴，一觸之下，強弱立分，老人悶哼一聲，一連倒退五步之多！

周石靈面上青氣立斂，換上的是一副驚駭無比的神色，他不敢相信對方在自己絕對優勢之下，僅僅馬步浮動，內氣絲毫不散。

周石靈面上嚴肅已極，右手閃電一翻，只聽得「叮」一聲，青光繞體而生，大名鼎鼎的武當掌教，已亮出長劍，宏聲道：「施主留神，貧道得罪了！」

霎時間嘶聲大作，一縷寒光筆直點向那老人眉心。

周石靈這一劍是武當鎮山三神劍之首：「鬼箭飛燐」，可貴之處正是這一點之勢，雖是一根長劍，氣勢卻有若千軍萬馬，石破天驚。

那神秘老人臨危不亂，口中大吼道：「老道人好毒辣的道家心法！」

武當三神劍連環發出，昔年張三豐真人曾豪語天下無人在三劍之中，能發出一分攻勢。

那老人自是知道三劍的厲害，勉強按抑住火氣，凝神以待。

霎時但見漫天劍光森森而作，那老人雙掌密封，身形不斷倒退而行，周石靈振腕劈出第三劍，那老人硬生生已被逼退八九丈之遙。

周石靈一門之長，終生浸淫武當絕學，這三劍一出，確是一氣呵成，劍氣如虹，他等最後一劍內力發出八分，陡然挫腕而收，反身一縱，身形已在五丈以外，口中宏聲道：「施主請恕貧道——」

他見這老人在武當三神劍中退守自如，又口口聲聲提及地煞，心中早無戰志，是以突出三劍，反身飛奔而去。以他的腳程，加上原先已逼退那老人至八九丈之處，而又先提步縱走，那老人功力再高，追趕也必然來不及。

哪知那老人身形方定，見周石靈竟不戰而去，口中大吼一聲道：「停住！」

那老人身形騰空而起，猛跨數步，身形竟在凌空掠出七八丈，姿態之美，速度之快，竟然已追得和周石靈首尾相銜。

老人長吸一口真氣，探掌一吐，內力悉發而出。

周石靈駭然只覺勁風壓體，百忙中左掌倒劈而出，兩股內力一觸，兩人一齊落地。

周石靈不能相信世間有這等腳程之人，他腦中靈光一閃，只見那老人面無表情，筆直站在身前不及半丈處。

周石靈雖是一門之長，涵養甚深，但此時再也忍耐不住，大吼道：「天座三星？」

老人面色一寒道：「道長猜得不錯！」

「天座三星」！這武林中僅只傳聞的三個神秘人物，竟然出現武林。

周石靈強力抑住自己的緊張道：「天座三星在三十年前一現武林，武林人僅知有此三人，卻不知是何人物，今日貧道親睹雄采，方知武林人言之不虛——」

老人冷冷一笑道：「道長好說了，武當一派，有道長這等人物，確足以領導武林！」

周石靈似乎觸動豪氣，大笑道：「敢問施主大名？」

天座三星在武林中傳聞甚少，沒有人知道「三星」是什麼人，幾十年來，武林之中僅有

「天劍」、「地煞」兩人可與之並名而提，有些武林人曾懷疑「天劍」、「地煞」是否就是天座三星之中人物！

那老人仰天一笑道：「老夫溫萬里。」

周石靈默默記下這個名字，他知道今日面對天座三星之一，勝望的確全無。

溫萬里大笑一聲道：「老道士你一再奇襲，爲的便是要一走了之？」

周石靈正色答道：「天座三星武林人聞之色變，貧道不足爭鋒，確實存有退逃之念。」

溫萬里不料對方坦白承認，冷笑道：「非是老夫有意爲難，只是老道士你方才拳劍並施，也未免太過舒適？」

周石靈輕輕一舉右手中尙未插回的長劍，微微哼聲說道：「武林人推猜地煞與天座三星有密切關係，今日貧道方知端的不差——」

他故意一頓話頭，溫萬里冷笑不語。

周石靈又道：「貧道適才已說過，此次下山爲的是地煞董無公之事，施主既爲天座三星之一，又無故相攔，貧道以爲此事已與貧道心中所料無誤！」

他此時心神已定，是以侃侃而言，溫萬里心中似乎一驚，勉強一笑道：「老夫沒有無故相攔，是老道士無禮動招在先。」

他似乎想探知周石靈語風，周石靈明知他用心，但仍繼續道：「如此看來，貧道所聞不虛——」

溫萬里勉強的笑容逐漸消失，他沉聲問道：「你所聞爲何？」

周石靈沉默不語。
溫萬里面色一寒道：「溫某敬告道長，道長既自投身此事，溫某人今日不能放過道長！」
周石靈雙眉一軒，淡淡說道：「施主激動如此，倒出乎貧道意料之外！」
溫萬里一怔說道：「你說什麼？」
周石靈道：「地煞董無公無惡不作，濫殺無辜，武林人之公敵，施主以爲如何？」
溫萬里不明白他突出此語用意何在，稍一怔才回答道：「此言不虛。」
周石靈面上神光一閃，大聲道：「貧道以爲不然！」
溫萬里仰天一笑道：「老夫和你白費口舌，你反覆如此一說，老夫請問此事從何聽得？」
周石靈冷冷答道：「貧道此語之意，乃認爲武林之中有另一絕代高手，冒地煞之名濫行屠殺。」
溫萬里哈哈大笑道：「老道士以爲誰能冒充地煞？」
周石靈正色道：「舉目武林，具此功力者，僅僅四人而已！」
溫萬里似乎一怔道：「四人？四人？你說哪四人？」
周石靈沉聲道：「天座三星功力自是舉世稱絕，此外還有天劍一人！」
溫萬里猛可哈哈大笑道：「天劍！天劍！好個天劍！」
周石靈不知溫萬里這是什麼意思，他腦中靈光一掠，暗暗忖道：「難道天劍與天座三星有何關連？」
溫萬里抑下笑聲，又問周石靈道：「如此，道長便以爲是咱們天座三星，冒充地煞董無公橫行武林？」

周石靈雙目一轉，突然反問道：「敢問天座三星是哪三位人物？」

溫萬里一怔，脫口道：「天魁，天禽、天——」

他陡然驚覺，嘎然止口，大聲道：「老道士，你要知道這個幹什麼？」

周石靈避而不答，心中卻默忖道：「天魁，天禽，莫非第三位便是天劍？」

溫萬里見他不答又問道：「道士，方才你說有人冒充地煞？」

周石靈「呵」一聲，接口說道：「貧道忘記回答施主，貧道此時心中確實懷疑那冒充者是天座三星人物。」

溫萬里雙目中凶光斗現，沉聲問道：「你懷疑是三星冒那地煞，倒是有理可推，只是，你如何斷定是有人冒充，此事豈可但憑道聽途說——」

周石靈頷下白鬚簌簌而動，他注視著溫萬里好一會，緩緩說道：「貧道得知——」

他知道這個一經說出，兩人之間立刻生死難容，是以他猛可一頓，長吸一口真氣才道：「貧道得知於藍文侯藍施主。」

溫萬里仰天笑道：「那道人你打算如何？」

周石靈心中只覺熱血上湧，他不再有暇去考慮後果，朗聲答道：「但憑施主吩咐。」

霎時間，溫萬里雙掌平分而出，周石靈手中長劍只覺一股力道牽曳而來，掌心一熱，幾乎脫手而飛，心中一驚，大吼一聲道：「看劍！」

他長劍倒轉，勉強在敵人掌風之中遞出，溫萬里左手一揚，右手卻原式不變，一迎而上！

周石靈真不敢相信對方竟敢以徒手迎擊長劍，百忙中左掌也是一推而出，長劍貫足真力劈下。

「拍」一聲，兩人單掌相觸，周石靈只覺對方內力強猛絕倫，不由面目爲之失色。說時遲，那時快，周石靈右手長劍陡覺猛震，他來不及再轉第二個念頭，數十年的經驗使他想都不想便右手一鬆。

「呼」一聲，周石靈只覺掌中一輕，長劍脫手而飛，他右掌變拳一擊而出，兩股力道觸而相分，周石靈蹌蹌踉踉倒退三步。

堂堂武當掌教，竟在第一個照面便被對方逼飛長劍！

溫萬里再度舉起雙掌，周石靈心中知道結局是如何，但以他的聲名，對方已指名索戰，雖敗死也絕不能示弱逃開，況且溫萬里的輕功身法，更爲離奇，是以隨著溫萬里的雙掌，周石靈提足真氣準備孤注一擲。

就在這危急萬分的時刻，溫萬里緩緩吐出了真氣，周石靈緊張得耳目失聰，直等到溫萬里身形向右轉過，他才看見一個人影不知在什麼時候，已站立在官道的樹蔭之下。

溫萬里目光向天冷冷道：「這個人是道士你的朋友麼？」

周石靈搖搖頭，正想否認，忽然他瞥見了那人的面目——

他脫口急呼道：「董施主，是你——」

溫萬里駭然一瞥，心中猛然一沉，他心念電轉，卻說不出一句話來。

那人走前兩步，一副儒士打扮，周石靈卻清清楚楚認得，正是當年以御劍之術救了他一命的地煞董無公！

董無公似乎是路過此處，也似乎早就目睹一切，沒有人能從他白皙的臉色中瞧出絲毫跡象。

他緩緩走到當場，他走得愈慢，愈令人有一種神秘的感覺，他一直走到溫萬里身前不足五步之處，嚇得溫萬里竟後退了一步。

董無公停止足步，對周石靈點點頭道：「周道長別來無恙？」

周石靈做夢也想不到這一次生命之險，竟又是由董無公的出現轉危為安，他只覺董無公那瀟灑的姿態，那沉靜的態度，在這一瞬間，似乎是一件至美至好的圖片在自己雙目中跳動著。他興奮得微微打結，說道：「托福！董施主一別以來，英風如昔，貧道實感欣慰。」

董無公微微笑道：「董某不敢當——這位老先生，和道長有什麼爭執麼？」

周石靈咳了一聲道：「為的正是董施主你——」

董無公「啊」了一聲，說道：「那麼董某來得巧。」

溫萬里迷惑地皺皺雙眉，他到此時，尚猜不透地煞董無公的來臨是故意或是湊巧。

周石靈望了望跌落在地上的長劍，沉聲對董無公道：「董施主可知道藍文侯藍施主？」

董無公的身形猛然一震，他大聲追問道：「藍文侯？道長有話請說——」

溫萬里心念電閃，他知道只要周石靈下一句一說出，地煞便要與自己生死不容。

周石靈雙目一沉道：「藍施主，他——他——」

溫萬里長吸一口真氣，全身骨節一響，董無公雖是背向著他，但這骨骼之聲一入耳中，心中登時大驚，他默默忖道：「這老人貌不驚人，內力竟達『碎骨』地步，聽他全力提氣，難道他想對我出手？」

他略有些著急地向周石靈作了一個眼色，口中朗朗道：「難道道長與這老先生爲藍文侯之事而爭？其中又關於董某本人？董某眼拙，敢問道長，這位老先生是武林中哪位隱逸俠士？」

周石靈完全不能了解董無公這一個眼色的意義，他略一沉吟方道：「這位是溫施主，溫萬里施主，乃是天座三星之——」

董無公忍不住身形慢慢轉過來，仔細看了看溫萬里，他心中雖驚疑萬分，但口中卻淡淡問道：「久仰。敢問溫先生，藍文侯與溫先生有何關連？」

溫萬里雙目神光四射，心中忖道：「這地煞深藏不露，莫測其深，他神風御劍之術，加上周石靈老道士，今日我是穩站下風，等那周道士說出藍文侯的事情，說不定董無公以死相拚，我能否生還，都成問題，加之此事尚未成熟，董無公這方，絕不可扯破顏面，說來我最好找機會一走了之，只是便宜那周石靈白攻我一掌三劍，罷了罷了，咱們來日方長，走著瞧吧！」

他心念電轉，口中答道：「周石靈老道士知道，你問他便是！」

董無公看了看溫萬里神色，不解地「哦」了一聲，緩緩側過身來道：「周道長請快說吧！」

「呼」一聲，溫萬里身形陡起，迅捷有如青煙，霎時已在三十丈以外！

周道長神色一變，董無公嘿然一笑道：「好險！」

周石靈脫口驚道：「董施主，你……」

董無公微笑道：「咱們先快離開此地——」

周石靈怔了一怔，拾起地上長劍，大踏步走了過去，董無公跟在身後，邊走邊道：「道長此刻心中必然疑雲重重了！」

周石靈歎了一口道：「地煞一生行動有如天際神龍，貧道不能領悟。」

董無公微笑道：「道長過獎了，董某適才早在林中，一切都已看在目中，道長為董某之事，不惜以命相搏，董某心中好生感激——」

周石靈連忙道：「不敢。」

董無公又道：「道長既已知藍文侯之事，董某生平蒙受奇冤內情，道長必已知悉？」

周石靈頷首道：「正是如此，以貧道愚見，天座三星——」

董無公一笑插口道：「是何人冒董某之名，董某心中早已知悉——」

周石靈驚道：「是誰？」

董無公的臉上掠過一個痛苦的表情，他岔開話題說道：「道長神劍能逼退天座三星，武當絕藝果然非同小可。」

周石靈長歎道：「罷了，罷了，貧道這一點微末功夫，豈能入董施主法家神眼！」

董無公仰天一歎道：「道長以為董某功夫高強麼？」

周石靈想都不想接口道：「御劍飛行，天下不作第二人想！」

董無公歎道：「董某這身功夫已被人廢去了！如今僅是一介凡夫而已！」

周石靈幾乎駭然失聲，急問道：「董施主此話怎講？」

十三　秘上加秘

武當的一代掌教周石靈道長此刻陷入震驚與迷惘之中了——

所謂天座三星，那只是傳說中的人物，武林中沒有人見過他們的面貌，也沒有人知道他們的姓名，在武林人心目中，武當的掌教才是武林中的頂尖高手，然而周石靈此刻不僅見到了天座三星中的神秘人物和驚世駭俗的神功，而且又看見了地煞董無公一句話震退了天禽溫萬里！

更令人不敢置信的是，此時的董無公只是個手無縛雞之力的衰弱老人，他能一語退敵的憑借，只是「地煞」這個舉世無雙的名頭！

周石靈無限震驚地望著這個曾掀起武林空前風雨的故人，他不敢相信真如董無公所說，大名鼎鼎的地煞此刻竟是毫無武功。

老道長終於忍不住道：「董施主御劍飛身真乃武林百世高手，天下還有人能廢去董施主的武功？這可叫貧道好生難信……」

董無公一聽到此事，立刻心中如同絞剮一般地難過，有誰能相信使地煞董無公武功全失的人就是無公的親哥哥天劍董無奇？又有誰能了解這兄弟箕豆相煎的痛楚？

董無公苦笑道：「不足為外人道也——」

周石靈仍然忍不住滿腹的狐疑，他再問道：「然則董先生你一身絕世神功當真難以恢復了麼？」

董無公忽然露出黯然的神色，他歎息道：「絕世神功麼？想我身具那絕世神功的時候，仍是無法解決我的問題啊……武功算得什麼？無法恢復也就罷了……」

周石靈見他索然之態，分明是滿腔悲痛，強作曠達的了。周道長自己也不覺意興闌珊，他想了想，想說些安慰之話，卻也不知該說什麼是好，只道：「董施主縱然神功喪失，然而令郎分明是人中之龍，不出數年，武林將再放異彩矣！」

董無公如同觸了電一般跳了起來，他一把抓住了周石靈的衣袖，顫聲道：「你……道長，你在什麼地方見著了我的孩子？」

周石靈見他緊張的樣子，不禁愕然，他答道：「貧道活到這般年紀，還不曾見過像令郎這般如此小小年紀竟能深藏若谷的人物，貧道敢大膽預言，這孩子他日之成就，只怕要蓋於古人之上了——」

董無公心急如焚，周道長說了半天也沒有說出個所以然來，無公急道：「道長你如何會識得我的孩兒？」

周石靈道：「令郎曾在武當山待了十餘天之久！」

董無公大驚道：「什麼？那……那怎麼可能？」

周石靈知他不信，他便問道：「令郎可是名叫其心？」

董無公道：「是啦，其心他怎會跑上武當？」

周石靈道：「敝派弟子在山下發現令郎之時，令即似乎是身有熱病，臥倒山林之中，敝弟子帶他到武當山上，令郎居然完全深藏不露，後來，後來……」
周石靈想到其心在山上所受種種欺侮虐待，一時竟說不出口來。
董無公可不知道這些，他忙追問道：「後來怎麼？」
周石靈只得期期艾艾地道：「後來……令郎在山上頗不愉快，他仍然深藏不露，直到最後——」
董無公道：「最後？」
周石靈只得道：「最後敝派鎮山之劍忽然失去，有人懷疑是令郎所爲——」
他說到這裡，偷看了一下董無公的臉色，方才繼續道：「到了這時，貧道才發現此子琴骨反生，那不是地煞董施主你的後人還會是別人麼？即是董施主你的後人，區區武當寶劍怎會看在他的眼內？」
董無公表面淡然處之，心中卻是大悅，但他仍是滿腹疑慮未曾釋然，於是他問道：「後來呢？」
周石靈道：「貧道知道令郎不會在武當待下去了，當下什麼也沒有說，便命弟子讓他上路，武當山上上下下數百名弟子無一不驚疑滿腹，貧道只在令郎耳邊說了一句話——」
董無公道：「什麼話？」
周石靈道：「孩子此去，勿罪武當！」
他說罷哈哈大笑，董無公一直在思索其心怎麼會跑出那小村的，但是聽到這句話，忍不住也笑了起來道：「周道長客氣言重了！」

他想起自己離家時，曾叫其心在家中等一年時光，如非有事情發生，其心怎會跑離家村？想到這裡，他不禁又有些忐忑難安了。

周石靈道：「董施主得子如此，猶有何憾……」

他話聲未完，董無公的臉色驟然大變，他走到周石靈身旁，用最低的聲音，飛快地道：「那『天禽』狡猾無比，他去而復返，咱們千萬不能露出破綻……」

周石靈駭然大驚，他見董無公面色大變，知道天禽已在周圍附近，他乃是當今武當掌教真人，略一驚駭，立刻鎮靜下來，衝著董無公道：「董施主這些年來絕跡武林，未知藏身何方名山大嶺之中？」

董無公強自鎮定，哈哈笑道：「董無公乃是一介凡夫俗子，哪裡有道長說的那麼風雅，這幾年不過是心灰意懶，跑到鄉下去種田啦。」

周石靈胸無成竹，要他胡亂扯些話來對答，不禁大感爲難。他是個不喜口舌巧滑的正直老道，若是此刻換了他的那位寶貝徒弟張千崗，包管他口若懸河，死的也能說成活的。

董無公見周老道不說話，只得道：「武當與崑崙同是武林中流砥柱，道長能與飛天如來化盡前嫌，真是天下之福……」這句話，倒把周石靈靈感引了起來，他在辯事明理方面，口齒十分凌厲，只是不善東拉西扯，這時他有了資料，便大聲道：「若是說到這個，那就全要感激董施主的成全之德了，想當年貧道與崑崙教主在絕崖之下拚鬥內力，已成了不死不休的局面，只是瞬息之間，貧道與那飛天如來便要兩敗俱傷……」

他望了望董無公，董無公向他作了一個眼色，於是周道長繼續道：「幸好董施主你及時趕到，那御劍飛空之一擊，委實是冠絕古今，貧道至今猶記得那百載難逢的盛景——」

董無公故作豪放地哈哈大笑道：「周道長不要在老夫臉上貼金了，想當年老夫御劍之術尚未臻化境，雖說是身劍合一，但是距那爐火純青之境相去甚遠，哪值得道長如此相讚。」

他言下似乎御劍之術到如今才算是爐火純青了。

地煞董無公是一代宗師，他此刻雖武功全廢，但是他的感覺反應仍是敏捷之極，他知道那天禽溫萬里正在不出十丈之附近地方，只要自己言語露出一絲破綻，今日便得立刻命喪當地！

周石靈說：「董施主吉人詞謙，依貧道看來，昔年一代劍聖胡笠晚年參悟御劍之術，其威勢神風也不過如此。」

董無公笑道：「南宋關中劍神胡老爺子乃是天縱奇才，一劍到了他的手上，真乃騰蛟起風虎嘯猿啼，豈是後人能及？」

他話聲未已，忽然哈哈狂笑聲起，那天禽溫萬里鬼魅一般出現在眼前——

周石靈心中一緊，暗道要糟，不知是哪句話出了破綻，引起了這天禽的懷疑。

天禽溫萬里指著董無公怪笑道：「你究竟是誰？」

董無公心中驚駭無比，但此刻只有拿出最大的鎮定，他也冷笑一聲道：「我是誰？你管得著麼？」

溫萬里哼了一聲道：「我聽說地煞有一身神出鬼沒的功夫，哪會像你這糟老頭模樣？」

董無公暗冒冷汗，口中卻是鎮靜如常地道：「溫萬里，你這個險可冒得不小，我董無公在武林中有的只是一身臭名，絕不怕別人罵我以多凌少，你這一回來，若是我與周道長來個以二敵一，天禽溫萬里你還有命麼？」

溫萬里哈哈狂笑道：「不錯，我去而復返是個冒險，可是我還有幾分把握哩。老實說，你的面貌雖和我所知的董無公差不多，可是我懷疑你是個冒牌的，雖說冒險，不錯，我溫萬里打不過你兩個人，可是你們有誰追得上我？哈哈……」

董無公知他心中疑念已起，要想安安穩穩地混過去，看來是難上加難了。

溫萬里驀然臉色一沉，厲聲吼道：「糟老頭，你若是冒牌貨，立刻跪在地上磕三個頭，老夫便放你走路——」

以天座三星的人物而言，若是懷疑無公是個冒牌貨，只需伸手一掌便解決了，但他卻只不斷地用言語相探，這就是因為到底地煞董無公的名頭太令人心駭了，強如天座三星中的人物，只要一個冒失，只怕就要沒有第二次機會了。

董無公知道，到了這個地步，不再是鎮靜所能應付的了，他必須立刻怒而發掌，這才表示他是真正的地煞，否則，再下個動作只怕天禽就要動手了。

周石靈心急如焚，董無公更是額上冒汗，他也曾滿腹豪情，也欲為天下第一人，但是此刻，他的生命捏在別人的手中，間不容髮——

但是，他不能不動——

他下意識地向前猛跨一步，雙袖微微一蕩，有如流雲飛風——

溫萬里駭然而退，董無公這一揮袖，足足顯出那一派大宗師的味道，他一晃身形，足足退了五丈有餘。

然而董無公再也無法有第二個動作，雙方僵持了半盞茶的時間，天禽溫萬里心中疑念又起，他雙目中射出如箭一般的光芒，瞪在無公的臉上。

董無公胸中宛如一團熊火直燒上來，此刻他昔日的雄風豪氣直升上來，但是他卻一絲一毫無能爲力，於是他額上冷汗淋漓——

溫萬里緩緩舉起掌來，周石靈猛提一口真氣，他把數十年苦修的武當神功提到十成，打算在這必要的一剎那間，盡全力發掌一拚！

就在這霎時之間，驀然一條人影如閃電一般直射下來，溫萬里的單掌已自揚出——

那條青影比閃電還快地落了下來，迎著溫萬里五指彈出，接著轟然巨震，滿地的石塊都飛到了天空，好像是埋在地底的炸藥爆炸了一般，一股股的炙熱旋風從中央吹捲出來！

周石靈如一縷青煙一般飛身過去，把董無公一托退後了數丈，煙塵滾滾之中，只見那天禽溫萬里面上露出了無比的驚色，突然轉身就跑！

那條人影青衫幪巾，也是毫不停步地追趕溫萬里而去，霎時不見蹤影。

周石靈身爲武當掌門，武林中有數的高手，但也沒有見過這等威勢的一擊，他抓著董無公的衣袖，急聲道：「那青衣人是誰？那青衣人是誰？」

董無公沒有回答，周道長喃喃道：「貧道算是開眼界了，好厲害的彈指神功，只是——只是他是誰？」

這時他才發現董無公的臉上流露出難以形容的神色，彷彿是失去了靈魂一般，口中用只有他自己聽得見的聲音喃喃地道：「無奇……是你……」

周石靈道：「董施主，你識得青衣人麼？」

董無公茫然道：「是的……我識得他，我識得他！」

周石靈叫道：「那麼──他是誰？」

董無公搖頭歎道：「不能……我不能告訴你……」

周石靈瞧著他反常的激動，不禁心中大爲迷惘，他提醒道：「據貧道所猜測，昔年冒充董施主荼毒武林的人必是……」

他正要說出，董無公揮手大聲道：「道長你不必說，我已知道，我知道得比誰都清楚，請你不要提那個人──」

周石靈更是大驚且疑，他忍不住叫道：「董施主，在今日以前，我的猜測只是推想而已，然而此刻貧道可說敢斷言一句了──」

董無公聽他如此說，也不禁覺得奇怪起來，他問道：「周道長你要斷言什麼？」

周石靈道：「董施主武功已達神境，試想能冒充董施主的人，必然也具有與董施主相若的天下神功，貧道昔日聽了藍文侯施主之言，雖知董施主你是受人陷害，但是貧道就是想不出還有誰能冒充地煞董無公──」

他說到這裡，停了一下方道：「天座三星雖然傳聞中有如陸地神仙，但是那畢竟是傳聞啊，直到今日，黃道見了天禽溫萬里，那驚世駭俗的神功，貧道乃敢斷言，董施主蒙冤數十年，只怕是在天座三星身上！」

董無公暗道：「原來你說的是這個，我還以爲你也知道我的親哥哥，冒我之名殘毒武林之事，周道長你的猜斷雖然有理，可是世上除了天座三星，還有一個稀世絕頂的大高手——我的哥哥啊！」

於是董無公搖了搖頭，沒有說話，周石靈道：「那年藍施主……」

董無公道：「你是說丐幫的幫主麼?他怎會牽連到這事之內的?」

周石靈道：「藍文侯與貧道是道義之交，貧道雖是出家修道之人，但是每一念及藍兄那豪氣干雲的雄圖大志，也不覺熱血沸騰……」

董無公雖然久不聞武林之事，但也知道藍幫主這個人，只因丐幫在武林中的聲威委實太浩大了，他點了點頭：「不錯，我也曾聽過丐幫十俠的英雄事跡，聽說藍文侯是九州神拳葉公橋的徒兒，不知是不是他……」

周石靈肅然道：「一點也不錯，九州神拳葉老前輩的英風俠韻，真叫咱們後人無限景仰，藍文侯得其真傳，拳風如石破天驚，大有葉公雄風——」

董無公道：「他怎會與老朽之事扯上關係?」

周石靈道：「那一年，藍幫主見了貧道，對貧道說起一樁奇事……」

周石靈說到這裡，忽然臉上嚴肅起來，連聲音也變得可怕恐怖，有如刺骨寒風一般，董無公不禁大爲駭驚——

董無公道：「他告訴道長一件什麼事情?」

周石靈道：「董施主你可還記得四川唐家的瞽目神睛?」

董無公奇道：「道長你是說唐君棣?」

周石靈道：「不錯，那年他在武林之中公開宣揚要向董施主你報仇挑戰的事，董施主你可還記得？」

董無公長歎道：「老朽如何不曾聽到？只是那時老夫已是武功全無的一個廢人了，挑戰也只好由得他挑了。」

周石靈道：「那藍施主便是目睹了唐君棣身遭慘禍的一幕——」

董無公冷笑道：「可是又有人冒充老夫痛下毒手麼？」

周石靈道：「董施主請聽下去便知——」

那年，藍文侯和他幫中五俠金弓神丐蕭昆從河南趕到湖北，在開封城外的荒廟中過夜，那是一個月黑風高夜。

藍文侯和那金弓蕭昆一踏進那座破廟，立刻被一幕慘絕人寰的情景給嚇呆了，那廟中久無香火，和尚也不知去向，只是個半朽半存的神像豎在牆上，那神像下，卻是一片血肉模糊的慘象。

只見那神案下一排躺著五個赤條條的人體，有一個老人，一個少婦，一個壯漢，還有兩個兒童，其中四個都是開膛破腹，只剩下那個老人，正在地上翻滾掙扎，卻又叫不出聲來。案上坐著一個人，拿著一柄匕首，又向老人心口剖去，他身邊有一盆綠色的漿汁，汁中泡著四顆人心，還在微弱地跳動著。

藍幫主與蕭昆雙目如同噴火，正要跳將進去，忽然轟隆一聲，破廟的土牆倒了下來，一個魁梧大漢衝了進來，他指著案上那人大喝道：「何方妖人，近日開封城內老少童子連續失蹤，原來是你——」

他話未說完，那案上之人竟是毫不理會，伸手一送，那老人倒在地上，一顆活心落入盆中。

那魁梧大漢見了那盆中的綠汁和五個人心，驀地駭然大叫道：「南中五毒！」

案上之人這才冷冷道：「你是什麼人？」

那大漢怒道：「在下四川唐君棣，你是什麼人，誰告訴你南中五毒要用這種妖法調製？你還有人性麼？」

那案上之人忽然如鬼魅一般一晃身形，唐君棣已慘叫一聲倒在地上，而那人已出了廟門。

藍文侯和蕭昆沒有瞧清是怎麼一回事，他們一齊衝進廟來，那唐君棣在地上慘然嘶喝道：「你是誰？……留下名來，唐某死不了的……」

廟外那人狂笑道：「老夫董無公！」

聲音已在十丈之外，藍文侯一把摸了摸唐君棣的脈門，叫道：「五哥你照顧他——」

他反身出廟追趕而去，然而夜色蒼茫，什麼也沒有追到——

唐君棣被那人手浸南中五毒抓在背上，五個指孔流著黑血，他四川唐門是毒物之祖，唐君棣竟沒有送掉命，然而從此是個瞎子了……

董無公冷笑道：「難怪唐君棣一直在江湖上揚言要找我董無公，哼哼，我董某——」

周石靈打斷道：「當時藍文侯告訴我這些之時，藍幫主就曾對貧道說，他敢斷定那個調製南中五毒的怪人八成不會是董施主，地煞雖有惡名，可是做了這等武林不恥的丟人事後，何必故意還要說出『老夫董無公』？」

董無公長歎了一聲，周石靈道：「董施主此去何方？」

董無公道：「老夫要回家去一趟。」

周石靈知他此去是擔憂其心的下落，他想了想道：「貧道隨董施主去不妨事麼？」

董無公知道他的意思，是要一路保護自己。董無公一生縱橫湖海，想不到卻也有要人保護的一天，他心中感慨萬端，但是他知道那是周石靈的誠意，於是他道：「那——那自是不妨——」

周石靈見他答應，也不再多說，便道：「這就上路麼？」

董無公點了點頭，他心中在想著：「其心啊其心，你怎會跑到江湖上去浪蕩呢？這些日子你可好麼？」

黃昏如濃妝艷抹的半老徐娘，正是夕陽無限好，只是近黃昏。

草原上長長地躺著那濃密森林的碩大影子，幾隻昏鴉在紫色的天邊徘徊，草原的盡頭，那雄偉的莊院此時靜得有如前古的荒寺。

莊院的高大牆垣門欄上，已結了好些蛛網，灰塵在朱色的木欄上厚厚地鋪了一層。當時那神秘人物莊人儀住在這隱密的山莊中，這莊中曾經一度風雲際會，來自四方的英雄人物，都在莊人儀的毒計之下成了莊中囚犯，曾幾何時，這莊院已成了鶴去之樓！

空蕩蕩的院中，幾隻麻雀在院中揀些小蟲草實吃。驀然之間，院中多了一個人，奇的是這人忽然出現院中，竟連麻雀都沒有驚起一隻。

這人到了院中，滿面驚疑之色，他喃喃道：「怎麼？難道全死絕了麼？」

他如一縷輕煙般，飛快地在莊院中轉了一圈，一個人影也沒有，他不禁有些駭然了。

他從院中走到那敞著的大廳，一進門，立刻便驚得呆住了——

地上一具發臭的屍體，那正是神秘的莊人儀！

這人啊呀叫了一聲，猛敲腦袋跌足自責道：「唉，溫萬里啊溫萬里，這一下恐怕要全盤計劃付之流水了！」

他緊張地在大廳前後勘察了半天，什麼也沒有發現，他不禁喃喃罵道：「莊人儀這奴才，平常我還讚他能幹，這才把大事交給他辦，豈料出了這大的毛病，唉，這該死的奴才！人道有其主必有其奴，他跟了我這許多年，怎麼那麼不肖！」

若是此時有旁人聽見了這一番，保管他會驚得跳將起來，武林中的神秘怪客莊人儀，竟是這溫萬里的手下「奴才」！

溫萬里退出了大廳，他很快地又到了「飛雲閣」中，立刻他又發現了莊人儀夫人的屍身，他一步搶入，只見屋內灰塵遍佈，找不出一絲線索。

忽然他的目光被一件東西吸引住了，那書桌上，放著三柄通體透亮的短劍！

「天劍令！」

溫萬里不禁全身一震，他一把將三柄短劍拿在手中，喃喃地道：「原來是天劍，原來是你，難怪莊人儀這奴才要出毛病了，只是天劍怎麼會到這裡來的？難道他一切都知道了麼？」

溫萬里退出了飛雲閣，一抬頭，左面的精舍上掛著「竹篁小宅」四個字。

於是溫萬里走了進去，他喃喃地道：「這一下事情可糟了，若是真讓天劍什麼都知道了，那豈不一切計劃都成泡影？唉……我命莊人儀製作的面具也不知他放在哪裡？」

他四處找了一遍，忽然在屋角找到了一堆廢紙廢泥，他把廢紙推開，裡面一個肉色的面具。他如獲至寶地把那面具拿了出來，仔細一瞧，不禁略為皺眉，喃喃道：「怎麼這面具做得額角太低，倒是像他弟弟多些——」

他怎知這副面具乃是當日孫大叔頭一次製的，因為不夠像，已然廢置不用的了，那成功製成的一個，早在孫大叔暴斃的那晚，被那神秘的青袍怪客拿走了。

溫萬里哪知道這些，他喃喃道：「不過也不要緊，只要我在額上稍改一改便行了。」

他一手提著面具，一手拿著三柄天劍令，在竹篁小宅中踱了幾個來回，最後似是下了決心，暗自道：「不管天劍如何，我還是照計行事，那絕不會有錯的——」他又想道：「待我把這面具交給天魁，叫天魁冒充，把這三柄天劍令送到少林寺去，我麼，哈哈，我先到少林寺去假做一次好人，假勸少林寺多多提防，到時冒牌的天劍大鬧少林寺，有誰會想到我頭上來？」

他想了想，覺得再無值得多慮之處，喃喃決心道：「這是天衣無縫，百無一失！」

溫萬里又悄然地離開了莊院，不錯，他的計策是「天衣無縫」，不過「百無一失」就很難說了；因為世上的事，往往巧之又巧哩——

十四　佛門道士

少林寺在夕陽斜照下，琉璃瓦反射出萬丈金芒，這古老的佛門勝地在穆然靜默中孕育著一代代的武林高人。

晚課鐘已經開始鳴響了，嗡嗡的鐘聲在高山重谷之間迴盪不已，在平時，少林寺這時已是一片晚課誦經之聲了，然而此時——

寺內出出進進幾十個大小和尚，急急忙忙地似乎在準備著什麼，也似乎是什麼大敵將要到臨了。

東角上，一個青年和尚帶十幾個大大小小的和尚正在練劍，只見漫空都是劍光人影，寒光閃閃，好像織成了一片天羅地網一般。

漸漸，那劍光織成的網愈織愈密，寒星愈閃愈快，嗚嗚的怪聲漸漸發了出來，那青年和尚停手道：「好了，好了，各位師兄弟這一招配合得夠妙啦，咱們先休息一下——」

這時，一個年約六旬的老僧走了過來，眾和尚齊行禮道：「慧空師叔！」

老僧道：「免禮，是什麼時候啦？」

那青年和尚恭聲答道：「剛好申正，是掌門師父坐關暫憩，休息見客的時候！」

慧空老僧道：「我正要去見掌門師兄——」

說罷大步向藏經閣走去。

藏經閣中，少林寺的一代奇僧不死和尚正在苦修坐關，每天只有這個時候接見寺中之人，聽取寺中大事，不死和尚身爲少林寺掌門方丈已有三十餘年，他乃是少林百年一見的奇才，武林中人沒有人知道這位年登古稀的高僧一身佛門神功究竟到了什麼地步。

慧空老僧走到藏經閣，便放輕了腳步，到了內房，一道密簾隔開了內外，他在簾外行了一禮道：「師兄，是小弟慧空——」

簾內傳出一個鏗鏘的聲音：「慧空，不要多禮。」

「天劍令已經三柄到齊了！」

簾內不死和尚呵了一聲，卻不回答，慧空急道：「想昔年那地煞董無公荼毒武林，那份神功是何等駭人，天劍之名雖然遠不及地煞，但是師兄可想而知，那威力是絕不在地煞之下，師兄——你不可……不可……」

簾內不死和尚道：「不可怎麼？」

慧空道：「不可輕敵——」

簾內不死和尚淡然道：「慧空，你也不必太過緊張，愚兄早說這天劍令是有人冒充天劍投擲，愚兄已有計較——」

慧空見不死和尚似乎滿不在乎的模樣，不由大急道：「師兄，你怎麼斷定是人冒充？」

簾內不死和尚卻忽然問道：「慧空，那齊道友回來沒有？」

慧空和尚不料他問出這麼一句話來，不禁大是納悶，他答道：「還沒有回來……」

不死和尚道：「呵——如他回來，便請他立刻來此。」

慧空道：「那位齊道友也真奇怪，不知何事使他看破紅塵，束髮爲道，既做了道士，卻並不住在道觀之中，常到咱們寺中來往，處處透著一股神秘——」

不死和尚道：「齊道友雖是道家人，其思想言論卻是大異道家清靜無爲，雖然他誠心修道，卻終是紅塵中人……」

慧空道：「齊道友上次離寺時曾說半年而歸，算來至今已是六個月了。」

不死和尚道：「他若回來，便快請進閣，愚兄有要事相談。」

慧空暗暗奇怪，他心想：「要事相商，難道比天劍令到了少林寺還重要？」

他對著竹簾道：「師兄還有什麼吩咐麼？」

不死和尚道：「沒有，師弟你請便罷。」

慧空走了出來，他一直走出了大雄寶殿，寺外，已是一片昏沉，黑夜就將來臨。

他吸了一口氣，大步向著廣場外走去，山巒重重黑影，暮色蒼蒼。

這時，黑暗之中出現了兩條人影，慧空不禁大爲吃驚，到了這麼晚的時候，怎麼還會有人上少林？

漸漸那兩人走得近了，慧空迎上前去，大聲叫道：「來的可是齊道友麼？」

遠處前面的那人高聲叫道：「是慧空大師麼？哈哈，大師別來無恙乎？」

這時，那人已是走近，只見前面一人面貌清癯，前額挺出，眉心間有一顆紅痣。

那人身後卻是一個翩翩少年，長得白皙秀俊，衣著華麗富貴，雖是面上稚氣猶濃，但是已透出一種高貴氣質。

慧空上前迎道：「齊道友離寺正好半載，真乃信人君子也。」

那齊道人哈哈一笑道：「大師這時候還在外面麼，這——這是貧道俗家的孩兒——」

慧空一打量那孩子，忍不住讚道：「好個翩翩美少年，齊兄鴻福，心在道山之中，卻有如此龍鳳般的後人，哈哈哈哈……」

那齊道友笑道：「說來也真滑稽，我雖做了道士，卻是個標準的野道士，天下沒有哪個道觀歡迎我，我老道倒只好住到廟裡啦。」

說到這裡，他環目四顧，立刻發現少林寺情形有異，他忍不住道：「咦，怎麼——寺中出了什麼事麼？」

慧空面色一凜，輕歎了一聲道：「大事臨頭——」

齊道人啊了一聲道：「什麼大事？」

慧空從袖中掏出三柄冰塊般晶亮的小劍，那齊道人臉色驟然一變，他身後的孩子尖聲叫道：「呀——天劍令——」

齊道人連忙制住，慧空見這孩子居然知道「天劍令」，不禁大奇，齊道人的臉色變得十分難看，然而霎時之間，又恢復了原色，他沉聲道：「什麼時候接到的？」

慧空道：「昨夜接到第三柄！」

齊道人面色一凝，似在沉思，慧空道：「對了，掌門師兄，請你立刻去——」

齊道友急道：「不死大師現在何處？」

慧空道：「跟貧僧來——」

他走到殿上，吩咐兩個沙彌先帶齊道友的孩子去客房洗塵，自己引著齊道友直入藏經閣。

到了竹簾之前，齊道友先喊道：「大師——齊某回來。」

簾內不死大師歡聲道：「快快請進，快快請進……」

齊道友掀簾而入，慧空轉身要走，忽然一個念頭閃過，他忍不住便停下身來凝聽——

只聽得不死大師招呼道：「董道友，不，齊道友，別來無恙？」

慧空不由大奇，怎麼「董道友」？這是什麼意思？

簾內齊道友的聲音：「大師，天劍令……」

不死大師道：「老納正在尋你，有人冒名投送天劍令……」

齊道友嗯了一聲道：「這委屈壓在我心中也太久了，這豈非天賜良機讓我查出真相？」

不死大師擊掌大笑道：「那冒充之人必是千思萬慮，自以為萬無一失了，哈哈，齊兄，咱們索性裝到底，把那冒充之人反要弄一番！」

齊道友嗯了一聲。

沉默了片刻，不死大師忽然大笑道：「若非我佛有靈，世上哪有這神奇巧合之事？哈哈哈哈，打著曹操的名頭行事，卻行到曹操的家裡來了，哈哈……」

慧空在簾外聽得似懂非懂，他從未見掌門師兄笑得如此豪放過；這究竟是怎麼回事呢？

天色逐漸向晚，夕陽在天邊閃耀著最後的餘輝，在暮靄之中，益發顯得蒼茫。

少林寺巍巍矗立在嵩山上，昏昏的暮色，籠罩著連綿好幾里的僧舍，茫茫然好像是一頭絕大的巨獸雄踞山峰。

晚風漸漸升起，吹過陣陣鐘聲，一隊僧人緩緩關閉了兩側邊門，只留下大雄寶殿的正門開啓著，縷縷香煙，飄出門外，好一片莊嚴景色。

這時，山路上緩緩走來一個人影，身著灰衣，負手而行，瞧他年齡，大約是五十上下，面上一片冰冷，雙目之中，寒光閃閃，威猛異常。

那人走過了兩個山坳，少林古寺已然在望，他緩緩停下身形，望著巍峨的僧寺，喃喃自語道：「人稱少林爲武林之首，瞧這氣派，倒是果真言之不虛，嘿！」

他沉吟了一會，跨步一直向大雄正殿走去，這時天色差不多全黑了，古寺中已透出燈光，這老人到了山門之前，兩側驀然走出兩個僧人，都是灰色僧袍，左面一個合十一禮向那老人道：「施主請了！」

那老人微微一笑道：「免禮！」

隨手一揮，氣態好不狂傲，兩個僧人對望一眼，左面那個僧人停了停又道：「施主駕臨敝寺有何見教？」

那老人嘿了一聲道：「老夫求見少林主持——」

他話聲未止，兩個僧人呼地倒退一步，右面的僧人開口道：「原來是董施主！」

老人的面上掠過一絲迷惑之色，他望了望兩個僧人，詫聲道：「董施主？兩位大師之言，老夫不懂?!」

兩個少林僧人驚疑參半地交換一個眼色，左面那個僧人呵了一聲道：「施主不姓董，那失禮了！」

那老人接口道：「請問大師，那姓董的是何人物？」

那兩個僧人聽他又提起姓董的，心中不由生疑，右面那和尚合十道：「貧僧天凡，敢問施主大名？」

那老人嗯了一聲道：「老夫溫萬里！」

兩僧默默念了數遍，卻找不出一點記憶，他們怎料得到，這默默無名的溫萬里，竟是天座三星之一？

那天凡和尚思索一會又道：「這位是貧僧師弟天如，溫施主請了！」

溫萬里微咳一聲道：「兩位大師，老夫此來求見主持——」

天凡和尚臉色微微一沉道：「呵！施主請恕貧僧，敝寺方丈閉關不見外人。」

溫萬里怔了一怔，心中忖道：「少林方丈閉關？難道他……」

他心中思索，心中冷冷道：「是麼？」

天凡雙眉微皺道：「出家人不戲言。」

溫萬里心中一轉念，忖道：「說不定千巧萬巧，正是董老大和少林也有關連，他要找不死和尚，那全盤計劃，完全瓦解，我非得迅速解決，就算涉及董老大，老夫到他來時，早已在千里之外，他豈知其中秘密？」

一念及此，雙目一凝，故意冷然道：「方才老夫一提想求見主持，兩位大師立刻指說老夫姓董，分明少林寺這幾日如臨大敵，便是爲了那姓董的要想求見主持方丈，大師之言確令人難以相信！」

天凡哼了一聲，天如忍不住道：「溫施主請思而後言。」

溫萬里哈哈笑道：「大師想來必是自恃少林絕學，目中無人，一向狂傲的了！」

天如和尚合十道：「罪過！溫施主出口一再傷人，貧僧嗔念雖除，卻也難忍！」

溫萬里面色一寒道：「咱們廢話少說，老夫謹言一句，大師最好入內通報，以免情勢弄僵！」

天如雙眉一軒，天凡知師弟火氣很大，忙一揮手，插口說道：「敝寺方丈閉關三日，還有半日禁期，施主執意要見，明日午後再來一趟吧！」

溫萬里咦一聲忖道：「聽他口氣，不死和尚果真坐關不出？」

他心思一轉，口中道：「兩位大師與少林主持是何稱呼？」

天凡天如不知他突出此言是何用意，一齊怔了一怔，天凡合十道：「是貧僧恩師！」

溫萬里嗯了一聲，緩緩道：「那麼你們明日告訴不死和尚，說溫某今日代他教訓他的兩個徒兒！」

天如和尚怒聲道：「施主言過其行，不如不言。」

溫萬里目光如刀，陡然注視著天如，沉聲一字一語說道：「你想試試麼？」

天如只覺熱血上衝，顧不得師兄在旁一再暗示，怒聲道：「貧僧敢不聽命！」

溫萬里仰天長笑，那笑聲好比千軍萬馬，聲勢驚人已極。天如心中一震，大聲道：「施主接招！」

溫萬里笑聲戛然而止，天如和尚雙掌微分，身形往後一掠，一股勁風卻已揚掌而發。少林「百步神拳」，武林稱絕，天如是少林嫡傳弟子，這神拳練得自然精純無比，數丈之外，勁風襲體而至，溫萬里心中不由一驚。

他嗤地一聲，吸口真氣，迎著天如拳風，反拳拂掃而出。

天如只覺剎時自己拳風盡失，一股古怪力道透體而生，心中一驚，來不及出拳相抗，胸前一震，一個踉蹌，倒跌出好幾步。

天凡和尚大吃一驚，一掠身扶著天如，天如穩下身形，口才一張，一口鮮血噴了出來！

天凡一連三掌，拍塞師弟穴道。這少林寺寺規森嚴無比，這邊動起手來，卻無其他僧人出現。

天凡扶住師弟，心中又驚又駭，忖道：「這溫萬里一出手便擊傷師弟，功力之深，前所未見唉，那姓董的又隨時可能來到，說不得只好先調羅漢陣來擋擋這溫萬里，只望那姓董的這一刻不要乘虛而入……」

他心中思索不定，面上神色也是忽陰忽晴，溫萬里冷冷說道：「他死不了的！」

天凡和尚只覺一股怒火自心底往上衝，他咬著牙齒，一字一字地道：「溫施主，你不要太狂。」

溫萬里雙目仰天，冷冷道：「大師請領路吧！」

天凡雙目中好像吐出火來，他默默忖道：「強敵當前，小不忍則亂大謀。」

他看看溫萬里，看看懷中天如師弟，一步步緩緩走入大雄寶殿。

溫萬里跟隨而入，才入殿門，只見大殿中沉靜無聲，左右各站著十多個僧人。

天凡扶著天如入殿，其餘僧人似乎不聞不問，天凡走了過去，向一個年約六旬的老僧說了幾句，有一個僧人將天如扶入後殿。

那六旬老僧思索一會，緩步走了過來，溫萬里裝作負手遊目四觀，直到那老僧離他不及半丈，才回過頭來。

那老僧注視溫萬里好一會，目中精光四射，分明是絕頂內家高手。溫萬里心中暗驚，暗暗吸一口真氣。

那老僧拂了拂頷下白鬚，問道：「溫施主出手傷人，用意可否見告？」

溫萬里不料老僧如此單刀直入，驚一下才道：「溫某要見主持方丈，這和尚不肯，兩下說僵動手，平常得很！」

老僧目中神光陡閃，沉聲道：「施主不把少林寺放在眼內，必是身懷絕技之上，老僧慧空，斗膽要求施主立刻賠傷人之罪。」

溫萬里不料這老僧竟就是不死和尚唯一的師弟，武林中盛傳此僧一身內力造詣，簡直是登峰造極，任溫萬里是天座三星人物，也不由暗暗心驚。

他咳了一聲，冷然說道：「大師此言不覺太過？」

慧空雙目一瞪，沉聲道：「老衲言已出口，施主答話吧！」

溫萬里哼一聲道：「大師雖是少林第二高僧，但在溫某眼中，不過一介凡夫俗子而已！」

慧空大師緩緩宣了一聲佛號，微閉雙目，身形緩緩後退兩步，沉聲說道：「施主不要後悔！」

他此言才出，天凡和尚急聲道：「師叔，羅漢陣——」

慧空單手一揮，接口說道：「羅漢陣不可妄動，姓董的還未來哩！」

天凡不再出聲，慧空又對心中暗笑的溫萬里道：「老僧三十年不動拳足，今日實是施主欺人太甚，老僧不可忍耐。」

溫萬里冷冷一笑道：「不死和尚閉關不出，少林數你為長，溫某且請教一言——」

慧空大師微微一怔道：「施主請說。」

溫萬里冷冷一哼，故意頓了一會才道：「倘溫某勝了大師——」

慧空一怔道：「那麼但憑施主吩咐。」

溫萬里仰天笑道：「大師一言九鼎，老朽信了！」

慧空疾哼一聲，上跨一步，剎時頷下白鬍簌簌而動，寬大僧袍被鼓如風球。

溫萬里面色也是一凝，陡然也一揖到地，口中長笑說道：「大師接招。」

慧空面上陡然失色，他勉強睜開雙眼，霹靂一聲大吼，雙拳合抱而出。

溫萬里一揖之式不變，連吐三次內力，慧空面上紅雲三現，雙足卻釘立不動。

慧空但覺溫萬里力道陡然一止，他驀然吐氣開聲，反守為攻，雙拳拱出，內力剎時如泉而湧。

慧空大師六十多年絕少涉足武林，日日坐禪參練心法，少林心法、少林內家真力，確是登峰造極，這時一股而發，勁風登時呼嘯而生，大殿兩側燈火搖曳欲滅，好一番威猛聲勢。

少林數十弟子一齊吼起采來，采聲之中，溫萬里身形猛然向後一仰，雙足釘立，雙手交叉反拂一擊而出。

天凡和尚大驚，他方才親目看見這一拂之威，又不由脫口呼道：「師叔留神。」

剎時間，慧空大師只覺一股絕大內力如破竹之刃，一穿而入，自己如山內力，竟如石沉大海，空蕩不存！

這一霎時，慧空的腦中是一片空白，他怎麼也猜不透對方是什麼古怪力道！

溫萬里內力一吐，慧空百忙之中吸一口真氣，呼地一聲，但聞「喀」、「喀」之聲大作，慧空雙足所立地面，有如長蛇般裂碎開來！

溫萬里內力吐而不收，哈哈長笑道：「大師好純的『金剛不動身法』！」

笑聲中，慧空大師面目失色，一邊倒退三步！

剎時整個大殿中，寂靜無聲，少林弟子一個個熱血上湧，溫萬里緩緩收掌式，冷然道：「大師如何？」

慧空大師仰天宣了一聲佛號，喃喃道：「少林劫數當真如此？」

他微微一定心神道：「施主發力之際，口中長笑不絕，老僧已覺不如，但憑施主吩咐！」

少林弟子個個怒火上升，卻不敢抗令絲毫。溫萬里思索一會，緩緩走到了側門天井處，天井之中，正懸著一口千年古鐘。

溫萬里微微一笑道：「恕老夫放肆。」

他雙手齊舉，曲指虛空連彈，霎時鐘聲大作，連連不絕，一直響了十二下方才停止。

大雄寶殿少林弟子個個大驚失色，一方面是由於溫萬里這種虛空彈指神功委實太驚人，一方面是由於這十二響聲！

溫萬里彈出第十二指，緩緩轉過身來道：「少林十二鐘聲，代表全寺緊急召集，不知溫某傳聞有否錯誤——」

他話聲未完，陡然大雄寶殿人影閃閃，一下掠進七八個僧侶，個個身法如電，像是追趕什麼似的，這時鐘聲餘音未盡，可見少林寺訓練之佳。

這時陸陸續續又竄進來好幾批人，人群之中忽然走出一個中年僧人，一身灰白僧袍，面目英俊，大約四十上下，風度瀟灑已極。

那中年和尚走了出來，對溫萬里道：「就是這位施主要見敝寺主持方丈？」

溫萬里點首道：「大師是——」

中年和尚揮手搖搖道：「貧僧這就帶施主去見方丈！」

陡然間大雄寶殿中驚咦之聲四起，中年和尚雙手趕快搖搖，回首對正待開口的慧空大師道：「方丈自有應付之策！」

慧空大師怔怔地望著他，中年和尚微微一笑，口唇微微一動，溫萬里知他以「千里傳音」之術與慧空交談，心中不由大疑！

少林眾僧經那中年和尚一搖手，都噤不出聲，慧空大師聽了那和尚「傳音」卻仍欲言又止。

中年和尚向溫萬里道：「施主請。」
溫萬里不知此人到底是何路數，但他僅略一思索，恃藝而行。
中年和尚帶著天禽溫萬里走入內寺，幾個彎曲，來到一座很高的閣樓之前。
閣內燈火閃閃，溫萬里抬首一看，只見迎面大匾上端端寫著：「藏經閣」三個大字。
中年和尚緩緩止步，口中說道：「溫施主——」
他話聲未完，溫萬里身影陡然一掠，中年和尚心中一驚，以爲溫萬里要下毒手，想也不想身形也是一掠，霎時衣袂帶風之聲大作，兩人交叉一掠而過，刷地落在地上，相隔七丈之遙。
溫萬里滿面疑色，雙目緊盯著黑暗之中，中年和尚一怔，隨即領悟方才溫萬里並非對自己而掠身飛起，果然溫萬里轉過頭道：「大師好快的心機！好快的身法！」
中年和尚修養甚深，微微一笑道：「與虎同行，戒心豈可無！」
溫萬里哈哈一笑道：「好說！好說！」
中年和尚微笑不語，溫萬里又道：「只是方才溫某彷彿瞥見一條人影，以絕快速度自閣樓之後掠去——」
中年和尚面上浮起一個令人難解的微笑，緩緩說道：「不瞞施主，少林寺這幾日來，如臨大敵，只因……只因接獲了一件信物。」
溫萬里暗暗一哼，故意問道：「什麼信物？」
中年和尚低哼一聲道：「天劍的信物。」
溫萬里驚呼一聲，那表情簡直像是出自純真，他連退三步，驚聲道：「果然是天劍令？」

中年和尚雖早成竹胸中，但卻也不懂他這句中「果然」兩字之意，不由一呆。

溫萬里長歎一聲道：「老夫千尋萬找，要求見少林方丈，就是爲了此事啊！」

中年和尚大吃一驚，他心中原已猜著這溫萬里的來歷，此時對方一言出口，將他們的假設斷然推翻。

溫萬里又道：「那天劍令已擲下了多久？」

中年和尚閉目不語，溫萬里心中微疑，但他豈能料到，就在閣後暗處，姓齊的道人，用上乘「千里傳音」將一切事情的原委，一一告訴中年和尚，並叫他立刻發動。

好一會中年和尚雙目一睁，溫萬里只覺這一剎時，中年和尚似乎變了一個人，雙目中威光暴射，哪裡像是一個引腳小僧，一派宗師之風，穩然流露。

溫萬里心中暗暗一驚，中年和尚冷冷一笑，沉聲開口說道：「溫施主，咱們不必再裝下去了！」

溫萬里心中一震，中年和尚目光如刀，他冷冷一字一語說道：「溫施主冒投天劍令在先，卻又要求見主持方丈，倒令貧僧不得其解。」

溫萬里登時驚得冷汗微冒，他在這一霎，心念電轉，卻始終想不出爲何這天衣無縫的毒計，會爲對方一言道破，也始終找不出一個應變之法。

中年和尚冷冷道：「溫施主驚奇麼？」

溫萬里面色由紅變青，由青變白，他咬牙說道：「你怎麼知道？」

中年和尚一笑道：「貧僧預卜先知。」

溫萬里大吼一聲，他終於想出唯一辦法應付這等局面，就是立刻殺之滅口。

他猛吸一口真氣，大吼道：「你既知道，饒你不得！」

掌隨聲出，左右兩掌交叉而拂。

他三度施出這種手法，霎時勁風大作，中年和尚面色一變，斜掠半丈。

溫萬里雙足一點，閃電般追到，一掌拂出，口中狂笑道：「想逃麼？老夫一招要你送命！」

中年和尚雙足陡止，冷然答道：「不見得！」

說時遲，那時快，中年和尚右袍揚起，左拳一擋而出，寬大衣袂上，隱現千道紋路，「小天星」內家其力，夾在百步神拳之中悉吐而出！

溫萬里內力斗發，強如慧空，也是一擊而敗，眼看兩股力道半空一觸，溫萬里狂笑未完，斗覺一股至剛至強的內力反擊而出，自己力道竟擊之不散。

溫萬里驚得雙目全赤，一個踉蹌，倒退三步，數丈外中年和尚收拳而立，不發一言。

溫萬里駭然指著地上四分五裂的土塊說道：「你，你——」

中年和尚仰天大笑，那笑聲中充滿了中氣，聲浪有如怒濤洶湧，好一會才道：「溫施主要見少林主持方丈，老衲便是！」

溫萬里怎麼也料不到這享譽武林垂五十載的不死神僧是這般模樣！他以手加額，恍然道：「你，你就是不死和尚！果真有一套，『不死』兩字，當之不愧！」

他這話觸動不死神僧豪氣，仰天笑道：「老衲年登七旬，每活一年，容貌便年輕一歲，施主料不到吧！」

溫萬里冷然道：「只是，今日你是死定了！」

不死和尚雙眉一軒道：「施主動輒言殺，老衲不敢苟同。」

溫萬里哼一聲道：「你試試吧，你以爲方才你略佔了上風？」

不死和尚哈哈一笑不語，那意思默認正是如此。

溫萬里怒火上衝，大吼道：「那你再試試看！」

不死和尚面色一變，冷冷道：「溫施主名列天座三星之一，冒投天劍令，爲的是什麼？難道……」

他話聲未完，忽然一條人影掠到當場，定眼看時，正是慧空大師。

溫萬里冷笑道：「你又來了？」

慧空不理會他的嘲諷，急呼道：「師兄，你和他動手了？」

不死和尚哈哈笑道：「只對了一掌，勝負尚不可知。」

慧空吁了一口氣道：「這人功力絕高，師兄……」

溫萬里冷冷插口說道：「你們師兄弟一齊上吧！」

他心中正是害怕對方兩人齊上，自己功力再強，也應付不暇，是以先行出言相扣。

哪知不死神僧哈哈笑道：「溫施主說得對，師弟，咱們一齊上，否則豈是天座三星對手？」

慧空一震，脫口說道：「天座三星？他……」

不死和尚點點頭道：「咱們一塊上！溫施主留神接招。」

溫萬里料不到不死神僧如此難纏，自己出口在先，弄巧成拙，不由大怒道：「少林一門，無恥如此！」

不死神僧冷哼道：「少林一門，絕不冒充！」

溫萬里怔了一怔，他心思一轉暗暗忖道：「此等機密，竟悉為人知，其中關鍵，確值一查。天魁大約就將到來下手，我留此反倒無益，好在我任務已成，就是此事如何洩露，日後我必定要查探……」

他思念電轉，不死和尚與慧空大師倒也不好先下手，三人登時僵在當地。

驀然藏經閣外一聲長嘯傳來，那嘯聲好不深沉，在靜夜之中傳出好遠！

溫萬里陡然一聲長笑，宏聲道：「大哥，這裡是你的事了！」

不死和尚與慧空一驚，黑暗中一人哈哈大笑，接口答道：「二弟，你已和他們翻臉了？」

溫萬里笑道：「不知怎麼，他們已知道咱們身分！」

黑暗中笑聲陡斂，那來人似也為此語所驚，好一會才道：「二弟，那你為何不下手滅口？」

溫萬里狂笑道：「倘若此事全少林均已知之，殺死不死和尚倒容易，難道你去血洗全少林數百僧人？」

他們一在明處，一在暗裡，兩人對答如流，簡直旁若無人，不死和尚與慧空大師卻似乎為兩人對話所驚，一齊怔在當地。

黑暗之中那人似乎已有怒意，大聲道：「不死和尚，絕對留之不得！」
溫萬里冷笑道：「你要殺你動手吧，你以天魁的身分下手，卻不能以天劍身分下手！」
不死和尚雖早知原委，卻不料其中加入一個天魁，是天魁天禽兩人冒充天劍，這才聽得明白。而慧空大師一直蒙在鼓中，此刻愈聽愈驚，怔怔站在當地說不出話來。
黑暗中天魁怒聲道：「老二，你未免太不負責吧！」
溫萬里冷笑道：「大哥，事機不密，非人力所能挽救，我先行一步了！」
他冷笑不絕，身形陡然猶如青煙，一掠而起。慧空大師大吼一聲：「哪裡走！」
不死和尚一把抓住師弟，任那溫萬里消失在黑茫茫的夜色中。
黑暗中天魁似不料溫萬里走之夭夭，不由氣極而笑，刷地縱了出來，冷冷道：「不死和尚，我還是要殺你出出氣的！」
不死和尚與慧空一齊抬頭望去，霎時兩人都大吃一驚，脫口一齊呼道：「齊道友！」
只見那天魁面無表情，額內高隆，眉心一顆痣，正是居住在少林寺中的那個道士。
驀然一聲冰冷笑聲從身後傳來，天魁驚極反身，一個人影鬼魅般站在他身後。
月光下看得分明，那人一襲青衫，面容與那天魁一般無二。
不死和尚驚道：「齊道友，你……」
那天魁似乎見著什麼鬼魂，嚇得一言不發，那後來走出的人冷冷笑著對天魁道：「天魁，你好狠心！」
天魁駭聲道：「你——你怎麼也來了？」

那人仰天一笑道：「你冒投天劍令，確實天衣無縫，只是你知道，我住在少林寺內已有幾年了！」

天魁恍然而語，長歎道：「好！好！算是上天助你——」

那人冷然道：「好說好說！天魁，你可以將面具取下了吧！」

天魁狂笑道：「接著！」

他右手一揮，面容大變，一件面具飛向那後來的青衣人手中，不死和尚和慧空大師見那天魁生得眉開眼闊，威風凜凜。

那真的齊道友接著面具，仔細摸摸看看好一會才說道：「嗯，你真有辦法，上回在那什麼莊中，我已搜著一副面具，你又作成一付！」

天魁冷然道：「這麼說，莊人儀那奴才，果是你所殺？」

齊道人冷笑道：「跳樑小丑，我會下手麼？」

天魁知他素來說一不二，心中不由一奇，但也不暇多想，倒是不死和尚師兄弟在一邊疑雲重重，尤其是那慧空，再也料不到齊道友竟也出面。

天魁面上不動聲色，心中卻默默忖道：「鬼神差使他住到少林寺中，唉，咱們是一敗塗地了！哼，可是我非打這不死和尚一掌出口鳥氣——」

他心念電轉，雙目瞧也不瞧不死和尚，口中冷冷笑道：「你打算怎麼吧——」

齊道人冷笑打斷他的話道：「天魁，你別想暗算不死大師！」

天魁不料他機警如此，心中羞怒難當，哈哈怒笑一聲，一字一字說道：「你以爲我怕你麼？」

齊道人仰天一笑道：「出招吧！」

天魁面上陡然掠過紅雲，只見他雙手模糊一動，一股可怕的勁風一擊而出。

天魁名列天座三星之首，武功造詣可想而知，他深知對手之強，這一掌已出全力，拳風未至，已揚起漫天砂石，不死和尚師兄弟禁不住雙掌拍掃，撥開擊到身邊的碎石。

齊道人面色陡然沉重異常，右掌平手伸出，迎著天魁一掌之力猛可一擊。

兩股力道一觸而凝，巨大的風力在兩人相隔三丈之間不斷旋擊，刹時漫天破土，模糊不能見人。

單是兩人這種出掌威勢，已令不死和尚師兄弟兩人心折不已。

兩人僵持不下，齊道人驀地左手一伸，著身邊一株小樹，砂土飛舞處，場外人根本無以得見。

齊道人氣發丹田，大吼一聲道：「去！」

他內力借此吐氣開聲，一吐而出，「轟」地一聲巨震，兩人收掌而立。

天魁一連後退三步，而齊道人端立當地。天魁哈哈怪笑道：「我的怒氣發洩夠啦！」

齊道人冷哼道：「那麼你就請便吧！」

天魁想了一想，突然冷冷道：「以你一人之力，豈足支持武林大局？」

齊道友也冷冷說道：「盡力而爲，死而無憾。」

天魁雙目瞪視著他，嘴角上掛了一個可怕的冷笑。然後，他緩緩移開目光，向不死和尚、慧空大師各看了一眼，身形陡然騰空而起，怪笑聲中，隱隱傳來天魁驚人的聲音：

「你心志既定，可不能怪我！」

黑暗之中，聲浪不滅，霎時天魁身形，已遠在五六十丈之外，齊道人怔了一刻，仰天一歎不語。

不死和尚緩步上前，合十對齊道人一禮，滿面笑容道：「全仗齊道友相助。」

齊道友還了一禮，望著不死和尚滿面笑容，不由也大笑起來。

慧空大師怔在一邊，好一會才問道：「師兄，難道你會預卜先知？怎麼早知有人冒天劍之名投擲天劍？」

不死和尚哈哈大笑道：「這個，你問齊道友吧！」

慧空疑惑地望著齊道友，齊道友微笑不語，不死和尚忍笑說道：「只因齊道友，他本人就是……」

慧空腦中靈光一閃，瞠目倒退一步，脫口呼道：「他就是天劍?!」

不死和尚轉身來看看齊道友，禁不住兩人相對拂掌大笑起來。

慧空大師如夢初醒，大聲道：「那麼師兄早已得知齊道友——啊不，董道友的身分？師兄，你瞞得我好苦。」

不死和尚收住得意的笑聲道：「鬼神差使這兩人冒天劍之名投劍少林寺，卻不料天劍本人就在少林寺中，是以老衲心中早有打算，叫你不要緊張，你卻急得幾日不休不眠！」

天劍董無奇也笑道：「董某早已懷疑武林之中，有人冒在下虛名，此乃天賜良機，得破辛秘。只是，今夜我和他們正式翻臉，以後倒真不易應付！」

他說到這裡，面色沉重異常，以天劍的功力，竟說出此語，但不死和尚師兄弟方才也曾親見天魁及溫萬里的功夫，心中也不禁默然。

不死和尚道：「董道友不必過謙，方才那天魁與董道友對掌，道友似仍占了上風？」

董無奇含笑道：「大師請看——」

說著一指身後一株小樹，只見那樹枝寸寸碎裂。不死和尚大驚失色道：「董道友，你也會『借物傳力』？」

董無奇搖頭道：「借物度力，佛門神功，董某不曾參悟，方才董某左掌以壓枝之力，度入右掌，是以擊退天魁，事實上，天魁的內力，何嘗比我有一分遜色？」

不死和尚師兄弟對望一眼，一齊忖道：「這等壓枝度力，與咱們不傳神功有異曲同工之妙，唉，天劍功力之深，享名之盛，確不虛傳。」

不死和尚宣了聲佛號道：「董道友仁心，雖以一人之力，不足相抗逆勢，但武林之中，正義俠士比比皆是，董道友何必憂之過甚？」

董天奇心中卻想起另一回事，搖頭不語。

不死和尚又道：「董道友與老衲定計揭穿那冒投天劍令者，原均以爲僅爲一人所爲，豈料那溫萬里狡滑無比，先裝作通風之人。老衲幾乎完全上當，幸賴道友在暗中傳告，但道友怎麼能辨出那溫萬里也是圖謀之人？」

董無奇平淡地道：「只因董某早就識得溫萬里。」

不死和尚呵了一聲道：「溫萬里名不經傳，董道友如何識得？」
董無奇想了一下，用一種極爲平淡的聲音道：「他外號天禽，董某天劍！」
不死和尚矍然而呼，慧空大師還不明其中道理，忍不住脫口問道：「天禽？天劍？」
董無奇雙目陡張，精光赫然四射，沉聲一字一字地說道：「天魁、天禽、天劍，人稱天座三星！」

十五　俠膽仁心

現在，董其心又面臨一個必須抉擇的問題了。

又回到那個小村落來，這雖不是他的故鄉，但是他的記憶中，這是他記得最真切的家。天色漸漸向晚，他站在村北十數里處一座華麗的大宅外，這大宅正是那神秘的齊宅。

其心為了那天劍令下的一個「董」字，他日夜兼程地趕到這裡，為的是要找那投擲天劍令的齊家少年，他知道這個少年可能是他心中一切疑惑的關鍵所在，但是他怎知道，那個姓「齊」的少年卻是他唯一的嫡堂哥哥！

那所大宅中空蕩蕩的，一個人也不見，連傭人都走了乾淨，其心感到一陣失望，那姓齊的少年既不在家中，那麼浩浩江湖，該到哪裡去找他呢？

他望著羊腸曲轉的村道，從這裡走下去，那就要到那小河邊上的恬然小村。那裡，有他的家和他童年的懷念，雖然只離別了幾個月，但是到了這裡，他似乎已能迎風嗅到那熟悉的青草味。他真想立刻跑回去瞧一瞧，雖然他明知爸爸一年才回來，那房子一定還是空著的，但是哪怕是那空房子，他也想去看看。

然而村子裡那些頑童的臉孔飄在他的眼前，他心中雖然從來不曾與那些頑童計較，但是一想到這些面孔，他就感到十分地難過，在骨子裡，這個謙卑隨和的孩子實在是傲氣凌人的啊！

他想了一想，輕輕歎了一口氣，暗道：「還有一年父親才回來啊！我何必現在回去呢？」

這時，小萍那天真無邪的笑靨飄上他心田，揮之不去，便加快了速度趕緊離開小村。

他這一走，便錯過了父子重逢的機會，只因此時地煞董無公正由武當掌教周石靈陪護著匆匆趕回那小村，而其心卻在這進入小村的刹那之間，改變了主意，掉首而去。

他一口氣跑出了十多二十里，這才停下身來，放眼回望，只見黃昏遲暮，霞光漸隱，不遠之處似有一座半廢了的古祠堂，他加快了腳步，匆匆向前趕去。

那祠堂不知是什麼大戶的祖祠，規模頗是不小，只是一片破落，東邊半面已是倒落，想來這大戶人家的後人是沒落了。

其心走近那破祠，忽然間，祠內傳來一陣輕微的聲音，其心天生的機警使他停下腳步來。

祠內的聲音輕微得緊，其心在暗處靜靜地躲了起來，斷斷續續地聽到一個雄壯的聲音道：「在下叫你先放下這包官銀再作理論……」

「哼哼，我瞧你是活得不耐煩啦！依大爺的意思，我瞧你還是趕快先滾開吧……」

那個雄壯的聲音哈哈大笑道：「你以爲我不知道這包銀子是從哪裡來的嗎？從江南運到河南去的官銀對不對？」

那另外的一人尖聲嗤道：「對又怎樣？你是官差裡的奴才嗎？呸！瞧你這德行也不像，哈哈，是了，你是想見者有份？哈哈哈碰著我大爺，你是不用想了！」

那雄壯的聲音道：「朋友，兩樣你都猜錯了，我問你，你可知道這些銀子到河南去是幹什麼的？」

一陣沉默，似是另一人沒有答話。這雄壯的聲音又道：「黃河決堤，洪水氾濫已有月餘，兩河百姓如在水火之中，這筆銀子乃是救災用的，閣下可知道嗎？」

那人冷笑一聲道：「知道又怎樣？救災不救災，關我大爺什麼事情？」

那雄壯的聲音笑道：「不關你大爺的事，卻關在下的事了。」

那人慢慢地道：「關你什麼事？」

雄壯的聲音道：「在下要代那兩河沿岸千萬百姓，請閣下把這筆銀子送還官府！」

那人驀地笑了起來，冷冷地道：「你知道你在對誰說話嗎？」

那雄壯的聲音平淡地笑道：「在下覺得這倒不是重要的事——」

那人厲聲喝道：「告訴你——大爺姓鐵，來自天山！」

那雄壯的聲音沒有絲毫驚駭的意味，只是平淡地道：「這個，在下早知道了，鐵凌官先生！」

躲在黑暗中的其心不禁暗裡吃了一驚，鐵凌官，原來這人便是鐵凌官，上次莊人儀煽動各派高手一舉打垮丐幫的時候，其心第一次見著這天山來的狂客，心中真對他有說不出的討厭，他暗道：「原來是他，難怪他的聲音我總覺得有點耳熟——」

想到這裡，他忽又想道：「怎麼另外一個雄壯的嗓子我也似曾聽過？這倒奇了……」

那鐵凌官料不到對方連他的姓名都早已知道，一時之間不禁愕住了。

那雄壯的聲音道：「久仰天山鐵大爺威名，冰雪老人鐵老爺子是宇內有數的高手，鐵大爺家學淵源，在下一向仰慕得緊，只是這些銀子關係著數萬百姓的生死，是以……」

他尚未說完，那鐵凌官已怒喝道：「你究竟是誰？」

那雄偉的聲音哈哈一笑道：「在下姓藍，草字文侯！」

鐵凌官頓時呵呵狂笑起來！

「藍文侯嗎？哈哈，藍文侯那老叫化早已經死在居庸關下了，哈哈，你騙得了誰？」

雄偉的聲音道：「居庸關嗎？嘿嘿，那日居庸關之戰，九音神尼那尼婆雖是厲害，卻並沒有要了我藍文侯的老命去——」

鐵凌官如何能信，冷笑道：「我記得藍大幫主好像不是個拐子腿啊——」

雄壯的聲音道：「在下是不是藍文侯，這都不是重要的事，重要的是——閣下請把銀子送回去吧！」

鐵凌官沒有說話，忽然轟然一聲震響，似是兩人互碰了一掌，其心忍不住探出頭來，只聽得鐵凌官失聲驚呼：「藍文侯……藍文侯……你還沒有死？……」

藍文侯哈哈笑道：「鐵大爺，現在可相信了麼？」

鐵凌官自負身懷絕技，他目睹了丐幫諸俠的功力，但是他心中依然自大得緊，他曾冷笑地對自己道：「若是我鐵凌官真正施出了冰雪十八掌的絕技，嘿嘿，這些中原的高手又算得了什麼？只是爹爹一再嚴厲禁止我使用這套掌法，說是不到救命關頭，絕不可以施用……」

這個狂傲自大的個性一半是由於天生的，一半也是由於冰雪老人鐵公謹威震武林，這個寶貝兒子在別人吹拍捧之下所養成的。

鐵凌官狂笑道：「好啊！久聞藍叫花『七指竹』功夫是武林一絕，今日正好見識見識。」

藍文侯卻道：「藍某只是請鐵大爺瞧在老天爺面上，高抬貴手——」

鐵凌官斬釘截鐵地道：「已經到了鐵某手上的東西，要叫鐵某交出來，那是勢比登天！」

藍文侯道：「此話當真？」

鐵凌官一字一字地沉聲道：「一點也不假！」

藍文侯歎了一口氣道：「好，你動手吧！」

躲在牆角上的其心心中微微一凜，丐幫英俠夜鬧莊人儀山莊的情景飄在眼前，雷以惇劍似飛虹，穆中原拳如巨斧，他真想瞧瞧這位譽滿江湖的丐幫幫主究竟是如何的了得。

於是他輕輕地走了出來，閃進那破朽了的祠門——

在他尚未進入莊人儀的莊院前的那一個夜裡，在黑得伸手不見五指的森林裡面，他曾在草叢中目睹了藍文侯一指驚退莊人儀的一幕。此時他從褪了色的朱紅柱子間望過去，只見藍文侯魁梧的身軀正背對看他，那鐵凌官的臉上露出又驕傲又凶狠的神色，他身旁的案桌上，放著兩個碩大的油布包袋。

鐵凌官狠聲道：「藍文侯，你是自找死路，可怨不得我！」

藍文侯雙手半拳半掌，沉著地道：「你來吧——」

鐵凌官呼地一掌抓了過來，五指如鉤，其快如風。其心在暗處瞧得清楚，他只覺鐵凌官五指之間，異風陡生，威勢極是驚人，心中不知藍文侯用什麼招式來應付——

這乃是天山冰雪老人鐵公謹有名的塞北鷹爪功，其招式力道都大異於中原的鷹爪神功。鐵氏世居天山，昔年威名赫赫的鐵氏雙俠在天山南麓一戰，曾把昔年武林怪傑常敗翁沈百波打得九死一生，這鷹爪功力端的是精絕無雙。

藍文侯雙足釘立，彷彿一座鐵塔般，他左肩一沉，猛然一掌飄出，直取鐵凌官胸前華蓋，這一招時間和部位都取得妙絕，雖然只是微微一揮掌，但是上乘的高手立刻能看出這輕輕一揮之間的無限妙用。

其心在暗中不禁暗暗叫好，他到如今可說完全沒有一點應敵過招的經驗，他胸中雖有世上最上乘的武學，但是對於藍文侯的這一揮掌卻是佩服得五體投地，只因藍文侯身經百戰，每一出招，必然自然而然地兼攻帶守，顯出一種精密無比的氣派，這對毫無作戰經驗的其心來說，真是看得心悅誠服了。

那鐵凌官掌爪連揮，一掌緊似一掌，一口氣攻了三十六爪，招招都是厲害無比的招式，藍文侯卻是穩穩地一招招全接了下來。

到了五十招以上，鐵凌官怒火直升上來，他出招愈來愈重，全然不顧防守，施出十成功勢。藍文侯是個身經百戰的武林高手，立刻自然地堅守中，放出幾成尖銳的突襲——

果然不出三十招，「嘶」地一聲，鐵凌官的衣袖被扯破了一塊。

鐵凌官呼地一聲倒退了五步，他的目中宛如要噴出火來，藍文侯拱手道：「鐵大爺……」

鐵凌官怒喝道：「藍文侯，你住嘴！」

他一個飛身，伸掌又向藍文侯當胸抓來，這一招又狠又快，藍文侯一個退身，單掌一揚一立，豈料鐵凌官忽然從如此急速的身勢之中，猛可一換身形，單掌已經遞到藍文侯肋下——

藍文侯大吃一驚，他一連退了三步，雙目圓睜，凜然注視著鐵凌官的雙掌——

鐵凌官這是施出了冰雪十八掌，他急怒之下，父親的告誡早已丟到九霄雲外，他只是恨不得一掌便把藍文侯立斃掌下！

頃刻間，一種奇異的刺耳尖嘯發出，接著一聲悶哼，藍文侯大步退了三步，那鐵凌官卻橫著身軀飛出一丈之外，跌落在祠堂的左角上。

鐵凌官喃喃道：「七指竹……七指竹……」

昔年九州神拳葉公橋縱橫江湖無敵手，藍文侯是當今世上他唯一的傳人，這七指竹神功名滿天下，偏偏這不知天高地厚的鐵凌官執意要輕敵一試，這一試，不僅他吃了大虧，連冰雪老人鐵公謹的威名都讓他丟了。

藍文侯外貌魁梧，內心卻是機靈得緊，他絕不願傷了鐵凌官而得罪冰雪老人，他一個跨步趕上前來，彎身扶起鐵凌官道：「鐵大爺你……」

他話尚未說完，鐵凌官右手在懷中一摸，猛可一把抓出，藍文侯機警一生，卻也沒有料到他出手如此突然，開聲吐氣，盡力地把鐵塔般的身軀向左一挪，鐵凌官的五指如同鋼爪一般從藍文侯手臂上抓過，霎時藍文侯衣衫破碎，臂上現出了五道血痕。

鐵凌官一個翻滾站了起來，他揚了揚右手，只見右手五指之上套著五個烏黑黑的鋼爪，他仰天大笑道：「臭叫化，你的老命是完了……哈哈哈哈……你已經中了『南中五毒』！」

藍文侯雖是蓋世豪傑，卻也忍不住全身猛然一震，他睜大了眼怒目望著鐵凌官，一時說不出一個字來。

鐵凌官哈哈大笑道：「臭叫化你不信嗎？告訴你吧，大爺這五指鋼套上餵的就是南中五毒，那是莊人儀送給我的，哈哈……」

大柱後黑暗中的其心不禁驚駭若狂，而藍文侯卻在這一刹那之間冷靜了下來，他豪聲大笑，雄壯的聲音就如平時一模一樣，只聽得他道：「鐵凌官，你笑什麼？那麼值得高興嗎？藍某人是一個，命是一條，便是死了又算得了什麼？嘿嘿，你也太看重我藍某了！」

這下反倒輪到鐵凌官愣然了，他望著藍文侯那坦然的目光，不禁心中一餒——

於是他嘿嘿陰笑道：「南中五毒，天下無人可解，那滋味你是知道的，嘿嘿，待大爺再把你臭叫化這一雙招子給廢了，讓你多難受難受！」

他一步步向藍文侯逼近，南中五毒發得奇快無比，只這刹那間，藍文侯已是大感不支，他退身提氣苦撐，要想止住毒發。

鐵凌官冷笑著逼近，暗中躲著的其心再也忍耐不住了，他一個欺身閃了出來，大叫道：「住手！」

鐵凌官連瞧都沒有瞧，便是反手一把向其心抓出，指上仍然套著那五指鋼套，出手之快，有如長空電擊，的確不愧名家高手——

其心救人心急，渾忘了一切，只是自然而然一圈臂，呼地一掌拍出——

只聽得一聲骨頭折斷的刺耳聲音，夾著鐵凌官的慘叫，鐵凌官竟如斷線風箏一般被打得飛了起來，直撞在牆上，「碰」地一聲落了下來，直挺挺地死在地上！

其心呆了，藍文侯更是呆了，只是一掌之間，其心上次擊斃了莊人儀，這時擊斃了鐵凌官！

藍文侯迅速地點了自己五處大穴，暫時封住了血液，他駭然望著眼前這個六尺的孩子——揮手間，便把天山的鐵凌官打得稀爛！

其心忽然覺得有點不自在，他囔囔道：「喂……藍……藍幫主……」

藍文侯詫異地道：「小兄弟怎知道我是誰？你……你貴姓？」

其心道：「我叫董其心，我……曾見過你一面。」

藍文侯道：「啊——是在什麼地方見過？」

其心道：「那日藍幫主身負重傷，從林中出來，曾經一指驚退了蒙面人……」

藍文侯道：「啊——不錯，那時你……你在哪裡？」

其心道：「那時我躲在附近的草叢，一切情形從頭到尾我都瞧得清清楚楚，那個蒙面人便是莊人儀——」

藍文侯全身震了一下，他喃喃道：「啊，原來他就是莊人儀……小兄弟，你可知道他現在何方？」

其心想了想便道：「死了，已經死了。」

藍文侯更是重重一驚，他喝道：「死了？你……你怎知道……」

其心忽然覺得自己的重要性起來，他以儼然一個大人的口吻，正經地一字一字地道：「他——就是被我打死的！」

藍文侯驚得什麼也說不出來，只好咧嘴乾笑一下，怔怔然望著其心。

其心叫道：「你……南中五毒——」

藍文侯歎了一口氣道：「我封閉了五穴，但是又能支撐多久呢？」

其心叫道：「只要能找到唐瞎子……只要能找到唐瞎子……」

藍文侯道：「你是說瞽目神睛唐君棣？」

其心道：「南中五毒雖是厲害，但是到了唐瞎子的手下，好比喝杯白開水一般稀鬆平常便解掉了。」

藍文侯是丐幫之主，一生闖蕩江湖，什麼奇事沒有見過，但是此刻在其心面前，這十幾歲的孩子似乎每件事都顯得那麼神怪，他不禁怔怔然不知所云了。

其心認真地道：「真的，只要能找到瞽目神睛就好了……」

藍文侯歎了一口氣道：「多謝小兄弟你的好心，南中五毒乃是世上最厲害的毒藥，我雖閉穴得早，但是也只落得數日的生命了……」

其心道：「咱們快去找唐瞎子，現在就動身！」

藍文侯歎道：「小兄弟，浩浩江湖，叫咱們上哪兒去找唐君棣？」

其心道：「你覺得尚能支持多久？」

藍文侯道：「我若是讓這半邊穴道緊閉，半邊身軀不移動，飲食小心，大約可以支持個十來天——只是，我這半個身軀是如同廢人了。」

其心想了想，卻也想不出什麼妙策來。藍文侯注視著這神奇的孩子，愈想愈覺不可思議，他忍不住走上前來，一直走到牆角上，那鐵凌官靜靜地躺在地上。藍文侯低下首去仔細一看，只見鐵凌官全身軟綿綿的，大異於一般的死屍，他伸手一摸，只覺鐵凌官渾身上下每根骨骼都被震得寸斷！

霎時之間，藍文侯的臉色都白了，他顫抖地叫道：「小兄弟……你這是……震天三式！」

其心卻是茫然搖頭道：「什麼？你說什麼？」

藍文侯駭然暗自尋思道：「難道他自己不知道？這種駭人的掌力，除了傳說中的震天三式外還有別的嗎？那麼……失傳多年的絕藝重視武林了嗎？……」

其心怎知這叱吒風雲的丐幫幫主心中正起伏不定，他只覺心中對藍文侯有著無比的佩服，他仔細沉思了好一會，終於下定決心道：「藍幫主，咱們走——」

藍文侯吃了一驚道：「走？咱們？」

其心道：「不錯，咱們去找那唐瞎子。」

他說得無比堅定，完全不像是一個小孩的口吻，藍文侯先是感到驚奇，繼而沉默，最後他對著其心重重點了點頭，道：「好的，小兄弟，咱們這就走。」

藍文侯把兩大袋銀子藏在祠後的隱秘地方，對其心笑道：「咱們出去順便投一封信到縣府去，喚他們來取回去，哈哈。」

藍文侯的心中卻是暗暗地悲哀著，只剩下十幾天的生命了，就跟他走吧！死在哪裡不都是一樣嗎？

朝陽，陽光照在兩個蠕行的背上，一個那麼強壯，就顯得另一個纖小。

其心仰起頭來道：「藍幫主，你盡量把左邊的肌肉放鬆，重量放在我的肩上吧！」

藍文侯道：「小兄弟，以後你叫我聲藍大哥就成了。」

其心笑道：「是，藍大哥。」

不遠處森林已過，一片草原，草原的盡頭，是那個隱秘的莊院，眼前景象依舊，他們又回到那莊人儀的莊院來了。

其心道：「我就在這裡碰著唐君棣的，雖然他現在不在了，但是咱們到莊裡去找找看，同時也可能找到一些解藥什麼的——」

藍文侯道：「依你依你。」

其心扶著他走到了莊院前，莊裡還是一片寂靜，半個人影也沒有，他們兩人小心翼翼地走了進去，其心指著右面一棟竹樓道：「咱們到那裡去看看。」

竹樓中一片零亂，卻全是些各色各樣的小藥包，其心大喜道：「咱們快找一找，只怕這其中便有解藥在。」

那些零亂的藥包果真都是各種毒藥和解藥，但是找遍了全部，就是沒有南中五毒的解藥，其心不禁大感失望，忍不住歎了一口氣。

正在這時，藍文侯走了過來，他手中拿著一枝小小的綠色人參，他苦笑著對其心道：「這裡找著一枝青龍仙參，若是平常得著了，當真是稀世之寶，幾乎是無病不癒的仙藥，只是此時對我，卻也沒有用處——」

其心失望地道：「既不能解南中五毒，咱們走吧！」

藍文侯歎口氣道：「雖不能解我中的南中五毒，卻也能把我這條老命多延幾天，唉！只是可惜了這靈藥。」

其心道：「那你吃下去吧！」

藍文侯把那小綠參服了，運了一回氣，睜開眼苦笑道：「照情形看來，我又有個把月好活了。」

其心道：「那就好，咱們快找唐瞎子去——」

藍文侯忽然面色一凜，低聲道：「有人——」

其心也聽出了異樣，他們兩人悄悄地潛出了竹樓，向發聲處摸索過去。

空蕩的大莊院中，屋角蛛絲重重，忽然發覺有了人跡，一種恐怖的氣氛立刻籠罩了其心的心，他摸到對面石邊的石室，正要推門，那門已發出「呀」地一聲——

立刻室內一人沉喝道：「誰？」

藍文侯和其心一步跨入室內，只見一個人正驚慌無比地站在一個半開的石箱邊，似乎正在箱中搜尋什麼，還沒有尋到的樣子。

藍文侯和其心一衝進石室，都是大吃一驚，藍文侯叫道：「杜良笠，是你嗎？」

同時其心也叫道：「杜老公，是你！」

那人猛一踢出，重重地把石箱門關上，反身就從窗口跳出，飛奔而逃了。

其心待要追趕，藍文侯一把抓住道：「窮冠莫追——」

其心走到那石箱前，只見那石箱鎖簧已經關上，竟如鋼鐵鑄就一般，堅固無比。

藍文侯拔出一柄匕首來，其心用力一挑，「啪」地一聲，純鋼的匕首斷了，那石箱的蓋卻是絲毫不動。

藍文侯喃喃道：「沒法子打開嗎？」

其心道：「我試一試看——」

他雙臂抱著那石箱，閉目默坐，一言不發，足足過了一盞茶的時光，忽然「喀」地一聲輕響，其心緩緩放開雙臂來，那石箱應手而開，藍文侯仔細一看，只見箱上的鐵鎖簧已成了鐵粉！

藍文侯不敢相信自己的眼睛，如此一個孩子竟然有如此駭人的內力，但是他一句話也沒有多問，只是在心中暗暗地駭然著。

其心把箱中的東西都倒了出來，全是些莊人儀的私人信件，瞧了半天也瞧不出什麼名堂來，忽然藍文侯咦了一聲道：「那是什麼？」

其心一翻，找出一個薄薄的油布包來，油布上有兩點紫黑的血跡，包中是一張鬼畫符般的地圖。

其心猛然心中一動，想起那丐幫八俠金眼雕托唐君棣交給姜六俠一張地圖，而被莊人儀輾轉奪了去，只怕就是這一張了。

他把經過情形說給藍文侯聽了，便把油布包交給藍文侯道：「藍大哥，唐瞎子爲了它犧牲了一條胳膊，它終於回到丐幫手上了。」

豈料藍文侯卻把油布包一推道：「這是一張秘寶地圖，傳說中這圖中之秘關係著一件武林奇寶——那也只是傳說罷了，小兄弟，我把它轉送給你算了。」

藍文侯是自知生命所剩無幾，他本就豪放無比，這時這等身外之物更是瞧得一文不值，這麼一張武林人血戰相奪的秘圖，他就像一件衣服一個饅頭似地送給其心，他的聲音自然極了，就如打心底裡滿不當一回事似的。

偏其心也是個豪放超俗的奇童，他一句也沒有推辭，笑了笑便把油布包放在懷中。

這真是奇事，不可思議的奇事，但是當事者兩個人都不把它當一回事兒，卻不知只他們這一個「不當一回事兒」的舉動，就使三年後的武林情勢大大地改觀了！

其心和藍文侯又走出了莊門，向著林外緩緩地走出去。這時，日頭方正高昇，陽光普照，似乎給與這個世界無限的新希望，只是藍文侯的心依然沉重。

他們一直走出了林子，又走出了三、四十里，這才考慮到，現在該到哪裡去？唐君棣最可能在什麼地方？

正在這時，遠遠傳來陣陣喝聲：

「——萬——里——帆——揚」

「——萬——里——帆——揚」

藍文侯道：「洛陽帆揚鏢局的馬隊來了。」

其心道：「什麼帆揚鏢局？」

藍文侯道：「子母金刀孫帆揚的鏢局呀——對了，咱們迎上去討點清水，水袋裡的水好像不夠了。」

其心點了點頭，這一大一小向官道上走去，不多時，鏢師們「萬里帆揚」的喝聲漸近，塵土起出，出現大隊人馬。

藍文侯撐扶著其心的肩膊，正要上前，那馬隊的首領鏢頭忽然叫道：「停！咱們在這樹蔭底下歇歇，餵馬進食，半個時辰後再啓程！」

一時人聲、馬嘶聲，吵了好半天才靜下來，其心上前去，對一個鏢師行了一禮道：「這位大叔行個方便，咱們趕長途的缺了點清水，可否給咱們灌上一點兒？」

那鏢師打量了其心一眼，指著馬車上的大木桶道：「好吧！你自己去灌。」

其心謝了一聲，爬上馬車足足灌滿了水袋，走向藍文侯的身旁，正要說話，忽然他瞧見藍文侯面上顯出異樣神色，他不禁一怔

立刻其心就知道藍文侯正聆聽著大樹底下幾個鏢師的談話。

只聽得一個胖子道：「自從昔年地煞董無公血屠武林高手以後，武林中好久沒有這種駭人的事發生過了。」

另一個黑老漢道：「老王呀老王，不是我姓周的說喪氣話，跑完這趟鏢，我是非退休不可的了，眼看武林又出了新魔星，我老周跑了四十年江湖，莫要最後快入土的年齡了，落不得個全屍，那才叫冤哩！」

另一個壯漢道：「周老的話也有道理，你瞧這幾天的消息多可怕。」

那老王插道：「算啦算啦！你別自抬身價啦！人家那魔頭下手的對象全是武林成名人物，像咱們這等十流人物，人家瞧都懶得瞧，又哪會殺到咱們頭上來？」

那姓周的老漢道：「說來這魔頭也真手辣心黑，不過十來天的工夫，武林中高手已讓他宰了十幾個啦！這種事，若是發生在早幾個月，可用不著擔心，丐幫十俠自然會出頭的，現在，唉！丐幫也散啦……十俠也不知各奔何方了……」

老王道：「只怕丐幫十俠也對付不了那魔頭……」

那壯漢道：「不管那魔頭多凶，我就不信他一人敵得了丐幫十俠？」

老周道：「那還用說，只是——只是目下，就只有看灰鶴銀劍哈文泰的了。」

老王道：「灰鶴銀劍一怒之下，已經下了華山，向那魔王挑下了戰，華山派自與地煞一戰，只餘下了這麼一個高手，現在只瞧他的了！」

周老頭道：「聽說灰鶴銀劍有一封信給咱們孫老鏢頭？」

那壯漢道：「不錯，哈大爺說咱們鏢局跑鏢遍佈全國，他托咱們老鏢頭替他尋一尋瞽目神睛唐君棣，看來哈文泰是要借重唐家的毒藥暗器了……」

那周老頭道：「但願哈大俠能打敗那魔星。」

老王道：「咱們從西安下來，莫說唐君棣沒碰著，連半個武林同道都沒見過——」

周老頭道：「老天保佑，武林中血雨腥風已經夠了，不能再出魔頭了……」

老王哈哈笑道：「他媽的，你們瞧周老那副婆婆媽媽相……」

這時，前面傳來鏢隊開動的喝聲，眾鏢師都紛紛起身上馬，只有周老頭仍在喃喃地道：「老天保佑，趕快尋著那瞽目神睛唐君棣，助哈大俠一臂之力……」

其心也在心中這麼默想著。

十六　紅衣二俠

鏢局的馬隊遠去了，空中留下一片塵埃。

藍文侯喃喃地道：「武林中竟出了這麼大的事，我都不知道……唉……」

想當日藍大幫主坐鎮北京，丐幫弟子遍天下，武林中出什麼小事，立刻便傳到幫主耳中，現在不僅丐幫蕩然無存，自己也是命在旦夕。

其心道：「咱們走？」

藍文侯仍然喃喃道：「……新出的魔頭……那會是誰？」

其心道：「看來，咱們得換一條路走了。」

藍文侯道：「什麼？」

其心道：「方才那些鏢師說，他們一路從西安走下來，都沒有碰著唐君棣，咱們再沿官道走上去，豈不是白走了嗎？」

藍文侯見其心小小年紀，想得如此周密，不禁微微一笑道：「小兄弟，依你依你。」

他們再度上路，揀了左邊一條偏路而行。

到了晚上，又一件驚人的事件發生，使得其心和藍文侯不得不停下身來——

在一棵大樹下，駭然躺著兩具屍身。

藍文侯把火熠子亮起，霎時之間，藍文侯和其心同時叫出來

「鐵筆書生！」

「金笛秀才！」

其心蹲下身去細看，只見鐵筆書生七竅流血，分明是被強勁的內力震破了內臟而死，那金笛秀才卻是衣襟全碎，胸前一個鐵青的掌印，這是被上乘外家掌力猛擊而亡。

其心叫道：「兇手是兩個人！」

藍文侯緩緩搖了搖頭，他把鐵筆書生背上的掌痕與金笛秀才腦上的烏青掌印一對，正是一模一樣，然後沉聲道：「不，是一個人——這人他內外兼修！」

其心道：「這兩人怎會死在這裡？」

藍文侯再仔細一觀察，凜然道：「你瞧這兩具屍體的模樣，再看兩人身上的掌印，鐵筆書生背上的右掌印，金笛秀才胸前的左掌印，這分明是那兇手左右齊揮，同時斃了這兩人！」

能同時掌斃金笛秀才與鐵筆書生這已是駭人聽聞的了，但藍文侯所駭然的是這兇手怎能同時之間右掌施用上乘內功，而左掌施出上乘外家掌力？這實是不可思議的奇事。

藍文侯喃喃地道：「……難道世上真有這等奇怪武功？」

其心忽叫道：「藍大哥，你瞧！」

藍文侯把火熠子移過去一看，只見那大樹上釘了一柄銀色的短劍，劍柄上吊著一張白紙。

藍文侯把白紙取過來，湊近了火熠子仔細一瞧，只見上面寫著幾行字：

「致神秘兇手：上天有好生之德，人與人生命權利相同，閣下身懷驚人武功，欲以血屠武林高手而揚名天下，如此則閣下差矣，昔日地煞董無公蓋世奇傑，何等威勢之雄，而今安在哉，細算來半月之間，閣下已手刃武林高手一十七人，哈某不才，願為死者一戰，閣下若見此柬，七月十五秦嶺之上哈某候教。華山哈文泰白」

藍文侯喃喃道：「好個哈文泰，好個灰鶴銀劍！」

其心道：「原來就是上午那批鏢師所說的那回之事，藍大哥，這灰鶴銀劍我見過一次。」

藍文侯斜望了他一眼，暗道：「好像武林中的成名人物你全都識得似的。」

他心中想，口中可沒有說，他暗思若說神秘，只怕我眼前這個小兄弟才算得上頭號神秘人物，他……他那駭人的武功……萬人選一的機警周密……他的師承來歷……

其心望著那張小小的白箋，在火光閃耀之下，那紙上的每一個字都似乎代表著一股豪俠浩然之氣，躍躍然呼之欲出，他不禁看得呆了。

藍文侯把屍身大樹的周圍仔細瞧了一遍，再沒有什麼發現，便把銀色短劍重插入樹，沉聲道：「小兄弟，咱們走罷！」

其心抬起頭來，他發現藍文侯的雙眸中有了一種生動的光芒閃爍著，那是自從藍文侯中了南中五毒以來所未見過的。其心的心被那種生動的光芒強烈地吸引著，他想再多瞧一眼，然而火光一閃而滅。

其心在黑暗中對著藍大哥那明亮的眸子，他暗道：「啊！那是英雄的光芒！」

他隨著藍文侯走到林子的頭上，其心忽然想通一件事，他滿心喜悅地大聲叫道：「藍大哥，走，咱們到秦嶺去，那裡哈文泰與神秘兇手不是有約會嗎？哈文泰又在四處尋瞽目神睛，如果唐君棣真得到了消息，他一定會趕到秦嶺去的。走，咱們快去。」

藍文侯一看到那白紙束，他心中打的就是這個主意，這時見其心滿心喜悅地也想到了這點，他不禁微微而笑。其心臉上流露著真摯無比的喜悅，這使藍文侯深深感動，他也不說出自己早就想到了到秦嶺去，爲的是讓其心多高興一些，於是他只淡淡地笑道；「依你依你，小兄弟。」

秦嶺上，七月十五——

山坳兩邊的山峰都幾乎高聳入雲，而且陡直已極，站在山坳中抬頭向上望，只能看見一小片青天，白雲，益發顯得這裡地勢奇絕。

這時，有兩人站在山坳正中的一塊石地上，這塊石地是碎石塊形成，中間雜草青蔥蔓延，灰色之中，透出草綠，再加之兩人一著紅衣，一著灰袍，種種顏色交雜在一起很是美麗。

那個身著大紅衣衫的大漢，似乎性子比較暴躁，不斷在平地上來回走動著，口中喃喃咒罵，背上斜插的兩柄劍子，劍穗搖揚也是一片火紅。

另外那穿灰袍的人卻沉靜呆立，異乎常人，面上毫無表情，看著那紅衣人邊說邊走，他也不插言，也不行動。

兩人在山坳中待了一會，那紅衣人仰首望望天，忍不住冷笑叫道：「老哈——」

灰衣人雙眉一皺，紅衣人乾笑改口道：「不是我熊競飛口碎語多，今日一會，咱們可是太不值了！」

灰衣人哼一聲道：「把我從華山拖下來打豹人的是你，想湊熱鬧的也是你，如今惹上了麻煩，嘿嘿……」

紅花雙劍熊競飛雙目一睜道：「怎樣？」

灰衣人哼了一聲才道：「惹上麻煩，害怕的也是你！」

熊競飛仰天大笑道：「哈文泰，你說話可要小心點，熊某行走江湖數十年，從不知何事為『怕』。」

灰鶴銀劍哈文泰哈哈一笑道：「那麼，老熊，你安心等就是！」

熊競飛欲言又止，想了想又道：「老哈，我先說清楚，我並非害怕，只是我覺得這一次約會，咱們真好像被人耍狗熊一般，東跑西跑，卻連對方面都見不著。」

哈文泰冷然一笑道：「你想見他一面嗎？」

熊競飛一怔道：「難道說……老哈，你見過他？」

哈文泰哈哈道：「可知他姓甚名誰？」

熊競飛道：「我再三相問，你都不肯相告，我怎會知道？」

哈文泰一笑道：「你可知哈某為何不肯相告？」

熊競飛茫然搖首。

哈文泰冷冷道：「說出來，你就不會著急了！」

熊競飛雙目一瞪道：「反正熊競飛等會便可見分曉——」

哈文泰冷冷道：「那麼，我要你先作心理準備，等會免得心驚膽裂！」

熊競飛哈哈一笑，他明知哈文泰故出此言，但究竟忍不住又問道：「這麼說來，這人必然驚人已極？」

哈文泰頷首不語。

熊競飛想了想道：「那麼，我猜此人可與丐幫中人有關？」

哈文泰冷笑搖首，熊競飛又道：「是與大漠神尼有關？」

哈文泰理也不理。熊競飛心中一怒，本待不猜了，但思念一轉，忍不住叫道：「是——是莊人儀？」

哈文泰冷冷道：「莊人儀値得你紅花雙劍心驚膽裂？」

熊競飛怒聲道：「這麼說，除非是天座三星，天劍地煞，否則我熊某一律不放在眼內！」

哈文泰面色一沉，不再言語。熊競飛又猜了幾個名門正派的如不死和尚、周石靈、飛天如來等，哈文泰理也不理。

哈文泰似乎心事重重，任熊競飛胡猜，他沉思不決，好一會突然開口道：「熊競飛，咱們兩人交情是沒話說，這一次你把我拉下華山，可是找不著豹人，反爲我哈文泰的事，拖你下水，不是哈某激你，此事委實驚人已極，你大可不管閒事，請你再行三思。」

熊競飛驀然大怒道：「哈文泰，你騙我跟你東奔西走，就只交代這句話？」

哈文泰望著熊競飛激怒的臉色，不由苦笑道：「熊兄，那麼我就告訴你，這件事雖是我哈文泰所惹，但與你也有幾分關係……」

熊競飛臉上怒氣未消，粗聲道：「那我是爲我自己而來，並非幫你老哈。」

他話聲一停，陡然想起哈文泰所言，臉色不由一變，詫聲道：「與你我都有關係，那會是誰呢？」

哈文泰沉聲搖首道：「你可還記得一個人，他有武林中最驚人的名頭——」

紅花雙劍熊競飛的面上陡然掠過一陣可怖的神色，他勉強笑道：「老哈，總不會是——」

他的臉孔上歪曲的笑容不自然的消失，足下不知不覺的後退了兩步，吸了一口氣才接口說道：「總不會是鬼見愁吧！」

哈文泰面寒如冰，冷然道：「你還記得他！」

霎時，這豪邁過人的紅花雙劍，好比生了一場大病，失去了全部的力量。

哈文泰長歎一口氣道：「熊兄，事到臨頭，你不會怪我方才所言？」

熊競飛低聲道：「老哈，十年前的慘事，沒有一天不在我腦中出現，每一想到此事，立刻不寒而慄……」

哈文泰歎了一口氣道：「唉！兄弟亦有同感……」

熊競飛默不作聲，哈文泰又道：「從那日鬼見愁慘死起，十年來費盡心機，我總算打聽出了一絲線索。」

熊競飛駭然失色，大叫：「今日便是爲此事而來？」

哈文泰歎口氣道：「正是！」

熊競飛雙目圓睜，精光暴射，似乎激動已極，好一會又強忍下來，不發一言。

哈文泰道：「想當年鬼見愁鐘華以弱冠之齡，突然崛起武林，那一手神鬼莫測的劍法，至今仍令人肅然起敬，卻是不明不白地死在那暴風雨夜之中，那兇手……就是今日咱們要會見的人！」

熊競飛大紅袖一抖，臉上有如罩上了一層寒霜，他喃喃道：「那個暴風雨夜，真叫我現在提起來猶感心悸，唉！可憐鬼見愁在這短短三年之間便創下轟轟烈烈的名望，卻慘死在那神秘兇手劍下。」

哈文泰道：「那天，正是中元之夜，咱們倆到鬼見愁家中聊天，正碰上他在堂屋燒紙祭祖，那情景我真記得清清楚楚……」

熊競飛道：「咱們聊到半夜三更，濃茶都喝完了兩壺，鬼見愁只是下房去拿壺茶水，想不到就在這麼一會兒工夫裡，赫赫有名的鬼見愁就著了別人毒手！」

哈文泰唏噓地道：「那兇手雙手施劍，咱們趕出去的時候，頂多只有十個照面，鬼見愁鐘華竟被他一劍刺穿胸膛，咱們兩人沒命的攻敵，那兇手被我削掉一根手指，他手中劍也掉下一柄來——」

說到這裡，哈文泰從背上抽出一柄金色的劍來，他彈了一指，「叮」地發出一聲清響，他轉首道：「老熊，你瞧這柄劍當真是件寶物，十多年了，金光依然絲毫未損。」

熊競飛道：「你怎麼知道是他？」

哈文泰道：「前些日子他殺淮北大俠郭九呈的時候，我親眼又瞧見那另一柄金劍，不是那人是誰？」

熊競飛的臉色如鉛塊般沉重，他喃喃道：「我一直猜不透以鬼見愁的劍術，怎麼會十招就命喪劍下，這其中必有原因……」

哈文泰道：「那神秘兇手追殺郭九呈時，我遠遠瞧見那金光飛騰，我發現那人的劍勢頗有點像鬼見愁的那手劍法呢……」

熊競飛面露惑色，他喃喃道：「那是什麼意思呢？」

哈文泰道：「反正不管如何，爲了鬼見愁鐘華也好，爲了全武林也好，咱們五俠七劍中僅存的兩人怎能坐視？今日好歹也得與他拚了。」

熊競飛道：「老哈，你找唐瞎子有下落嗎？」

哈文泰搖了搖頭道：「我與唐君棣並無交情，但是瞽目神睛是條鐵錚錚的漢子，只要他聽到了消息，我想他必會趕來的——再說，爲了整個武林前途，咱們非得借重唐家的毒藥暗器不可啦！」

熊競飛沉重地點了點頭。

這時候，山下不遠處，一條人影如天馬行空一般趕了過來，那身法之快，令人好生駭然，一起一落只在剎那之間，遠看過去，就如足不著地，直飛過來一般。

哈文泰臉上一播，緊張地道：「老熊，來了！」

熊競飛向山下望去，只見那人在這一刻工夫之內，已奔近了數十丈。

哈文泰默默凝視著山下，單手把玩著那支金劍，一襲灰衫隨風飄著。

呼地一聲，那人如一片枯葉一般飄上了山坳中的石地上——

只見來人身材碩長，長得眉清目秀，只是目光中閃爍著一種令人生畏的寒光，背上交插著兩柄劍子。

哈文泰冷冷地道：「請了——」

那人斜睨著哈文泰，又瞥了熊競飛一眼，忽然猛可伸出右手來，只見他右手上五指只剩下了四指——

他冷冰冰地道：「你們還記得這隻手嗎？」

熊競飛哈哈仰天笑道：「咱們自然沒有忘記鬼見愁鐘華呀！」

那人嘿嘿怪笑，指著哈文泰道：「十年前，鬼見愁在我劍下走不出十招，你們兩人也是施劍的，嘿嘿，兩位自比鬼見愁如何？」

哈文泰雙目盯在那人臉上，一字一字地道：「哈某自覺比不上鬼見愁，但是哈某自信絕不致走不出十招！」

這就等於說出哈文泰對昔年鬼見愁喪命之事大有懷疑，那人不知怎的，竟被哈文泰的目光瞧得全身不自在起來，他怒喝道：「那麼你便試試看——」

熊競飛忽然大喝一聲：「且慢——」

那人大咧咧地道：「你有什麼遺言要交代嗎？」

熊競飛一揚紅袖，大步走了上來，指著那人道：「你背上是什麼劍？」

那人冷笑道：「你管得著麼？」

熊競飛道：「好呀！原來武當山上的青虹寶劍是你偷了——」
那人臉色微微一變，怒道：「是便又怎樣？」
熊競飛笑道：「當然不怎樣，不過我可要去告訴周道長一聲，自有武當的道士來找你，哈哈……」
那人雙眉一豎，殺氣畢露，一字一字地道：「只是你今生再無機會了！」
那人猛一伸劍，就如一陣旋風一般衝到哈文泰面前，舉劍一挑，疾若流星地刺向哈文泰胸前，同時間裡，他的另一支劍卻是瞧也不瞧地倒刺而出，劍尖跳動處，正是熊競飛脈門要穴，一分一釐也無差錯！
哈文泰一個欺身，不進反退，敵劍從他胸前三分之外刺過，而他的身形已欺入對方三尺之內，銀劍鋒芒暴吐，猶如長空電擊！
只這一招就顯出了哈文泰劍上的造詣，華山神劍在武林中是頂尖兒的劍術絕學，自從昔年華山七劍血洗西嶽，孤單單地就只剩下哈文泰一人，灰鶴銀劍在「五俠七劍」中排名是最後一個，實則武林中人隱隱覺得哈文泰的劍術已凌駕其他四人之上！
這時哈文泰一個照面就欺入敵手腹地，那邊紅花雙劍熊競飛焉得怠慢，他雙劍齊擊，各取敵人要穴，又快又狠——
劍光交疊之中，一襲灰衫與一襲紅袍組成一幅美麗的畫面，這當今武林中最負盛名的兩大劍術高手合力之下，劍勢之洶湧澎湃，實是壯觀已極！
那人劍法愈變愈奇，但卻仍是無法反持平手，一連被迫著倒退了七七四十九步。

這時熊競飛與哈文泰同時換式，那人竟在這一個不能算是空隙的空隙中雙劍齊出，大喝一聲，縱身躍出四丈——

紅光一閃，熊競飛轉了一個圈兒，那人招出如電，臨空一劍刺了下來，熊競飛舉左劍一架，那人身體在空中一沉，另一劍斜刺下來，熊競飛舉右劍又是一架，大喝一聲，內力暴吐，那人呼地一聲被彈在空中，熊競飛卻是雙足一沉，陷入地中半寸！

那人在空中長嘯一聲，如大鷹一般盤旋而降，他雙目圓睜，凶光閃閃，左右雙劍挾著雷霆一般的怪聲直刺而出，哈文泰一接之下，咦地一聲驚叫，呼地退了三步！

哈文泰道：「這人左劍是內家陰功，右劍卻是外門劍路，這真奇了——」

他話尚未說完，熊競飛大叫道：「留神——」

只見那人如一陣風一般撲了過來，雙劍齊上，筆直地朝哈文泰刺到。哈文泰把畢生功力聚到劍尖上，雙目牢牢凝視對方來勢，滯緩地一劍慢慢橫劊而出——

叮叮連接兩聲，那人的兩枝劍同時都搭上了哈文泰的劍尖，只見三枝劍尖，一金一銀一青不住地跳動，煞是好看——

叮咚之聲一連響了十下，哈文泰忽然一個踉蹌，一口氣退了五步，臉色變得白中透青，他張口便噴出大口鮮血，他狂喝道：「老熊你留神，這廝左右……相合……力道怪異無比……」

那兇手殺機已起，舉劍向哈文泰再刺，熊競飛雙劍一迎，那人卻是臨空飛起，在空中單臂一振，青虹劍如電光一般直射向哈文泰，哈文泰一個閃身，卻是踉蹌一滯，呼地一聲那青劍在哈文泰左臂劃過三、四寸長的深口——

而在同時裡，那人另一劍已遞到熊競飛胸前。熊競飛雙劍上迎，他聽得身後哈文泰一聲悶哼，心中一驚，慢了半著——

哈文泰狂喝一聲：「老熊，舉火燒天！」

同時裡，哈文泰把手中銀劍猛擲而出，猶如一條銀龍一般射向那人太陽穴！

那人身在空中，耳聞破風之聲有如雷嘯，他大驚失色地奮力揮劍一架，同時急速下落——

熊競飛正在這一霎時間雙劍並舉，施出了紅花雙劍中的殺手鐗——舉火燒天！

哈文泰畢生功力所聚的臨危一擲，真有石破天驚的威勢，那血屠武林的兇手奮力一架，勉強將銀劍架斜，而熊競飛不辱使命，飛起一劍在那人肩上，肩胛被一刺透穿！

那人大叫一聲退了三步，熊競飛連忙回過頭來一看，只見哈文泰面如白紙，已經跌倒地上！

熊競飛大吃一驚，只聽得那兇手呵呵狂笑，他不知何以一劍劃傷竟令哈文泰倒在地上，忙走上前去一看，只見哈文泰臂上傷口流出黑血——

就在這時，他的背後那兇手猛一揚手，又把那柄金劍對準熊競飛擲來，熊競飛一聽背後風聲大作，他連忙一閃身，豈料那柄金劍竟也一沉，仍是對準熊競飛射來——

熊競飛嚇了一大跳，他不料這人暗器手法竟也如此厲害，這時已是千鈞一髮之際，他若努力再閃，那劍直落下去，正好要刺到地上的哈文泰！

熊競飛一生身經百戰，從來不知畏懼是何物，在這緊要關頭，他毫不猶疑，伸掌便向金劍抓去——

叮地一聲，熊競飛一指重重彈在劍身上，那金劍斜了數分呼地一聲插在哈文泰的頸旁半寸地上，而熊競飛的手掌上被割破了一道口子，鮮血淋漓！

熊競飛抬眼打量那兇手，只見他已是兩手空空，紅花雙劍仰天大笑道：「你要與我老熊比擲劍嗎?哈哈，你是找錯人!你給我一劍，我還你一劍！」

他舉手一揚，「波」地一聲，那人竟無法躲得過，肩骨上又中了一劍，也是鮮血長流。

但是那人卻仰天長笑起來，他狂喝道：「你們兩個老匹夫完了，哈哈，報廢啦……」

熊競飛吃了一驚，猛覺全身一麻，一口真氣提不上來，他連忙低頭一看，只見自己的掌上也流出黑血！

那兇手狂笑道：「哈哈哈哈……我的劍上餵過了『南中五毒』！」

熊競飛一個踉蹌，險些也跌倒地上！

就在這時，一條人影如飛一般奔了過來，一個魁梧的大漢衝到了石坪上，大喝道：「是哈兄嗎？」

那正是四川唐家的瞽目神睛唐君棣到了！

「唐君棣!你快逃！」

但是他的喉頭發麻，竟然喊不出，只見那大漢大步奔到兇手面前，怒喝道：「喂——你是誰？」

那兇手吃了一驚，也怒吼道：「你是誰？」

他不知唐君棣是個瞎子，唐君棣喝道：「哈兄……」

那兇手冷冷道：「你的哈兒已經報廢啦！」

唐君棣是依著打鬥之聲趕來的，雖然不明就裡，但他知道對方這人是兇手了。他怒喝一聲雙掌齊出，重重地封向那人的雙脅，那人退了半步，只覺掌風逼人，暗道：「怎麼又來了一個高手？」

唐君棣暗器功夫天下無雙，但是拳腳功夫也是一等一的，那人雙肩受了劍傷，竟被一連逼退兩步！

唐君棣是在江湖上得到帆揚鏢局的搭訊，雖與華山灰鶴銀劍毫無交情，但是一聽到搭訊，立刻日夜兼程趕到秦嶺來，他奔上那石坪，已聽不到打鬥聲，他以爲哈文泰已經完了，而他根本就不知道還有一個熊競飛在場。

瞽目神睛出掌有如神功，如不是已經知道的，誰也看不出他是個盲人，那兇手功力雖高，無奈雙肩帶傷，不敢出功相拚，只得連連退後。

到了五十招上，那人猛一咬牙，一左一右拍出，又施出了那奇異無比的力道，唐君棣舉掌一架，只覺半陰半陽，他驚咦了一聲，連忙收掌退了一步。

那人又是雙掌拍到，唐君棣一架再退，到了第五掌上，唐君棣猛覺猶如跌入一種強烈無比的吸力之中，一個踉蹌向前撲倒——

那人哈哈大笑道：「先廢了你的招子！」

他出手如風，呼地一聲雙指如鉤，把唐君棣的一雙眼珠抓了出來——

立刻他發現手中的一雙眼珠是兩顆硬硬的水晶珠兒，就在這一愕之間，唐君棣怒施閉目金針！

唐君棣急怒之下，連招呼都沒有打一個，一十三根金針一點風聲都不帶地急射而出，那人一個跟斗翻出慘哼一聲，十三根金針一根也沒有漏，全打在那人身上！

唐君棣回首便叫：「哈兄——哈兄——」

那人強忍疼痛，冷笑道：「你的哈兄熊兄中了我的南中五毒！」

唐君棣怔了一怔，隨即仰天大笑起來，道：「巧極了，你也中了我的南中五毒！我的金針上全餵過南中五毒！」

那人似也發覺不對，他連忙從袋中取出一顆大紅色的藥丸吞下了。

唐君棣笑得打跌道：「你不怕？啊——是了，你有解藥，哈哈哈哈，你的解藥送給我一點行不行？」

那人嗔道：「爲什麼要送給你？」

唐君棣道：「你的解藥是不是紅紅的一顆顆的？哈哈，每天要服一粒，一共要服五十天，還要全身泡在雄黃酒裡泡十二個時後才能保命，哈哈，這也算是解藥嗎？去去去，快滾下山去泡你雄黃酒吧！哈哈……」

那兇手聽他說得句句不錯，知道碰上玩毒的大家了，何況他對身上中的十三根毒針當真惴然，一句話也不多話，掉頭便去了。唐君棣對他那種無攻不克的怪掌力也是提心吊膽，聽見他走了，不由吁了一口氣。

唐君棣全神貫注，好一會才確定那人已走了，回身叫道：「哈兄，哈文泰……」

哈文泰目擊這一剎時的巨變，血淋淋的一幕，心神一鬆，昏迷了過去。

唐君棣叫了兩聲，不見回應，心中一急，他雙目不見，目中只連連呼道：「哈兄，你在哪裡？你怎麼了？」

他生性豪邁，雖與灰鶴銀劍毫無交情，但一聽哈文泰爲主持武林正義，心中立即視哈文泰爲同道之士，此時哈文泰危在旦夕，不由驚急交加。

這「南中五毒」端的舉世無雙，以哈文泰、熊競飛兩人深厚的內力，也支撐不住，紅花雙劍中毒較晚，此時神智尚清，勉強呼道：「唐大俠……」

唐君棣應聲而至，扶起他道：「你……你是……」

熊競飛雙目圓睜，望著唐君棣焦急的面孔，他感到心中有一種異樣的感觸，酸酸的好像要流下眼淚。

唐君棣左手一動，閉住熊競飛大脈，熊競飛舒了一口氣，喃喃道：「在下熊競飛。」

唐君棣想也不想，陡然右手一頂，輕輕放在熊競飛「紫宮」要穴上，熊競飛只覺一股熱流逆脈而上，心中一顫，唐君棣低聲道：「熊兄別慌——」

熊競飛微歎一口氣道：「在下與哈文泰，都已中了南中五毒，唐大俠——」

他只覺那股熱流在脈中逆行，卻週身舒泰，很是通順，精神不由好一些，但仍昏昏欲睡。

唐君棣哼了一聲，接口道：「唐某也曾中過一次南中五毒。」

熊競飛幾乎不敢相信自己的耳朵，他駭然道：「你有解藥？」

唐君棣俯身又擊散哈文泰的主脈，口中漫不經意的答道：「唐某自己發明一個法子解的。」

熊競飛好像在無邊的黑暗中，找到了一線光芒，他無暇去理會這光芒的來由，只是全心所負的重擔，都似放落在希望之中，立刻昏昏暈了過去。

這時候——

有兩條人影在通往秦嶺的山路上奔走，一大一小，比例顯得特別懸殊。

兩人默默地奔在雜草蔓延的山道上，長長的影子拖在身後。

左面那個小人影突然開口打破沉默，問那右面的大漢道：「藍大哥，你看他們會在什麼地方相會？」

大漢啊了一聲：「秦嶺我來了好幾次，有一處低迴谷，地勢險絕，他們很可能在那兒相會。」

小孩道：「那麼咱們快些趕去。」

大漢微笑道：「小兄弟，等會倘若咱們撲了一個空……」

小孩插口道：「藍天哥，吉人天佑，你放心，咱們怎麼也要找到唐瞎子。」

兩人相對望了一眼，誰也知道希望是多麼渺茫，說完這句話，立刻又是一片沉默。

兩人奔到一個雙叉的山道口，大漢停下身來，望望山勢道：「咱們該向左走。」

兩人轉了一個彎，只見山路更形窄小，只容一人行走，又走了半盞茶時分，那大漢忽一止身形，指著地上道：「小兄弟，你瞧。」

只見地上血漬斑斑，一路綿延，小孩喜叫道：「有了，有了！」

大漢哼一聲道：「只怕他們已會過了呢！」

小孩俯下身來，細細察看一番道：「這血漬大約是在半個時辰以前流下的。」

大漢道：「分明有人負傷而奔，從此經過……」

小孩道：「哈文泰和那兇手之戰，不知鹿死誰手？」

大漢道：「瞧這情形，唐君棣就算曾來助拳，恐也已經離開秦嶺山區。」

小孩爲之默然，但他思索一會，堅決地道：「藍大哥，咱們走！」

大漢淡淡道：「回頭還是前進？」

小孩用手指指前方，四方山路一片崎嶇。

驀然之間，一陣人語聲隨風飄至，兩人連忙循聲走去，走得近了，只聽得有人在說：

「……原來是當今武當掌教周真人，失敬，失敬……」

「……不敢不敢……」

他們加快腳步上去，只見上面的石巖上，站著三個人，地上躺著兩個人——

那孩子忍不住大叫道：「啊！瞽目神睛！唐……大叔！」他幾乎又脫口叫出唐皓子。

那邊的人都回過頭來，孩子更是如同瘋癡了一般，他呆了一會，然後像一陣狂風一般直衝出去，嘶聲大喊道：「爹——」

那站在唐君棣身旁的儒生一把抱住了孩子，喃喃道：「其心……其心……你可好？」

唐君棣和藍文侯都還不知道這個弱不禁風的儒生，就是不可一世的地煞董無公，他們只是驚奇其心怎會在這裡碰上了父親。

藍文侯緩緩走上來，站在唐君棣右邊的老道無限驚訝地稽首道：「藍幫主，別來無恙乎？」敢清江湖傳說中藍文侯早已死在居庸關。

藍文侯長揖道：「若非托道長洪福，藍文侯只怕早已兩世爲人了！」

唐君棣道：「昔日唐某中毒，多虧藍幫主與貴幫五爺招呼，唐某江湖奔波，一直無緣拜謝……」

藍文侯連忙還禮，他一路在崎嶇山路上疾行，這時竟有些支持不住，面色蒼白，搖搖欲墜。

周石靈大吃一驚，一把抓住他的衣袖，問道：「藍幫主，你——你怎麼啦？」

藍文侯歎道：「我……中了南中五毒！」

唐君棣聞言哈哈大笑起來，他指著地上躺著的哈文泰與熊競飛道：「哈哈，我唐瞎子沒想到趕來秦嶺，生意興隆起來了，這哈兄熊兄也是中了南中五毒……全交給我啦！」

藍文侯掙扎著道：「那神秘兇手勝了嗎？」

唐君棣道：「他也中了我的南中五毒，逃下山去啦！大家扯平，誰也不吃虧！」

藍文侯道：「那麼那人究竟是誰呢？」

唐君棣搖頭不知，藍文侯精神一鬆，終於昏了過去。

其心拉著父親的手，見唐君棣已經找到，心中大是放心，他走上前去看看哈、熊二人，一彎腰，「啪」地一聲一件東西掉在地上。

董無公道：「是什麼？」

其心笑道：「一個油布包，裡面是張地圖，聽藍大哥說……」

他尚未說完，董無公奇道：「地圖？什麼？」

他把油布接過，打開一看，霎時之間，董無公的臉上現出無比的喜色，整個身軀都在微微地顫抖著，那情形真叫其心覺著無比的驚異，他從來沒有見過父親激動成這個樣子，他連忙問道：「爹，你是怎麼啦？」

董無公一言不發，輕輕拉著其心退了十幾步，顫聲低語道：「孩子……有了這圖……這正是爹日夜尋找的東西……有了這圖我就有希望了……」

其心見父親喜成這個模樣，心中驚異無比地問道：「什麼希望？」

董無公不答，只低聲道：「跟我走！快！」

其心道：「到哪裡去？」

董無公道：「到……這圖上的地方去，快，其心，至少三年後咱們再回來！」

唐君棣替藍文侯暫時點治穴脈完畢時，他與道長同時發現其心父子不見了，他們吃了一驚，四處叫喚也不見回音，唐君棣忍不住問道：「道長，董其心的父親究竟是誰？」

周石靈望了他一眼，心想還是不告訴他的好，於是他只默然搖了搖頭。唐君棣望著地上三個中了南中五毒的武林高手，責任心使他立刻彎身一手扶起一個，轉首對周道長道：「道長，麻煩你背一個，咱們先下山——」

十七　三丰之後

花開花落，春去秋來，一眨眼的工夫，三年過去了。

又是楊柳青的時節，只是地在北國，寒冷猶未減退，黃土狹道的兩邊全是茂盛的松林，松枝宛如一片翠色海洋。

這時，有一個少年騎著一匹駿馬緩緩地從松林外邊走了進來。

這少年騎在馬上，身上衣著華麗，人更長得無比的秀俊，唇朱齒皓，劍眉星目，即使潘安再世子都重生，也不過如此，從面目上看，還可以辨出來，正是那「齊道友」的俊兒子。

這少年讓馬信步跑著，他瀟灑地騎在馬上，兩邊成千成萬的古松從他眼前晃過，但是他卻沒有閒情觀賞風景。

他抬頭看了看天，日頭已經接近中天，他喃喃地道：「時間快到了，我想那傢伙大概應該到了吧！嘿，又是一場死約會，我解決了這場約會，還有兩場死約會要赴哩！」

他原來是去赴決死之約的，然而他的神情卻是這麼輕鬆自在，似乎根本不當一回事的模樣。

他微微笑了一下，暗自道：「三年以來，找我決鬥的人真不知有多少了，怪的是其中至少有一半和我並無絲毫仇恨可言，他們付出性命爲的只是要挫一挫我的名頭，看來武林中人視這個『名』字猶重於生命，武林中要想完全消弭爭戰是不可能的了……」

他勒了勒韁繩，馬兒稍微快了一些，他喃喃道：「這三年的時間，對我是多麼地重要啊！這一連串決鬥的結果，使我的名頭成了武林中無人不曉的青年高手，嘿嘿，現在我齊天心是名滿天下的武林慧星了，可是這一切為的是什麼呢？又有什麼意義呢……我多麼希望父親把我的名字改成董天心啊！」

他搖了搖頭，繼續想道：「我真不明白，父親既做了道人，卻又住在少林寺裡，父親把真正的姓氏換成了現在這個『齊』字，真不知是什麼意思，咱們本來就姓董嘛……他什麼也不肯說，總是推說還不到該說的時間，唉……我真不明白……」

這馬兒似是最上乘的靈駒，牠忽然停住了腳步，仰首輕嘶了一聲。

這一聲唏唏嚦嚦的嘶聲，驚醒了少年的胡思亂想，他一勒韁繩，頓時駭然驚呼了一聲。

只見他馬前的地下，大字形俯躺著一個人，一動也不動，看來像是死了。

他輕輕一晃身形，跳下馬來，伸手一摸那人背心，只覺心跳已是停止，但是身體尚未僵冷。他連忙把屍身翻過來，屍身面一朝上，他不禁駭然怒哼了一聲，只見死者的胸前壓著一條白布，上面寫著：

「齊天心先生足下：聞說足下與滇北劍客有死約會，滇北劍客侯青玉獨霸一方，平日作威作福蠻橫之名早已遍傳武林，足下惡之，敝人亦惡之，今已代先生了結死約，僅奉上侯青玉屍身一具，請查收。」

底下沒有署名，只畫了一支奇形的怪鳥，看來不像老鷹，也不像禿鷹，那嘴臉倒還有幾分像是猿猴，令人看了覺得十分噁心。

齊天心看了這張布條，心中又怒又驚，暗道：「原來是他，這個神秘的傢伙出現武林不過三四個月，已經一連敗了好幾個一流的高手，武林中人不知他叫什麼，只好叫他『怪鳥客』，好啊！這一下你惹到我的頭上來啦！咱們就好好鬥一鬥吧！哼！」

他望了望地上的屍體，屍體上一點傷痕也找不出來，他不禁暗自駭然道：「滇北劍客侯青玉雖然驕橫無理，是武林中有名的討厭人物，但是他的熱情衝動也有幾分可愛之處，雖說他受人挑撥向我發下了決鬥之約，可是我原意打敗他便算了，絕無取他性命之意，唉！想不到他竟不明不白死在那個神秘的『怪鳥客』手上……」

他搖了搖頭，伸手把地上的屍身抱了起來，觸手之際，只覺屍體自雙肘以上全是軟綿綿的，顯然兩臂兩肩全被那人的內勁震成了粉碎。齊天心不禁倒抽了一口涼氣，暗暗道：「侯青玉功力不比尋常，這『怪鳥客』好生厲害，這種掌力委實稱得上無堅不摧了！」

他把屍身移到路邊上，靠在一棵樹下，喃喃道：「抱歉得很，沒有時間埋葬你啦，我還有兩個決鬥要赴！」

他反身跨上了馬，忽然又回過頭來，望了望斜躺在樹下的屍身，默默地道：「侯青玉，你雖非死在我手下，卻也因我而死，你放心吧！那怪鳥客我會去碰碰他的……」

他從十四五歲即開始闖蕩江湖，對於一個人的生死早就不當一回事了，他不再看那具可怖的屍身，縱馬向方才來的路上走回去。

他走了一里多路，不禁詫異地咦了一聲：「奇怪，昨夜羅金福說他的馬蹄鐵掉了，他牽馬去找個市鎮尋鐵匠，釘好就趕來，怎麼這麼久還沒有來？」

他向前面眺望，不禁有些心急起來，就在這時，前面得得蹄聲響起，一匹駿馬奔喘過來，馬上坐著一個三十上下的漢子，身上穿著僕人的衣服，戴著一頂小帽，氣喘呼呼地趕了過來。

齊天心道：「金福，你是怎麼搞的，這麼久才來！」

那人氣喘喘地道：「公子，怪……怪不得小人……」

齊天心道：「怎麼？」

那人道：「小人的馬蹄鐵脫落了，找了好久才找到一個鎮集，那鎮上的鐵匠修了一修，哪知道才一走出那小鎮，馬蹄鐵又脫落了，於是小人追回去與那該死的鐵匠理論，叫他重新換過，是以來得遲了。」

齊天心望了望他的坐騎，皺眉道：「金福，怎麼你的馬跑得這麼一身大汗？」

那羅金福笑了笑道：「就……就是……趕路趕得太急了，太急了……」

齊天心道：「我的老天，你瞧你馬上的汗，簡直像是全速疾馳了五個時辰以上的樣子嘛……」

那羅金福岔開道：「公子您與……您與那滇北劍客會過了嗎？」

齊天心道：「侯青玉已經死了！」

羅金福驚呼道：「公子……你殺了他？那麼快？」

齊天心望了他一眼道：「不是——」

羅金福問道：「那麼是別人殺的？」
齊天心點了一點頭，羅金福仍然問道：「是什麼人殺死他？」
齊天心不耐煩地道：「金福，等一會再告訴你好嗎？咱們現在快趕路！」
羅金福道：「是，公子，是到斷魂谷？」
齊天心點了點頭，頭上的繡金髮帶迎風飄揚著。
兩人兩騎縱馬疾奔，得得得的鐵蹄聲輕脆地響著。
良久，金福揚著馬鞭道：「公子，前面就是斷魂谷了！」
齊天心點了點頭，暗暗道：「看天色，我想點蒼的弟子該已經先到了。」
他一勒馬，馬兒輕嘶一聲，轉向左邊小道飛快地向谷底奔下去了。
不知轉了多少個彎，兩騎都到了谷底。一進入谷底，立刻光線一暗，這裡終日不見日光，除了陰濕之外更加三面怪石幢幢，一點聲音便要迴響半天，令人立刻產生一種寒意。
馬兒到了谷底，也是一驚，揚蹄踟躇了起來，兩人勒韁催促了半天，馬兒方才前進。
轉了兩個彎，流水聲淙淙可聞，已是到達斷魂谷的中心了。
忽然，齊天心一勒馬，低喝道：「止步！」
金福也勒住了馬，只見齊天心的臉色變得十分難看，驚道：「公子，怎麼啦？」
齊天心一步跨下了馬，大步走上前去，只見地上躺著一個人。
這人七孔流血，死狀駭人，正是點蒼弟子！
齊天心一抬頭，只見樹上釘著一小塊白布，他伸手扯下一看，上面寫著：

「齊小俠閣下，點蒼弟子不識好歹，在下也代勞了。」

下面還是畫的那一隻怪模怪樣的大鳥。

齊天心心中駭然已極，但表面上只是冷笑了一聲，他喃喃道：「怪鳥客是存心找我麻煩了，這三年來，什麼樣的挑戰我全應付過了，卻還未見過這種別開生面的挑戰法……我齊天心可不怕你！」

他站起身來，忽覺金福也在身後，他指著地上道：「金福，你瞧！」

羅金福把那張布條看完，驚道：「這可是傳說中的『怪鳥客』？」

齊天心點了點頭，沉聲道：「那滇北劍客侯青玉的情形與這個一模一樣。」

羅金福駭然退了兩步，陰森的谷底，血淋淋的屍身，顯得無比的恐怖，金福忽然叫道：「公子……我怕！」

齊天心沉思了一下，呼地一聲跳上了馬，金福連忙也爬上了馬。齊天心一抖韁索，馬兒放開四蹄，飛快地向谷上衝去。

齊天心回頭叫道：「快，快，咱們盡量快！」

羅金福在後面叫道：「公子，是到白水灘嗎？」

齊天心加了一鞭，回頭喝道：「正是，咱們快一點！」

白水灘，白水灘正是齊天心第三個約會的地點。

兩匹馬已全速奔馳了一個多時辰，白水灘在望了。

這時，齊天心忽然想到一件事情——

他在馬上咦了一聲，駭然忖道：「他們與我訂約乃是秘密之事啊！怎會有第三者知道？『怪鳥客』怎會知道？而且知道得那麼詳細？」

想到這裡，他不禁又驚又駭了，但是時間不容許他再想，馬兒已經到了白水灘。

只見兩片廣大的林子外，一片白沙遍鋪的河灘。

一穿出林子，齊天心身旁的金福便是臉色大變，齊天心正好看見了金福蒼白的臉孔，他道：「金福，你怎麼啦？」

金福指著前面的河灘慌張地道：「公子……你看……」

齊天心上前一看，只見沙灘上一大灘血跡，還有凌亂的足跡，在血跡的旁邊，一兩短劍插在地上，劍下一條小布條！

齊天心拔起短劍一看，只見布條上寫道：

「齊兄足下：太極門的拖雲手趙公尚太不識相，小弟也代為打發了。」

下面仍畫的是那隻怪鳥。

齊天心瞧著那布條上的語句，苦笑道：「你倒是稱呼愈來愈親熱了！」

他看到「代爲打發」四個字，心中猛然一驚，暗道：「代爲打發，那麼屍體呢？」

他四面環顧，除了腳前的一灘血跡，什麼也沒有。

他是個聰明絕頂的人，略一思想，已猜到大概，他一把抓住金福的手臂，金福吃了一大驚。齊天心興奮地叫道：「我明白了，必是拖雲手趙公尚功力深厚，『怪鳥客』殺了他留字而去，卻不料趙公尚死而復甦，掙扎著逃走了，走，咱們快，快尋趙公尚，他是唯一的線索。」

金福叫道：「正是正是，一定是這樣的……」

齊天心反身察看沙上的足跡，只見踉蹌的足印一直向左邊林子延續過去。

他沿著足跡的印子直向左邊林子尋過去，然而到了林中，滿地都是厚厚落葉，再也看不出足印來了。

齊天心道：「足跡印分明到了林子裡，怎麼找不到人呢？」

羅金福攤了攤手道：「公子，我不信受了重傷的人能跑得了多遠……」

齊天心道：「依你說便怎麼樣？」

羅金福道：「公子，若是依我下人的愚見，咱們定要先尋著這死而復甦的趙公尚……」

齊天心想了一想道：「好，便依你吧。」

他們費盡心力在四周仔仔細細地尋了一遍，但仍然毫無結果，齊天心歎道：「看來是找不出什麼了，咱們走罷！」

羅金福喃喃地道：「這真是怪事，怪事……」

齊天心道：「把攤上的血跡短劍都毀去，免得讓兇手見了，追殺垂死的趙公尚……」

金福照辦了。齊天心喃喃道：「怪鳥客，怪鳥客究竟是誰呢？」

是的，三年的時光變化太大了，齊天心這個得天獨厚的少年，在三年之中大名震動了整個武林，他一身神出鬼沒的功夫，使得老一輩的武林掌門宗師都感到咋舌不已，然而他們都不知道，齊天心還有一個更了不起的父親——天劍董無奇。

齊天心茫然地望著滾滾的河水，這時金福已經牽著馬走了過來。

齊天心跨上了馬，帶著金福走出了林子，他的腦海中仍舊盤旋著那個大問號：「怪鳥客會是誰？他爲什麼會知道我們的秘密約會？」

林子的外面，細微的腳步聲，又有兩個人急急地走了進來，左面的一個身著紅袍，右面的一個一襲灰衫。

他們走入林子，陰森林的氣氛使人自然而然生出一種緊張之情。

紅袍客道：「哈兄，咱們從前夜起，趕路一共趕了多久啦？」

灰衫客道：「爲了唐兄的事，便是跑斷了腿又有什麼話說？」

紅袍客道：「哈兄，我真不知道那什麼『怪鳥客』是怎麼鑽出來的？一點來歷也弄不清楚，但是從他一連殺死好多武林高手的情況來看，分明一身武功是深不可測的。」

灰衫客歎道：「熊兄呀！反正武林中是永遠不會有安靜日子過的，三年前，咱們在秦嶺上與那神秘客決鬥，險些把老命都送了，若不是瞽目神睛唐兄一把金針擊退了他，還真不知會演變成什麼樣子呢！想不到三年後，又出了這個神秘的『怪鳥客』……」

紅袍大漢道：「哈兄，不是我熊競飛說大話，只要我熊競飛三寸氣在，再厲害的人物，只要他喪天害理，我熊某便要鬥鬥他。」

灰衣客道：「熊兄豪氣，小弟好生敬佩。」

熊競飛道：「哈兄，你說咱們這麼千里迢迢地趕去，唐老哥會不會反而不悅？」

哈文泰歎道：「人之相知，貴相知心，咱們與唐兄訂交只有三年，可是我哈某直把他當作平生最好的朋友。想當年，是我哈文泰向神秘兇手挑戰，與唐兄有什麼相干？他只聽到一句哈某在尋他，立刻趕上秦嶺，這種肝膽相照之舉，便是刎頸之交的老友也不見得如此呀——」

說到這裡，他停了一停繼續道：「現下咱們既然聽說『怪鳥客』要尋唐老哥的麻煩，咱們千里趕去，唐兄又怎會不悅？」

熊競飛道：「怪鳥客究竟是誰呢？對了，他爲什麼要尋唐兄的麻煩？」

哈文泰聽了這句話，忽然觸動了一個靈感，他駐足不行，臉上露出沉思的模樣，道：「我忽然有一個預感，我覺得這個怪鳥客只怕與三年前的事大有關連……」

熊競飛叫道：「你是說——」

哈文泰打斷道：「如果說，三年前秦嶺上鎩羽而去的神秘兇手就是這個怪鳥客……」

熊競飛道：「啊——怪不得他要找唐兄的麻煩了，哈兄，你這一猜大有道理！」

哈文泰凜道：「如果是這樣，唐兄就危險了！」

熊競飛想起三年前那神秘兇手的神奇武功，不禁心中惴然，他沉聲道：「咱們快趕路！」

這時，他們已到了林中的正中心，陰暗得令人覺得十二分的不舒服，彷彿有一種無形的壓力在壓迫著他們的心。

忽然，哈文泰覺得他的額上被一滴熱熱的水滴了一下，他驚咦了一聲，伸手在額上一摸，放在鼻尖上一嗅，他駭然叫道：「競飛，是血！」

熊競飛吃了一驚，喝道：「什麼？你說什麼血？」

哈文泰低聲道：「樹上有血滴落下來！」

同時，他飛快地把懷中火熠子一抖，「啪」地一聲，火光亮了起來，只見樹幹上一道殷紅的鮮血直流下來。

熊競飛低喝道：「哈兄留神，我上去看看！」

片刻後，只見熊競飛呼地一聲躍了下來，手中抱著一個垂死的人。

哈文泰持著火熠子一照那人的面孔，駭然叫道：「拖雲手趙公尙！」

熊競飛點頭道：「不錯，正是他。唉！恐怕沒有救了！」

哈文泰見熊競飛手中之人全身是血，面如金紙，看上去彷彿全身的血液都快要流光的模樣，他伸手試了試鼻息，呼吸也已停止了。

哈文泰歎道：「趙公尙雖然性情暴躁，但是確實是個道義好漢，他怎會死在這樹上？」

熊競飛道：「身子還有一點熱，心臟不跳了……」

哈文泰道：「熊兄，你拿著火焰子——」

熊競飛道：「你要用內力度他真氣？」

哈文泰點首道：「明知沒有用，也不得不試試……」

他把火熠子交到熊競飛手中，坐在地上，伸掌按在趙公尙的胸前。

過了一會，哈文泰忽然咦了一聲，又把左掌也按在趙公尙胸前，只見他汗如雨下，呼吸逐漸急促起來。

熊競飛一掌按在趙公尙背上，大喝道：「哈兄歇一歇，我替你一陣！」

哈文泰放開手來，大叫道：「熊兄你用全力催氣，趙公尙的真氣竟然已經起死回生了！」

熊競飛果然覺得趙公尚胸腹之間有一股生命之氣逐漸鼓動起來，不禁又驚又喜。

哈文泰揮了揮額上的汗，歎道：「這真是奇蹟，山西太極門是內家最上乘的神功，料不到真能保持生命元氣如此之久，這恐怕天下任何別門都辦不到！」

過了一會，只見趙公尚全身一顫，大喝一聲：「痛煞我也！」

熊競飛收掌吐氣，一躍而起，叫道：「成啦！」

只見趙公尚緩緩掙扎著坐了起來，哈文泰連忙扶住了他，叫道：「趙兄休動，你失血過多，這是哈文泰與紅花雙劍熊兄！」

趙公尚雙眼射出感激的光芒，道：「我……我……」

哈文泰忙道：「趙兄，兇手是誰？」

趙公尚道：「怪……鳥……客……青紅……」

說到這裡，他目光又散漫起來，哈文泰連忙伸掌按住他華蓋穴，努力發動內力，觸手之際，趙公尚身體已經冷了。

熊競飛道：「怎麼樣？」

哈文泰道：「死了！」

原來趙公尚全身血液已經流盡，方才那一下迴光返照，完全是因他畢生浸淫太極內功，那一股元氣持久不散之故，只是雖然復甦片刻，終於油盡燈枯！

熊競飛道：「方才他說怪鳥客，又說『青紅』是什麼意思？」

哈文泰想了想搖頭道：「咱們先把他葬了吧！」

等到兩人走出林子時，已是夜臨了。

熊競飛道：「繼續趕路嗎？」

哈文泰點點頭道：「正是，援救唐兄刻不容緩！」

三年，使齊天心成了光輝四射的高手，同時，在這世上的另一個地方，另一個將要震憾武林的少年高手出世了，那就是董其心。

看吧！在塞外的地方——

十八　高手之風

雖然是春天了，但是塞外仍然是在冰雪之中，春風不度玉門關，吹刮著的只是寒意陣陣。浩浩無邊際的高原上，出現了一個小黑點，那小黑點逐漸移近，原來是一個人。

那人輕鬆地在雪地上走著，速度卻是快得驚人，更奇的是遠遠望去，雪地上一個足印也沒有。

漸漸地，那人行得近了，只見他年約十七、八歲，長得身高體闊，英挺秀俊。

他停下腳步來，向四面望了一望，喃喃道：「三年了，這三年的時光，外面的景物似是絲毫未變，但是對我和爹爹來說，那變化是太大了……」

他眼前浮起一個面色紅潤的老人，他嘴角上現出一個欣慰的笑容，默默想道：「爹他老人家在三年之中好似完全變了另一個人，瞧他現在那紅潤健朗的精神，真不相信三年前他那衰老文弱的模樣兒哩——」

想到這裡，他想起童年的往事和流浪江湖的情景，眼睛不禁蒙上了一層薄霧。

「爹叫我到張家口去等他，我該向哪邊去呢？」

他想了一想，一個縱身飛躍而起，直如一支疾矢一般，一直落到七丈之外，這幾乎是輕功的極致了，然而他才二十歲不到！

忽然之間，凜烈的風中傳送來一陣奇異的聲音，少年側耳傾聽了一會，便向那發聲處奔了過去。

他知道在這種一望無垠的大高原上，由於高空的空氣更要冷過地上許多，是以地面的空氣較疏，高空的空氣較密，往往高山上的聲音，都能傳到極遠處的平地上。

於是他朝著那方向開始向上縱，地勢逐漸高了起來，那聲音卻是再聽不見了。

他忽然加快了腳步，霎時之間，只見他的身形猶如一條模糊的灰線直往上升，那高原上的山巒全都被冰雪所覆，滑得不可留足，但是他卻如飛燕一般一點而上，輕鬆瀟灑之極。

那山巒也算不得高，不多時，其心竟已攀到頂上，到了山頂上，他才發覺眼前一亮，只見一座漂亮宏大的庵子矗立在山頂上，雕龍飛角，金碧輝煌，只是黑漆的大門緊緊地關閉著。

其心機警地往一塊巨石後面一伏，只露出一雙眼睛來注視著外面——

那庵子大門緊閉，門牆下卻坐著兩個人，這兩人抱膝坐在那裡，一動也不動，倒像是和尚入定一般，奇的是尼姑庵外面怎麼來了兩個大男人？

其心暗道：「原來這裡還有這麼一個大庵子，怎麼從未聽說過？這兩個人真奇怪……」

他竟覺得這兩個人都有點熟悉，但是兩個人都是低著頭坐在那裡，瞧不清面貌。

過了一會兒，坐在左邊的那人伸手把頭上的帽子摘了下來，其心更是大吃了一驚，只因左邊那人除去帽子分明是個光禿禿的和尚頭，其心暗笑道：「怎麼尼姑庵子外坐著一個大和尚？他坐在這裡等什麼呢？奇了奇了……」

正在此時，只聽到一陣腳步聲，從對面崖緣一個人攀了上來，那人上了山頂，從容地從背上取下一張金光閃閃的小弓，右手一陣猛揚，「嗖！嗖！嗖！」一連三支短箭並排釘在那尼姑庵的大門上。

其心幾乎喊叫出來：「金弓神丐！」但是他仍舊努力把即將喊出來的話給嚥了下去，只靜靜伏在巨石後面，注視著金弓神丐的舉動。

只見他把金弓背好，緩緩地一步一步走到庵門邊上，雙手一抱膝蓋，竟也坐了下來。

其心見金弓神丐的鬚髮似乎更加白了，眉目之間也增加了幾分龍鐘之態，這是三年來其心所見到的第一個故人，霎時之間，昔日在故村之中初遇金弓神丐，神丐向他討水贈珠的往事都浮到其心眼前，他情不自禁地伸手到懷中摸了摸那渾圓生溫的寶珠。

見到了金弓神丐，其心心中恍然大悟了，那一排坐的兩人全是昔日的丐幫英雄呀！左邊的那個和尚不是醉裡神拳穆中原嗎？左面的那個大漢虬髯虎臂，該是丐幫的四俠鐵膽判官古箏鋒吧……

其心只覺三年前那一幕血淋淋的拚鬥，丐幫群俠的豪俠氣度，似乎又歷歷現在眼前。

他直覺地想到了大漠神尼，那曾使丐幫一度煙消雲散的人物——

他忍不住再伸出頭來，看看那輝煌的尼庵，就在這一瞬間，噹地的一聲，黑門緩緩開啓。

古箏鋒立直了身體，緊接著，蕭昆、穆中原也都立了起來，其心覺三人衣衫雖單單落落，但穿在三人身上，卻有一種說不出的雄壯。

黑漆大門開啓，卻無人走出，只見大門之內一座甚大的廳堂，靜悄悄毫無人影。

古箏鋒沉吟一會，低聲道：「時間還未到哩，她們怎麼就開了庵門？」

蕭五俠嗯了一聲道：「咱們進不進去？」

古箏鋒望了望蕭昆道：「大哥，二哥，三哥都沒有到，咱們就再等一會？」

穆中原笑笑不語，重又坐了下去，蕭五俠想了一想道：「二哥和三哥沒問題，不出一刻必定趕到，就是大哥，可說不定可以趕來，咱們就等聽二哥吩咐吧！」

古箏鋒嗯了一聲，石後的其心，只覺熱血沸騰，藍大哥，藍大哥，又要見著他了！

這時，忽然大廳內傳出了「叮！叮！」兩下清脆的金鈴之聲，接著「卜卜」木魚之聲大作，一連走出四個身著白衣的女尼。

那四個女尼個個清麗絕俗，走出庵門，只見古、蕭二人負手而立，身邊還蹲了個光頭大漢。

右方一個女尼輕輕唸了一聲佛號，打量了古、蕭二人一眼道：「貧尼眼拙——」

蕭昆哼了一聲道：「十弟，你和她說！」

只因三年前居庸關一戰，十俠之中僅藍文侯、雷以惇及穆中原赴約，是以女尼不識古、蕭兩人。

穆中原哈哈一笑，也不立起身來，伸手點著那發話的女尼道：「穆某還認識你，你可是青蓮大師？」

青蓮瞥了瞥穆中原，冷冷答道：「原來穆施主也到了，貧尼倒沒注意！」

穆中原坐在地上哈哈一笑道：「這是古箏鋒古四哥，這是蕭昆蕭五哥——」

說著又對古、蕭兩人道：「這位就是神尼門下首徒青蓮大師，她的劍法小弟領教過的，簡直比蛇蠍還毒，哈哈，兩位哥哥小心防範了！」
青蓮臉色一沉，冷笑道：「穆施主好說了，那一年在居庸關上，穆施主神拳一出，說逃就逃，貧尼攔都攔不住！」
青蓮大師生性本就冷傲無比，她明明指罵丐幫敗亡之事，古箏鋒和蕭昆都不由微微變容，只有穆中原一笑不語。
青蓮大師望望身邊三個師妹，輕輕一叩木魚，對古箏鋒道：「大漠金沙門下，日前接獲中原丐幫飛鴿遞書，說在今日在敝庵一會，金沙門下不敢不從命，古施主有什麼吩咐儘管說吧！」
古箏鋒哼了一聲道：「九音神尼何在？」
青蓮也哼了一聲道：「家師不願接見諸位。」
古箏鋒哈哈笑道：「咱們走進去，她不見也得見！」
青蓮大師冷冷一笑道：「諸位走得進去嗎？」
古箏鋒沉聲道：「古某雖生平不與女鬥，今天可是例外，大師傅留心些！」
青蓮大師冷冷一笑道：「古施主別客氣吧！」
古箏鋒一步踏入庵門，倏然劍光大作，一左一右兩個女尼拔劍出招有如閃電，已封住庵門，不讓古箏鋒前進一步。
鐵膽判官古箏鋒大吼一聲，有如半空焦雷，呼地左右雙手齊住，竟一齊握著那兩柄利劍。
鐵膽判官鐵掌威名遍及大江南北，那一雙鐵掌，隨時可以擒拿對方利器，對敵之時，確實令人防不勝防，威力極大。

那兩個女尼只覺手中一震，只見長劍爲對方劈手抓住，不由驚呼，急發內力。

古箏鋒上踏一步，大吼開聲吐氣，內力斗吐，兩股力道一觸，只見兩柄長劍彎如優弧。

說時遲，那時快，古箏鋒只覺雙手之中陰勁透劈而生，「大漠柔勁」武林聞名，心中一震，連忙一吐掌心，彈出雙劍。

「呼！呼！」數聲，只見古箏鋒雙足立在廳內門限之上，一動不動，那兩個女尼身形卻是交換了一個位置，手中長劍猶自震動不休！

青蓮大師不料有這等打法，心中不由一震，口中卻哈哈說道：「古施主，你是逼人太甚了。」

古箏鋒只覺一股豪氣直湧上來，猛一抬手，哈哈大笑道：「倒瞧瞧你怎生阻攔古某！」

青蓮大師面色由白轉青，右手不由自主已扣在劍柄之上，大廳之中霎時一觸即發。

穆中原悄悄立直了身子，他知道青蓮大師的厲害，也明白金沙門下的實力，就在古箏鋒凝提真氣之時，一個低沉的聲音陡然在門外響起：「慢著，四弟！」

古箏鋒的身形好比旋風一般轉了過來，只見大門口立著大名鼎鼎的雷以惇和白翎。

穆中原哈哈笑道：「有意思，二哥，咱們現在聽你的。」

青蓮大師面對五個強敵，也不免有點緊張了，她望了雷以惇一眼，忍不住叫道：「雷以惇，又是你！」

居庸關頭一戰，雷以惇可恨透了金沙門下，他冷冷笑道：「怎麼，雷某來不得嗎？」

青蓮向師妹打個手勢，冷笑道：「來得，來得，丐幫十俠一起來，敝庵也招呼得下。」

雷以惇的面色好比冰雪，他沉聲道：「十人齊來，那倒不必！」

青蓮哼一聲不語，身後一個女尼忽地奔入內室，想是去報訊息。

雷以惇冷然接口說道：「三年前雷某等三人，居庸關頭獲金沙一門教訓，雷某還記得當時九音老尼狂語，丐幫人馬就是再多一倍，也將兵甲不留，是以，這一次咱們就來了六個人。」

青蓮冷冷一哼道：「哼!還有一個什麼時候來，來齊了敝庵也好一起招呼。」

雷以惇不再答話，僅冷笑對古箏鋒道：「四弟，你先退回，咱們再等一刻，然後去找九音老尼算賬。」

古箏鋒退了回來，這時大廳內忽然一齊走出十多個女尼，個個白色僧衣，手中長劍光寒閃爍，青蓮輕聲說了幾句話，大家都停下身來不再作聲。

一刻工夫閃目而過，雷以惇對青蓮大師望了一眼，沉聲說道：「咱們不能再等了。」

青蓮冷冷道：「怎麼辦，雷施主只管吩咐吧！」

雷以惇哼一聲道：「叫九音老尼出來一見。」

青蓮道：「家師不見客，有本事就闖進來好啦！」

雷以惇濃眉一皺，沉吟道：「沒有九音老尼，咱們怎好意思動手？」

青蓮冷冷笑道：「雷施主要是害怕，就再等等你們的頭兒來了再說！」

她一個女流，又是方外之人，但口舌之利，簡直令人咋舌，雷以惇冷笑道：「如此，得罪了！」

他面色一寒，沉聲對身後丐幫數人道：「三弟、四弟，咱們三人同路，十弟神拳斷後，五弟，她們刀劍在手，你的神箭也不必顧忌，咱們就先教訓她們，不怕九音老尼不出來一見！」

他話聲一落，身形已自踏出，呼呼只聞勁風之聲大作，丐幫鼎鼎大名的二、三、四俠一齊出掌而攻。

青蓮的面色逐漸沉重，她右手一揚，長劍已到手中，右手一揮，口中道：「三分拂楊！」

只見三道寒光憑空而起，來自三個古怪的方位，那施劍的女尼們好深的內力，長劍點出，長空空氣激盪，發出絲絲破空之聲。

那三道寒光一合而分，突然一條人影破空而起，身形一閃之下，對準那三個施劍出擊的女尼一拳遙擊而出。

呼地一聲，那人內力如泉而湧，三道寒光一斂，女尼身形一窒落地，而就在這一剎時，雷、白、古三人已衝到大廳核心。

青蓮女尼大急而起，長劍追刺空中的那個人影，那人上升之勢已盡，卻在空中毫不閃躲，左手一劃，右掌猛劈而出，憑穿五六丈之外鳴雷之聲大作，這等劈空掌勢，看得躲得山石後的其心，幾乎脫口而呼！

青蓮身在長空，勁風已然逼體而生，右手長劍一連戮出十多式，密密發出劍風呼嘯。

「呼」地一掌，兩股力道一觸而散，兩人身形一起落在地上，青蓮女尼冷冷道：「穆施主的神拳又精進了！」

穆中原抱拳而立，哈哈長笑不語，陡然之間，大廳中金光大作，金弓神弓在這一瞬間乘機發出短箭。

只聞弓弦連響，箭影大作，十多個金沙門下女尼已被逼到數丈以外。

雷以惇長笑道：「青蓮女尼，咱們不想與你爲難，你快去請九音老尼出來吧！」

青蓮女尼心中也實在料不到丐幫的實力竟如此強大，新來的白翎、古箏鋒、蕭昆，一個比一個強，不由一時怔得說不出話來。

廳外伏著的董其心，目睹丐幫諸俠揚威，心中只覺豪興逸飛，他本與丐幫諸俠有舊，而且丐幫個個豪邁異常，已成了這三年來他時常嚮往著的典型英豪。

青蓮女尼怔了一會才道：「白蓮師妹，速布大陣！」

左面一個女尼應了一聲，雷以惇哼一聲道：「好倔強的尼姑！」

蕭昆手持金弓，望著那十多個金沙門下女尼持劍左右排開，對雷以惇道：「二哥，你瞧這陣式——」

雷以惇嗯了一聲道：「這陣式我見過，三年之前在居庸關頭，她們也曾布此劍陣，變幻複雜，威力極強。」

蕭昆啊了一聲，這時那劍陣已布就緒，只見寒光閃閃，女尼們抱劍而立！

穆中原忽道：「二哥，上回咱們只有三人，被這陣式困得好苦，你還記得此陣特點？」

雷以惇冷然道：「怎會忘掉？哼，這陣式共分六個陣門，變幻攻擊，三個人被困在內，就等於要同時防六座劍陣同時的攻擊——」

穆中原道：「小弟心想，倘若咱們一人對付一個陣門，全力強攻，這陣式不難破除！」

雷以惇嗯了一聲道：「我和大哥都是如此想法，是以這一次準備來六個人。只是，瓢把子到現在還沒有來——」

穆中原歎一口氣：「大哥定出了什麼岔事，說不得咱們五人拚了，也不見得衝不出去！」

雷以惇望了四面包圍的女尼，冷然道：「上回咱們三人拚著也衝出去了，這一回咱們多了兩人，這劍陣再強也奈何咱們不得！」

說著略一打手勢，口中道：「咱們動手吧！十弟，你先發掌——」

他話聲方落，青蓮女尼陡然長嘯一聲，只見刹時寒光大起，劍陣已然發動。

雷以惇大吼道：「四弟，快擋！」

古箏鋒迎著衝上來的兩個女尼猛推一掌，那知刹時陣式大變，丐幫五人只覺四方人影交錯，竟爾一片模糊不清。

青蓮女尼撫劍而立，對雷以惇說道：「雷施主，你們已身困重圍了！」

雷以惇呆了一呆說道：「只怕未必。」

青蓮女尼冷笑道：「聽你方才分析敝派劍陣頭頭是道，但明知如此，卻只用五人強攻，哼！家師自居庸關以來，因劍陣曾爲你丐幫衝破，是以大加修變！」

雷以惇冷笑道：「再修再變，咱們也不放在眼內！」

青蓮女尼冷笑道：「倘若你們有六個人在場，貧尼也不會排此劍陣，但你們僅此五人，哼哼，貧尼看，丐幫又將一次冰消雲散了！」

雷以惇等五人心中雖暴怒異常，但方才已領教過二三招，知其言之不虛！

穆中原冷笑道：「二哥，管她如何修變劍陣，咱們一拚了之！」

雷以惇長歎一聲道：「六個陣門，六個陣門，十弟，你拳力最強，你就守兩個陣門吧！」

穆中原沉聲道：「小弟遵命，只是──」

他不說出來，雷以惇也知道他下面想說的話，然而，除此之外又有何法。

忽然一個嘹亮的嗓子在大廳門外響起，一人大聲說道：「穆十俠，我助你一臂！」

青蓮女尼大驚失色，回首一看，只見一個人影大踏步走入庵門。

那人年僅十七八歲，正是躲在石後觀戰已久的董其心！

其心走入劍陣，對著蕭昆一禮，金弓神丐驚得呆了半晌才道：「你，你莫不是董……」

其心微笑道：「蕭老前輩，晚輩董其心！」

雷以惇怔了一怔道：「小兄弟，你──」

其心笑道：「我在庵外觀看多時了。雷二俠、白三俠、古四俠、穆十俠，我都見過！」

蕭昆記起三年前那日到小村討水，就曾看出其心骨骼資質天生，這時在危急關頭，又見故人，而且其心又是來助拳擊敵，心中不由又驚又喜。

其心不理青蓮女尼的吼問，對雷以惇笑笑道：「晚輩在庵外聽見金沙劍陣有六門，而你們只有五人，是以晚輩便出面相補湊數！」

雷以惇見他氣定神閒，心知功力必然甚高，口中哈哈大笑道：「好說好說，小兄弟，你為丐幫出力，就是丐幫的朋友——」

其心只覺他日夜嚮往著的四海爲家，傲嘯江湖的豪傑們，此時和自己並肩作戰，心中不由豪氣上湧，不能自抑！

青蓮女尼冷笑道：「丐幫人在江湖上聲譽一向絕佳，到處都是幫手！」

雷以惇一怔，這是丐幫與金沙的事，董其心是局外人，參與其間可不太好。

其心冷笑一聲道：「大師可是膽寒嗎？」

青蓮怒道：「小施主自視如此高強？」

其心冷冷道：「大師不信就試試！」

他直覺的說出這句挑釁的話來，雷、白等人心中都不由暗暗叫好！

青蓮女尼冷笑一聲，手中劍一揮，劍陣轉動發動攻勢。

這時丐幫有了六人，一人守住一個陣門，頓時穩如磐石。丐幫諸俠只見其心雙足釘立拍掌，起手之處勁風嗚嗚大作，心中都不由駭然，暗暗吃驚這個少年功夫是如此高強。

攻了數輪，雷以惇大吼道：「反攻！」

他長嘯一聲，連擊兩掌，那座劍陣轉動之處不由爲之一挫。

陡然之間其心身形一躍而起，連白翎、古箏鋒都沒看出他是何等身法，身形已欺入劍陣中心。

只見他雙掌交叉反拍而出，身形虛虛實實，飄忽已極。金沙門下女尼長劍一起凌空，劍陣整個爲之一亂。

青蓮萬萬不料這少年功力如此高絕，簡直駭人已極，她百忙中大吼道：「分陣為零。」霎時金鐵交鳴之聲大作，其心身形一掠，已在綿密的劍光撒開這一剎時，欺到青蓮女尼身前不及半丈之處。

在此時，只聽得一個清越有如龍吟的聲音傳了過來：「住手！」

這兩個字輕描淡寫地傳來，卻似有無比的威力，雙方都不由自主地一停，只見庵門前站著一個長袍及地的中年尼姑，這尼姑長得美麗動人，但卻冷得令人不寒而慄，正是在居庸關上一戰把藍文侯、雷以惇和穆中原打得九死一生的大漠九音神尼！

雷以惇仰天一個哈哈大笑道：「神尼，別來無恙乎？」

九音神尼冷冷地道：「貧尼自主持本庵以來，還是第一次有人打上門來，丐幫英雄威動天下，到底不凡呀……」

雷以惇哼了一聲道：「丐幫早已不存在了，神尼切莫口口聲聲什麼丐幫不丐幫的！」

九音神尼冷聲道：「雷以惇，你敢對貧尼無禮？」

雷以惇冷笑道：「雷某人平生從沒有怕過哪個——」

他揚了一揚斷臂的空袖子，一字一字地道：「居庸關上承神尼手下留情，沒有要了老叫化的命！」

那邊穆中原也揚聲大笑起來：「光頭忌禿驢，缺口人怕對缺口碗，就沒聽說過尼姑發狠打和尚的，居庸關上若非我穆中原跑得快，還真要在你手下圓寂大吉哩！」

穆中原雖是個酒鬼，但是並不是個口齒刻薄的人，他這時口中全是尖酸謾罵之辭，可見他心中對居庸關之敗真是積恨到了極點。

九音神尼雙眉一揚，冷冷道：「今日你們待要怎地？」

雷以惇道：「神尼你受人挑撥，無端與咱們大打一場，使莊人儀詭計得逞，這筆賬總得算個清楚！」

九音神尼冷笑一聲，厲聲道：「要你們藍老大來答話。」

她話聲未了，只聽得一個宏亮的聲音從前面傳來：「藍某就在這裡了，神尼還要發威風嗎？」

其心轉首望去，只見不知什麼時候崖邊已站著一個布衣布履的大漢。三年不見，藍文侯那英雄氣概一絲也沒有變，變的只是他的裝束不再是釘著金色補釘的丐幫老大的衣服了。

其心幾乎要克制不住地叫出藍大哥。這時，藍文侯大步走了過來。

九音神尼望了丐幫群雄一眼，冷笑道：「貧尼聽說丐幫英雄最善群戰，今日丐幫全部高手都會齊了，貧尼正好見識見識。」

藍文侯大笑道：「神尼，你不必激將，今日咱們敗軍之將既然厚著臉皮來了，絕不會無功而退的——」

九音神尼也大笑起來：「那麼說你們是想功成而退的了？哈哈，如何個功成法倒說與貧尼聽聽。」

藍文侯一字一字地道：「咱們要摘去貴庵門上的匾！」

神尼怒極而笑，她仰首望了一望大殿前的匾，三個金碧輝煌的大字：「九音庵。」

她冷笑道：「你們便試一試吧！」

說完這句話，她緩緩從台階上走下來，走到庵門旁的一個巨大的石鼎前，只見她略一伸手，抓住了石鼎的一隻腳，緩緩地往上一抬，那只石鼎四平八穩地被舉了起來——

丐幫諸俠都被驚駭得忍不住倒退了一步，這只石鼎連腳至頂，足有一個人高，那重量真是無以估計，九音神尼竟能一隻手穩穩地舉起，他們只知九音神尼是當今世上大漠神功最高的一人，但也萬料不到神尼的功力竟到了這般地步！

九音神尼舉著石鼎，一步一步又走回台階，每一步，地上巨大的石巖立刻飛快地四面裂開，那威勢煞是駭人！

神尼回到台階下，把石鼎放落地上，她吸了一口氣，冷冷地道：「哪一位能把這石鼎放回原地，貧尼便把九音庵匾雙手奉上！」

這一來，倒真把丐幫諸雄難住了，九音神尼出下了這個難題，可不能示弱，但是望望那巨鼎，沒有一個人敢去試試。

藍文侯暗罵道：「好個狡猾的九音神尼！」

他皺著眉苦思，時間一分一分地過去，九音神尼站在台階上一動也不動。

最後，他下了決心，回過頭來對著丐幫中神力蓋世的開碑手白翎道：「三弟，只有你試試了！」

白翎沒有說第二句話，兩個大步便躍上了台階，他站穩了馬步，深吸了一口氣，心中暗道：「老天助我。」

他雙臂抓住兩隻鼎腳，猛一開聲吐氣，那只巨鼎被他神力顫巍巍地舉了起來，丐幫諸俠一聲歡呼。

但是白翎低首一望台階，他知道只要自己一抬腿起步，那另一隻腿必然會被壓得跪下來，他鼓足了數次勇氣，卻是始終無法抬腿起步。

豆大的汗從他臉上直滴下來，卻有如一滴滴鉛珠滴在藍文侯的心上，丐幫諸俠不再高聲歡呼，都緊張萬分地望著白三俠。

白翎高舉巨鼎，卻是一步難移，他心急如焚，舉目望處，數十隻同樣焦急的目光正射向他，他心中歎了一聲：「罷了，拚一拚吧！」

正要舉步，驀然一條人影如閃電一般躍了上來，那人斜肩一撞，白翎鐵塔般的身子一歪，巨鼎呼地落了下來。

眾人狂呼之中，只見那人已經穩穩地接住了巨鼎，一隻手舉在空中。藍文侯揉了揉眼睛，仔細看了看，忍不住再揉揉眼，驚叫道：「這不是我那小兄弟嗎……」

董其心舉著巨鼎，吸了一口氣，從台階上一步一步地走了下來，一直到原來的地方，輕輕地把石鼎放在原地！

所有的人都呆了，其心走過的地方，輕鬆得連一隻腳印都沒有留下，眾人忘了喝彩，也忘了歡呼，只是藍文侯的雙目中漸漸地潮濕，九音神尼的臉色一分一分地蒼白！

也不知過了多久，神尼對著其心道：「少年人，你叫什麼名字？」

其心道：「小可董其心。」

九音神尼的臉色恢復了常態，她默默念了兩遍其心的名字，轉過身來道：「好，藍文侯，你贏了！這庵裡一切東西都是你的啦！徒弟們，跟我走！」

她話聲才完，人已飛躍而起，如一隻大鳥一般騰空直上，她的門徒都迅速地隨她而去。

藍文侯走了上來，一把握住了其心的手，他想起三年前攜著的那隻小手，現在已經長得和他一樣大了。

其心叫道：「藍大哥……」

藍文侯道：「小兄弟，這三年你跑到哪裡去了？這一向可好嗎？」

其心搖了搖頭，好像一言難盡的樣子。穆中原走了上來，對藍文侯道：「大哥，咱們真要拿下那塊匾麼？」

藍文侯歎道：「人爭的不過是一口氣，九音神尼認栽走了，咱們何必做得過分呢？」

穆中原道：「大哥之言正是小弟的意思。」

雷以惇走上前來，吁了一口氣道：「大哥，今後俠蹤何方？」

藍文侯卻問其心道：「小兄弟，你要到哪裡去？」

其心道：「張家口。」

藍文侯道：「我陪你走一程罷，一切咱們路上談——兄弟們，丐幫雖然解散了，可是武林中會永遠記得咱們奮鬥的精神，咱們各奔前程吧！別忘了每年此日的聚會之日！」

丐幫兄弟每人都上來與藍文侯拉了拉手，向其心說了些感激的話，藍文侯要蕭昆負責多照料受傷殘廢了的姜六俠與方七俠，便與其心攜著手向眾人道別了。

其心望著丐幫諸俠各自向返回中原的路上出發，他歎了口氣，暗道：「聚散苦匆匆……」

河畔，柳枝低垂，點點水面，片片漣漪。

河畔，一個十七八歲的少女凝視著天邊。微風起，水中的倩影模糊了。陽春三月——她深深的眼睛，蒙上一種迷惑的神情，像是憂愁，又像是高興，很久一動也不動。

黃昏夕陽的光輝，灑在她頭髮上，慢慢地灑在背後，又到腳跟，最後漸漸消失了。

忽然蹄聲得得，那少女吃驚地飛快回頭，卻見河旁道上來了兩騎，她輕吸了一口氣，一種失落後的輕鬆襲上芳心，她緩緩回轉頭來，那兩騎放慢了速度，走到河邊，雙雙勒馬止步。

那少女理也不理，仍是自顧地想著，那馬上跳下兩人，一個是五旬左右老年，一個是三旬左右青年，頭上戴著頭巾。

那兩人走下河岸，彎身捧了一掬水洗臉，又咕嚕喝了個飽，那青年連叫過癮，又裝了滿滿一水壺，少女見他背上已然濕透，心想這兩人定是在烈日下趕路，這才渴成這樣子。

那青年本想跳入溪中洗個痛快，但見不遠處有個少女立著，便不好意思下水，他對中年道：「蕭五哥，這次咱們幹得真痛快，除了那次救姜六哥外，便以這仗打得最過癮了。」

那中年道：「穆十弟，你近來功力又大有進展，今天你力抵住對方五大高手，小兄才有餘力應付哩！再說上次和莊人儀那狗賊拚，不是你拚死抵敵，六弟只怕早完啦！我常想，當年不死禪師如果不把你這酒肉僧趕出山門，我丐幫幾經危險，真不知如何應付。」

那青年穆十俠哈哈笑道：「蕭五哥，你金弓神丐箭法如神，射法古樸有后羿之風，想不到口舌上也是把好舌，你捧小弟半天，少不得又要請你喝幾杯，只是這幾天路過的地方都是窮鄉僻壤，難得有好酒一醉。」

他抬起頭來，只見兩道又亮又冷的目光注視著他，原來那少女聽金弓神丐說到「莊人儀」時，已然轉過身來怒目而視。穆中原只覺眼前一花，那少女容光蓋世，竟然逼人不敢正視。

穆中原爲人正直，平生豪氣干雲，他弱冠被少林逐出，在江湖上行俠，也不知經歷過多少大場面，都是應付自如，此時與那少女目光一接，只覺那少女有一種令人不可反抗的力量，他心中頗不自在，躍上馬背道：「五哥，咱們到村裡喝酒去。」

那金弓神丐也發覺那少女目光炯然有神，像是深惡痛絕地望著自己兩人，不由暗暗稱怪。

那少女見他兩人要走，一縱身攔在馬前，她身法甚是輕盈，顯然得過高手指點，穆中原暗忖：「這女子，原來也會武功。」

那少女怒視兩人又急又氣，想了半天竟說不出一句罵人的話。穆中原見她楚楚可憐，忍不住柔聲道：「這位姑娘不知何事要攔我兄弟？」

那少女定了定神，哼了一聲道：「你還假裝不知道，你們背後罵人算什麼好人？」

穆中原奇道：「我們背後罵誰？」

那少女正想張口，卻又硬生生把話忍住，只是不住冷哼。她是一個女孩家，罵人的粗話一句也不會，只有用哼來表示輕蔑，那模樣好像別人有很對不起她的事似的。

穆中原忽覺臉一紅，彷彿真的做了什麼見不得人的事，他自己也不知今日爲何會如此，被一個小姑娘幾句話說得甚是不安。金弓神丐心念一動道：「姑娘，你是莊人儀的什麼人？」

那少女一驚，她眼珠連轉分明在想對答之話，金弓神丐又逼了一句，那少女臉色忽然一轉，嫣然笑道：「老伯，我不懂你的話。」

她目光坦然，臉上裝得一本正經，生怕別人不信。金弓神丐目露疑惑，那少女求助似地望了穆中原一眼道：「大叔，您的朋友說什麼哪，我叫王玲，什麼姓莊的我可不懂。」

穆中原聽她喊了一聲大叔，心中一怔道：「姑娘回去吧！我這朋友說著玩兒。」

他下意識地摸了一把臉，只覺肌膚有些粗皺，那是行俠仗義僕僕風塵的標記。

蕭昆柔聲對少女道：「小姑娘別怕，你就是莊人儀的親人，咱們丐幫也決不會爲難你，天暗了，你趕快回去罷。」

他說得很是誠懇，那少女連聲稱謝。這時，一個蒼老的聲音叫道：「玲姑娘，玲姑娘。」

那少女向兩人伸伸舌頭，神色甚是頑皮可愛，轉身便走。蕭昆對正在沉吟的穆中原拍了一把道：「十弟，有什麼心事待會再想，咱們喝酒去。」

穆中原哦了一聲，一拉馬韁，哈哈笑道：「喝酒，正合我意。」

蹄聲又起，漸漸走向前面村落，穆中原又開朗地笑了起來，彷彿有了酒什麼都可置之腦後，雖然他心中不停地說道：「我真老得可做別人的大叔嗎？不久前我還年輕得很！」

蕭昆憐憫地瞥了穆中原一眼，只是偷偷地一瞥，他知道這位十弟的高傲，他也分享這位十弟心底的秘密。

那少女跑得氣喘不止，好半天才跑到一個老頭身旁。那老頭髮鬚皆白，臉色凝重。

少女撒嬌道：「杜公公，還這麼早便喊我回來，有什麼急事？」
杜公公道：「小姐，你知剛才問你的那兩個人是誰？」
少女不屑道：「還不是兩個笨蛋，還想打聽我的來歷，結果被我騙走，咦！杜公公，你剛才在旁邊嗎？我怎麼沒有發覺？」
杜公公搖搖頭道：「小姐你可不知，那兩人原是鼎鼎大名丐幫十俠中的老五和老十，也是你爹爹的仇人。」
少女得意道：「我聽他們說爹爹壞話，立刻知道他們都是仇人。我聽公公的話，不露聲色地打發他們走啦！」
杜公公心中暗道：「還說不動聲色，你一會兒像要殺人，一會又裝出笑臉，再笨的人也會起疑。」
他口中卻並未說，少女又道：「丐幫很厲害嗎？那兩人看樣子也不是什麼了不起的樣子呀！公公，你瞧我對事也很老練了，可以出門走走啦！」
杜公公心內暗暗歎了口氣，忖道：「人豈可貌相，你這小妮子怎知天高地厚？你爹爹何等厲害，竟會死在一個孩子手裡。」
少女道：「杜公公，你怎麼不說話了？」
杜公公道：「那丐幫的確厲害得很緊，厲害得緊。」
少女不悅道：「你巴巴把我喊回，就是怕他們殺死我嗎，你以為我這般不濟？」
杜公公道：「那倒也不是，丐幫十俠個個俠義為人，再怎樣也不會欺侮你一個女孩子。」

少女奇道：「這樣說來，那些該死的叫化全是好人了？」

杜公公默然。少女又道：「那他們既是好人，爹爹是他們仇人，難道爹爹是壞人嗎？」

杜公公連連搓手，難以答覆，半天才黯然道：「是非之間也很難說，唉！小姐年紀太小，何必要懂這些。」

少女嘟嘴道：「我這個也不必懂，那個也不必懂，真被人笑是鄉下姑娘了。」

杜公公神秘笑道：「只有小姐和老奴住在這裡，又有誰來笑你？」

少女嚷道：「好，算我說不過，公公，你總得讓我休息一會再吃飯。」

杜公公忙道：「好，好，小姐你先進去休息，老奴就去炒菜。」

吃過了飯，杜公公洗好碗碟，走到河邊，他每天夜裡都是如此，無論天晴或是下雨，那少女一個人坐在屋前竹林旁，心中像有個解不開的結，煩惱得緊。

她無聊地拉下數片竹葉，捲成竹哨嗚嗚地吹著，忽然想起兒時母親的話：「晚上幽幽的吹哨聲會引鬼來。」每當這時，她便會嚇得鑽進母親懷中，可是如今四下空寂，她突感到害怕起來，連忙停止吹哨。

忽然遠處幽幽地也響起來，那聲音單調地在空中飄蕩，少女心內一寒，暗忖：「難道世間真有鬼不成？」

她心怦然而跳，臉也嚇得發白，忽然前面竹木中竹葉一響，一條黑影疾如一縷輕煙，一閃便逝，後面也跟著一條人影，那身形卻是熟悉得緊，一刻之間，都消失在黑暗之中。

她心中一寬，忖道：「世間哪有鬼神，不然媽媽那樣喜歡我，她離我而去已三年了，怎麼不來瞧我，唉！鬼神之說看來真是虛無飄渺。」

她適才還怕得緊，此時又希望世間真有幽靈，好和母親相見，少女的心變化真快，叫人難以捉摸。

她驀然想起後面那人影分明就是杜公公，她心中大大吃驚，忖道：「我瞧得一定錯不了，原來杜公公武功如此高強，他真會掩飾。」

夜風吹起，竹林中一片蕭蕭之聲，她一個人坐著，倍感淒涼，又想到昨天傍晚的一幕。像今天下午一樣，她慣常站在河邊，蹄聲起處，一匹駿馬如飛跑到，帶起了一陣塵埃，撲得她滿頭滿臉，那馬上的人似乎毫不在意，一提馬韁，駿馬長嘶一聲，竟躍過數丈寬的小溪，到了彼岸，她心中惱怒無比，罵道：「喂！你是什麼人，怎麼如此不講理，也不瞧瞧別人在這裡，弄得人家一身灰。」

聲音又脆又快，那馬上的人好奇似地一回頭，她只覺眼前一亮，原來是個俊秀絕倫的少年。

她忽覺不好意思起來，她本來理直氣壯，這時竟感到自己像潑婦似的，那少年深深地瞧了她一眼道：「你……你怎麼要……站在路邊？」

他騎術高超，任是羊腸小道，或是人潮擁擠的康莊大道，他馬行如飛，從來不曾讓過人，也未曾踢倒過人，只道別人都該閃他。這時他本又想揚長而去，但見少女生得秀麗無比，心中不忍，這才出言解釋，可是口氣之中，仍然責怪那少女不該立在路旁。

只這一眼，那少女感到心底一震，一種極熟悉的感覺浮了上來，她努力地想那眼色，心中不住地說道：「我定在那裡見過他。」

那少年又偷瞧了她一眼，他見少女不理自己解釋，心中覺得很是無趣，慢慢地放馬而行，那少女一轉身飛奔而去。

她像是受了極大的委屈，眼淚奪眶而出，蹄聲漸漸地遠了，她頹然地坐在石上。

從那眼神中，她找到了失去的往事，董其心眼睛中也經常帶著這神色，高雅而不可攀附，即是他隨便得多麼寒傖，在無形中仍然放出醉人的光輝，尤其是對一個少女。

她一想到董其心，真是愛恨交加，也不知是愛多還是恨多，但他無論如何總是害死自己雙親的小魔，她想到此，臉色愈來愈是蒼白，真恨不得一掌打死其心，再反手打死自己。

忽然天一暗，月亮隱入雲堆，少女從回憶中轉過神來，她正是莊人儀獨生愛女莊鈴。

她在一日之內父母俱亡，被老僕杜公公帶著隱身此間，一住便是三年，她也長成婷婷玉立的少女了。

她見時間不早，便欲歸屋去睡，忽聞竹林中竹葉沙沙作響，杜公公踏著沉重的腳步走了出來。

莊玲適才見他身形似飛，她心中道：「我已被你瞞了這多年了，今天若非你忙中有錯，以爲我又到柳林，我還一直以爲你是老邁不堪的人，我且逗他一逗。」

杜公公見莊玲就在竹林外，心中一驚，忙笑道：「小姐，這麼晚了還不睡覺？」

莊玲道：「杜公公，我剛才見到一樁怪事。」

杜良笠吃驚道：「小姐，什麼怪事？」

請續看《七步干戈》（二）

上官鼎武俠經典復刻版1
七步干戈（一）

作者：上官鼎
發行人：陳曉林
出版所：風雲時代出版股份有限公司
地址：10576台北市民生東路五段178號7樓之3
電話：(02) 2756-0949
傳真：(02) 2765-3799
執行主編：劉宇青
美術設計：吳宗潔
業務總監：張瑋鳳

出版日期：2023年6月 新版一刷
ISBN：978-626-7303-41-2
風雲書網：http://www.eastbooks.com.tw
官方部落格：http://eastbooks.pixnet.net/blog
Facebook：http://www.facebook.com/h7560949
E-mail：h7560949@ms15.hinet.net
劃撥帳號：12043291
戶名：風雲時代出版股份有限公司

風雲發行所：33373桃園市龜山區公西村2鄰復興街304巷96號
電話：(03) 318-1378
傳真：(03) 318-1378
法律顧問：永然法律事務所 李永然律師
北辰著作權事務所 蕭雄淋律師

行政院新聞局局版台業字第3595號 營利事業統一編號22759935

定價：320元

國家圖書館出版品預行編目資料

七步干戈 / 上官鼎著. -- 二版. -- 臺北市：風雲時代出版股份有限公司, 2023.05 冊； 公分

上官鼎武俠經典復刻版
ISBN 978-626-7303-41-2 (第1冊：平裝). --
ISBN 978-626-7303-42-9 (第2冊：平裝). --
ISBN 978-626-7303-43-6 (第3冊：平裝). --
ISBN 978-626-7303-44-3 (第4冊：平裝). --

863.57　　112003682